悠悠浦东情

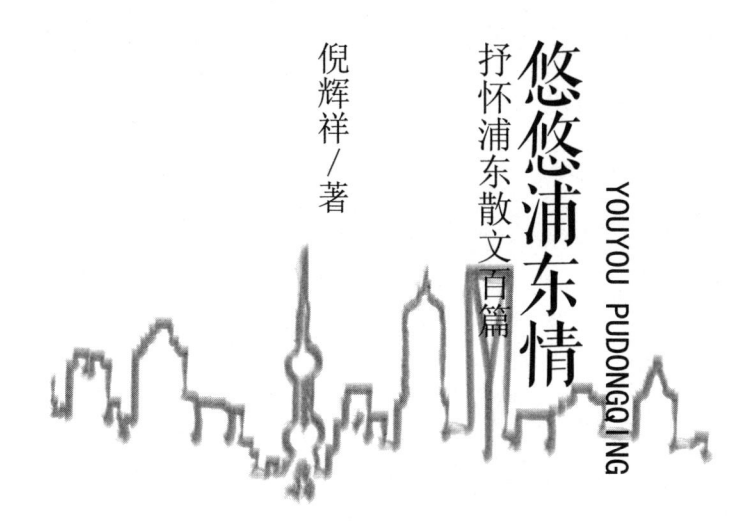

抒怀浦东散文百篇

倪辉祥/著

YOUYOU PUDONGQING

文汇出版社

书墨馨香(序一)

徐甡民

作为作家,倪辉祥的资历够长够老。"文革"以后上海作家协会重振写作队伍,老倪是上海创作学习班的第一期成员,以后成为浦东地区最早的中国作家协会会员。

作为老一辈作家,老倪有着某些鲜明的特征。除了始终以字纸书写,写作是他由衷的爱好,更是他的一种情怀、一种信仰。老倪的人生经历丰富多彩,从农家子弟到教师,到校长,到下海经商。待到儿子大学毕业以后,他几乎是匆匆地将企业交付给儿子,然后又安心地专心致志地坐到了他的书桌前;而过去的履历,似乎只为了成为他写作的生活积累。

毫无疑问,文学性的书写,在当下已经渐渐趋于边缘,整个世界似乎都不怎么待见;但同样没有疑问的是,文学书写仍然联结着那份人文的馨香。老倪这种执着的人文情怀,或许正是听从了他内心的召唤。这真有点让人感动。

老倪经常的姿态,是夹着香烟独自静坐。在家居的阳光廊下,在临雪的窗前,在日落的海滩边。在他若有所思、凝然神外的时候,可以知道,文理思绪正在从朦胧到清晰地编织起来,胸中的纸笔也随之铺展开来。然后到了人静独处时,老倪就会将自己的构思感念,一句一章地书写下来。不管暑寒风雨,他每天都会写作几千字。

从文学写作者的气质内涵而言,我觉得老倪这位前辈,是一位"长衫者",具有某种"民国范"。但是他又绝不落伍和故步自封。老倪是土生土长的浦东人,亲身经历了从乡野到都市的巨变。对于生活在这个时代的浦东人,他们是幸运的,因为他们切身感受到了生活的变化,对于改革开放最具获得感;而对于老倪,这种幸运是双重的,除了阡陌成通途、农舍成华宇之外,能将一个沧桑巨变的时代汇聚于自己的笔端,对于一个作家,几乎是千载难遇的。在这么多年里,老倪锲而不舍地书写着他的浦东,一往情深地讲述着他所熟悉的浦东人,他们的喜怒哀乐、他们的酸甜苦辣、他们的音容笑貌之所以会如此地栩栩如生,显然是因为作者在讲述他们的时候,下意识地涌动着自己真挚的情感,从而让许多对于真实细节的生动记忆,一齐来到了笔端。这些作品不尚华美文辞,不是玄奥之作,它们通篇质朴无华,热忱率真,然而却无疑向阅读它们的人们传递着人与人之间几多失落的温情暖意。

老倪以他丰盈多产的著述,讲述着各色人物的传奇和他们的命运故事;其实它们也正记述了他自己的履历和心迹,缀成了他人生的卷轴。这个时候,我们多少理解了文学的召唤对于老倪的意义。

说到老倪,映入脑际的仍然是那个姿态:静坐与香烟。他从不高谈阔论,从不故作高深,从不矫饰睥睨,从不显摆自己的文学才情。在大多数的时候,在别人争说高下的时候,他总是微笑着静静地坐着,抽着烟。可是有一次数人讨论一个剧作的基本人物构成,大家还未及理顺思路,一时说不上个道道,这时候老倪说出了他的几个主要人物的基本构想,包括他们主要的人生脉络、他们的性格基调,让人折服。因为老倪毕竟有着深厚的文学韬略而胸有成竹,但是他仍然随和谦虚。

当然,作为老派文人的温文尔雅、谦谦君子,未必是所有老作家的共性,不过这却毫无疑问的是老倪的卓然风格。虽然说时下厚黑流行、世风多乖,但是老倪的为人处世和他书写的文本让我们体悟感慨的还是那句老话:人间自有真情在。不过不要看老倪总是笑呵呵地善解人意,他其实又是年长的智者。老倪历经世事,阅人无数,对于世间的纷纷扰扰形形色色,他心中透亮清明;生活在当下,他当然并非不知有汉无论魏晋,但是对于世事的真正参悟,他却是以坦诚本色作为自己立身处世的圭臬,甚至作为自己的人格信仰。也许他会因此在现实中碰壁,也许他会在生活中吃亏,但是这样的做人原则,却降低了无谓的心力成本;这样的真人真性情,也为他赢得了广泛的人缘和口碑。

宽容大度、谦和礼让的文人气质,又与他的文学写作相辅相成,他的作品不再年轻气盛、激扬文字,而是从容舒展,在道尽沧桑以后,最终回归人间情感。

我与老倪相识,因为写作约稿;与老倪相交,却多在写作以外了。

浦东浦西,都是上海,但是浦东人在性情上相对比较率性诚恳。我们在大多数聚首的时候,不谈文学。老倪曾经好酒,现在不能喝了。他静坐抽烟,看你们喝,听你们说。与老倪相处,他不急不躁,始终保有一种内在的节奏。人们说城市地方有所谓宜居与否;我觉得人之相处,也有宜处与否。与老倪相处,真是放松的随意的舒心的,因为我们与之相聚的是一个真正重情重义心存善念的文人,是一个有着诚挚心地和人格风范的长者。

(作者系上海市作家协会会员,高级编辑,《解放日报》"朝花"原主编)

倾情酿美文（序二）

宗廷沼

　　黄浦江两岸尤其是浦东地区，也许有许多人见过倪辉祥的名字，自从1978年7月号《上海文学》发表了他的处女作《大治河畔》及而后的小说《芝麻绿豆官》之后，浓郁的浦东乡土味和讨人喜欢的小说女主角受到编辑、文友和众多读者的关注与好评，大名鼎鼎的电视连续剧《红楼梦》总导演王扶林老师，曾亲自操刀将《芝麻绿豆官》改成了电视剧剧本，寄给倪辉祥征求意见。虽然最后未上荧屏，但是倪辉祥的名字和作品给文学界留下了良好印象。此后上海多家报刊不时会出现倪辉祥的作品。

　　20世纪80年代至今，是倪辉祥文学创作的丰收季节，他在《解放日报》《文汇报》《新民晚报》《文学报》《东方城乡报》《劳动报》等报刊，先后发表数百篇散文、随笔、小说、报告文学作品，出版了散文选《感悟是金》《心韵》等8部，长篇小说《钱途》《金浦三部曲》《隐私》等5部，中短篇小说集《七彩情缘》等3部，16部专集共计400余万字的作品。荣获过上海市"五一"散文奖等多种奖项，多篇作品被书刊媒体选载连载，成为非专业作家中的佼佼者。

　　辉祥成果颇丰，为人低调，是浦东籍作家中排名多个第一的资深"大老倌"。

　　1990年，他是原川沙县第一位上海市作家协会会员。

　　2002年，他是浦东籍本土作家中第一位中国作家协会会员。

　　他是非专业作家中创作产量第一的浦东作家。

　　他是浦东同时拥有企业家与作家头衔的第一人。

　　我与辉祥从相识到相知已经40多年，是亲如兄弟的知心文友，堪称数十年文缘白头到老。两人文缘的红娘是复旦大学中文系的曹金兴先生,金兴与辉祥同是浦东洋泾朱湾村人,与我很熟,20 世纪 70 年代末介绍文友辉祥与我相识,我俩大有相见恨晚之感,于是有了 40 余年的文友之谊。

倪家宅在浦东有些名气,人才辈出,仅当代就有著名钻头大王、党和国家领导人倪志福。中头字作家当时很稀罕,按全国人口平均计,20 多万人比一,辉祥得之不易,让我这个江苏高邮籍的老浦东深感自豪。

近日喜读辉祥的第 17 本书——散文精选《悠悠浦东情》,这是从他所创作的数百篇散文中,精选了 106 篇专情于浦东的作品集结而成的。这本书的最大特色是已进入古稀之年的老作家专门咏赞浦东沧桑巨变的倾情之作,是 70 余年深厚的浦东情酿成的美文。走马看花的过路客写不出这些有厚度有温度的文字,闭门造车者也编不出这些活色生香有浦东韵味的作品。此情此意此韵味,非一日之功,我作为定居浦东 60 年的老浦东,深知辉祥火热的赤子之心。浦东是我俩几代人的家园、文学梦的摇篮和迈步的起点,我俩对浦东的一草一木都有特殊的深厚感情。巧合的是,本书的策划者、特约编辑胡永其先生也是多年生活工作在浦东的资深文化工作者,作者和编者心灵相通。

我从文数十年,深知爬格子的艰辛。辉祥与我皆平民出身,父母缺少文化。他种过地务过工,恢复高考进了大学,当过教师、幼儿师范学校副校长、县人大代表,后来下海创业,千辛万苦有了今天的成果。难能可贵的是,无论他工作多忙,喜爱文学创作的初心始终不变,企业工作繁忙时,他会四点多钟早起写作两小时,然后上班操劳企业生存和员工生计。患病手术后休养期间,坐着都难受,大脑反应迟缓,头颈转动不灵,可是文学的诱惑让他忘了暂时不写了的诺言。

辉祥的新书质朴清新,透出浓郁的乡土风情味,也像一幅幅娟秀的水墨画,还有现代都市味的新镜头,展示出浦东沧桑巨变的千姿百态。《情系母亲河》回忆洋泾浜的一段文字让我分外亲切:河宽十多米、蜿蜒数公里的洋泾浜,流淌不远便分别流入了狄柴浜、二塘浜、东漕浜等几条更为细窄弯曲的小浜头，形成了洋泾地区的水系网络。它们毫不吝啬地浇灌着这方土地，形成了一方民众赖以生存的生命之源。

我之所以觉得分外亲切，因为辉祥和我都是这条河流的子孙，河中戏耍河边漫步种种乐趣刻在心里，河水里留下了我们的影子。到了晚年，辉祥搬进了别墅，我依然是经常到洋泾浜边市民休闲绿地散步的。书中写河流与水的文字好几篇，《小河之恋》《芦丛童趣》《铜钿沟忆趣》等，让我情不自禁想起故乡扬州高邮古运河一带的小河与荷塘，想起散文大师朱自清的《荷塘月色》等名作，朦胧的月色，低吟的蛙鸣，荷叶上滚动的水珠，今昔人物心境不同，写散文的手法情景相融却是相似的。浦东是江南水乡，是有许多水文化文章好做的。

善于捕捉浦东沧桑巨变的新气象新镜头，是这本散文集的又一个亮点，也是辉祥牢记作家使命、用文学歌颂新时代的领先之作。《大拇指跷跷》《洋媳妇坐月子》《从小石桥到观景桥》《我陪奶奶游大桥》等篇章，小中见大，活灵活现反映了浦东新气象一角。这些文字口语化有时代感，还有罕见的洋媳妇，读来非常亲切新鲜有趣。

散文选题通常怀旧恋乡比较多，反映新生活相对难写。辉祥巧妙地将两者融合，写出了自己的风格和韵味。"大拇指跷跷"本来是浦东人口头语，巧合的是浦东有个新型社区广场叫联洋社区大拇指广场，这里白领、洋居民比较多，大拇指广场名气很响，浦东人和洋居民都很喜欢。洋媳妇坐月子的习俗与浦东人很不一样，揉在一起自然是趣味横生。我陪奶奶游大桥也令我心动不已，辉祥的奶奶是96岁高龄的老寿星，我是他家的常客，大桥即远东斜拉索第一桥杨浦大桥，此桥就在我的家门口，小辈们陪同老寿星乐滋滋游大桥，祖孙同乐老寿星脸上笑开了花。文中远东第一桥与昔日的乡村小桥穿插对比，与小桥有关的悲痛往事增添了作品的厚重感。

书中还有《至味在农家》《醇香的浦东方言》《硬八样风味》等民俗风情美食妙文，品读时如见其色、如闻其香、如尝其味。陶醉时故乡著名作家汪曾祺的乡情名作涌现脑海。汪老长篇大作不多，短小说乡情散文字字珠玑中外闻名,著名作家贾平凹敬称汪老"文章圣手",评论家赞汪老的文字如清泉刷洗过的秦砖汉瓦一般洁净透露筋骨。汪老名作《故乡的食物》等我曾反复品读,色香味与辉祥擅长烹饪的浦东老八样有异曲同工之妙。

倪辉祥古稀之年出版《悠悠浦东情》,赤子之心堪称我等浦东作家楷模。真诚期望浦东有一支有广泛社会影响的作家团队,深情抒写浦东、高歌浦东故事,让新时代的浦东文学园地更呈五彩缤纷、万紫千红。

(作者系中国作家协会会员,编审,浦东新区作家协会副主席)

目 录

书墨馨香(序一) ......徐蚨民 1
倾情酿美文(序二) ......宗廷沼 4

第一辑 桑梓恋情

浦东恋 3
故土情结 5
梦萦乡情 7
芦丛童趣 9
"铜钿沟"忆趣 12
最忆是故居 14
心中的那片菜绿 16
在葡萄架的绿荫下 18
浦东人·浦东话 20
蘑菇棚里的笑声 23
嗜好"珍珠米" 26
独钟南瓜 28
亲近西瓜 31
诱人的风味"名吃" 33
不忘"菱角"情 35
感叹梅雨 37
捕雀记趣 39
公鸡与手表的故事 41

狗缘 ……43

因为我属猪 ……45

留存在记忆中的"年味" ……48

雪后 ……51

琢磨"后福" ……54

小河之恋 ……56

在雨中 ……58

绵绵桑情话不尽 ……60

"厨师老爷"小考 ……63

忆说"冬至"话传承 ……66

浦东老娘舅 ……69

浦东"大娘子" ……71

万年青 ……74

荡舟采菱 ……77

爱梅杂说 ……80

家乡婚仪琐记 ……83

花乡轶事 ……90

第二辑　故里深情

与真情有约 ……95

至味在农家 ……98

"特殊之缘"情悠悠 ……101

牡丹寄情 ……104

痴迷者的执着追求 ……107

深情的鼓励 ……110

"老来青"传奇 ……112

无价的生命价值 ……115

错位的"无心插柳" ……118

目 录

一位老党员的心愿 ……121

启蒙老师 ……123

文盲母亲的心愿 ……126

良种场纪事 ……128

粽子寄情 ……130

母亲的"菩萨心肠" ……133

明星陨落 ……135

土根叔的牡丹情结 ……137

父亲的眷恋 ……139

鞠躬致歉了心愿 ……141

闷声大发财 ……144

"虎"赞 ……147

落子无悔 ……149

牛年话"牛缘" ……151

闲来陪父饮几盅 ……154

平凡中的不平凡 ……156

固执中透溢出的美丽 ……159

雪里藏娇 ……162

"硬毛桃"的菩萨心肠 ……165

真情付出 ……168

"启蒙"无价 ……170

护绿使者 ……172

学车遇知音 ……175

情深似海 ……178

老父亲的心爱之物 ……180

第三辑 热土豪情

情系母亲河 ……185

"长寿树"下的快乐 ……188

水边亲绿情 ……190

扮靓"美女"的自豪 ……192

"明月"照亮我的心 ……195

自栽桃树芳自赏 ……197

"筑巢引凤"攀一流 ……199

人与花心各自香 ……202

品茗雅趣唯景 ……205

"大拇指"跷跷 ……207

洋媳妇"坐月子" ……209

情系花木 ……211

编织和谐新网格 ……213

宛如温馨的港湾 ……215

感动是一种心灵的共鸣 ……217

为了心中的那个心愿 ……220

当了一次证婚人 ……222

从小石桥到观景桥 ……224

嫁妆 ……227

老阿奶搬新居 ……230

在"舞蹈角"里起舞 ……232

桥缘 ……234

相约在"五一" ……236

趣从"德福"来 ……239

醉人的桃花盛宴 ……241

龙凤呈祥 ……243

重尝农家菜 ……245

梦圆时分 ……248

重新找回温暖 ……250

品茗新悟 ……253
新茶室 ……256
醇香的浦东方言 ……258
无价的身价 ……260
驱散迷雾 ……262
我陪奶奶游大桥 ……264
独轮车·自行车·轿车 ……268
流淌在笔端的浦东情结 ……270

附 录

朴实自然 真实之美 ……峻 青 275
内心感情的率真流露 ……叶 辛 279
梦想·现实及两种素质 ……季振邦 282
感悟倪辉祥 ……姚克明 284

后记 ……287

第一辑 桑梓恋情

浦东恋

我是一个地地道道的浦东人，自然怀有一种特殊的家乡情结。小时候，我常常瞪着稚气的眼睛问父亲："浦东有多大？"抽着烟的父亲搔着头皮说："你问这干啥？"我见父亲答不出，便转向母亲缠住问。母亲为了不使我失望，告诉我："孩子，我们这里住的地方就是浦东。"在我幼时的心目中，"浦东"小的可怜。

上了小学，我的好奇心更强烈了。有一次，我问包老师："为什么黄浦江那边异常繁荣、热闹？而江这边却这么冷落？"包老师怔了怔，沉思了一会儿，随即摸我的头，含混地笑了笑："这个嘛……将来你会了解的。"记得当时，我不满足地翘起了小嘴巴。包老师见状，重新过来摸我的头，笑了。这一摸，这一笑，像是蕴含着答不出学生提问的内疚，又像是蕴含着对学生爱动脑筋的赞许。

进了中学之后，随着年龄的增长，知识面扩大了，我就渐渐知道了"浦东"的这个范围：黄浦江以东地区都属浦东范畴。也了解到，凡经济发达国家的城市，都是合理而又平衡地开发江河两岸的。于是，在我具有了一些分析能力的头脑里又融进了新的问题："上海为什么单边发展？"

这是个极其复杂的问题，即使在我当了师范学校的语文老师后，也难以搞清缘由。

凭着一个浦东作家应有的丰富想象力，我暗忖：浦东不就是一个被冷落了几十年的处女吗？几十年后，我们的母亲像是从梦中惊醒了似的，终于发现了这位"老处女"的美貌和价值，于是吹响了开发的号角，向国内外发"征婚启事"，准备好好地修饰装扮这位宛如村姑一般素装淡雅的"老处女"。终于，国内外许许多多的有识之士和商家企业，从"不识庐山真面目"到透彻地认识了这颗"蒙着尘垢"明珠的价值,情不自禁地恋上了"老处女",纷纷向"老处女"抛来了求情的绣球。"长在深闺人未识"的"老处女",当然是容光焕发,热情似火般迎接着有情人的甜吻。

然这仅仅是初恋的吻。初恋是最珍贵、最激动人心的,初恋的吻,更富甜蜜、浪漫的色彩,具有摄人魂魄的魅力。初恋的吻,是脸与脸轻轻地按摩、心与心微微地碰撞、情与情绵绵地触动。恋人在面面触摸中尽情地吮吸着柔蜜的温馨,在频频的感觉中充分地体验着诱人的韵味。初恋的吻,催发着感情花圃中含苞欲放的蓓蕾,掀动着友谊海洋中极富魅力的浪花。初恋的吻,吻得"老处女"越来越年轻、越来越漂亮了,全身发生了翻天覆地的变化。昔日的村姑,如今已演变成一个楚楚动人的美女。自然而然地吸引了更多"伟男子"来喜欢她、恋上她。不用多言,初恋是走向爱情结晶的必由之路。享受了初恋的甜蜜,"老处女"一天比一天变得时尚风流了。

有了情真意切的初恋之吻,才会渐渐地进入热恋的佳境。而热恋中的吻,具有最为热烈、最为激动的力量。热恋的吻是心与心激烈的碰撞、情与情汹涌的翻滚,促发着感情花圃中的百花齐放。现如今随着浦东开发新一轮高潮的来临,"老处女"呵,更勇敢些、更大胆些吧!千万珍惜这千载难逢的热恋佳期,让爱情之花开得益发鲜艳,让爱情结晶结得益发丰硕!

我相信随着"老处女"这颗明珠的光芒四射,将会有越来越多的人深深地恋上她的。对于一个浦东人来说,尤其感到无比的荣耀和自豪!

故土情结

随着浦东开发新一轮高潮的掀起,田野和村庄正在加快消失,高楼大厦和各种现代化的设施在迅猛耸起。故而,越来越多的"面朝黄土背朝天"的种田人面临着动迁。

动迁,就是意味着要离开世世代代繁衍生息的故土,迁往一个全新而陌生的新地方。这其中,自然是蕴含着深深的眷恋与无限的向往。能够搬进宽敞明亮的新居,是一种彻底改变生活条件的欣喜,是一种梦寐以求的渴望。但是,对于许多上了点年龄的老农来说,愉快的背后,夹杂着难以抹去的怀旧心理,故而难免会时时流露出对故土老宅的眷恋之情。

在我的生活圈子里,有着不少已经动迁或是正面临着动迁的亲朋好友,所以,我常有领略这种"故土情结"的机会。他们对故土与老宅流露出来的情真意切的感情,真叫人感叹不已!

"告别老宅酒",是许多农家的必备节目。搬出老宅前,邀上亲朋好友,在老宅里最后一次宴请宾客,洋溢着对居住了几十年老宅的恋恋不舍之情。正因为是在老宅里办的最后一次酒,所以,酒席之丰盛、场面之热烈,是颇为让人动容的。我应邀参加过好几次亲朋好友举办的"告别老宅酒",深被主人对老宅的不舍之情所感动。有的老人酒酣之时,诉说起搭建和翻造老宅时熬辛吃苦的情景时,常会唏嘘不已,泪水总会噙满眼眶。对老宅的留恋溢于言表,真叫人感动。

"拍下老宅的照片",又是农家人颇为新颖的眷恋追求。拍下故居的旧貌,录下屋内的摆设,留下庭园内的一草一木,以便于日后思念之时翻阅,寄托一番对故土的情思。

也有不少老人,也许是受到了传统习惯的影响,在搬出老宅的那一天,起个绝早,烧上几个菜,燃上香烛,举行一个"祭拜祖宗"的仪式。祭拜者态度虔诚,嘴里念念有词,祈求故土老宅之神灵伴随着自己搬进新居,确保平安无事。举止虽带有迷信色彩,但毕竟也是老人们对故土老宅情结的真情流露啊!

　　搬家时,小辈与老辈之间的矛盾和冲突时会发生。紧跟潮流、思想新潮的年轻人,对一些原来的旧家具、旧的生活用品自然是不屑一顾的,搬往新居时渴望着购置新家具与新的生活用品相配套。而老人呢,弃之这样心疼,丢之那样会肉麻。他们不仅想将浸透着心血的东西搬走,而且几乎想将所有的"破烂"都装走。于是乎,矛盾就会产生,有的人家甚至会爆发激烈的争吵。我曾经当过几次"和事佬",从中不仅看到了两代人之间无法弥合的代沟,而且让我深深地领略了老人们对故土老宅的难以割舍的率真情感。

　　搬弄捏摸了一辈子泥土的人,是永远不会嫌弃泥土肮脏的,而是始终偏爱着泥土的芳香。有的人在搬出老宅时,往往会捧上一抔故居的泥土,留作永久的纪念;有的人甚至会掘上几蛇皮袋的泥巴,运到新居,分装在面盆或是瓦缸里,然后种上葱或蒜,以便让难却的田园生活和泥土芳香的余韵依然伴随着自己。

　　故土情结,是真挚的、是深沉的;可以说,是一种眷恋情结,也是一种感恩情结。这是一种既朴实无华、又有着深厚底蕴的情感积累。这种积累越多,就越会让人难以割舍。所以,轮到要强制割舍时,就会采取各种形式,不知不觉地显现出来。

梦萦乡情

思乡之情人皆有之。我当然也不会例外。老家适逢动迁，几经搬家之后，终于离开了生我养我的家乡。生活了几十年的地方，早就衍生出了一种难解的家乡情结。故乡的一草一木、风土人情，父老乡亲们的喜怒哀乐，时常勾起我的思乡之情。思念强烈之时，常会在睡梦中牵挂萦绕。梦醒之时总是令人唏嘘不已：有惆怅，也有欢乐；有感慨，也有亢奋。因为我的家乡正处在翻天覆地的变化之中，日新月异"旧貌换新颜"的速度，实在令人目不暇接。

我的家乡原称为洋泾乡，现在为了避免与原洋泾镇的名称重叠混淆，故而改名为钦洋镇了。它的地理位置恰好处于浦东的中间地带：紧邻黄浦江，坐落在浦东大道以南、锦绣路以北、源深路以东、上川路以西的方圆范围里。杨浦大桥顺沿着钦洋镇的中心轴线蜿蜒向南，这一得天独厚黄金地段的优势，使得故乡得以处于浦东开发的前列。原先杂乱无章的自然村落在消失，成片的农田被迅速地蚕食着，取而代之的是一幢幢高楼在耸立，一个个新村在涌现。变化实在太大，致使许多"老洋泾"由衷地感叹：真是回家找不到路了！每隔一段时间，我抑制不住思乡的情结，总要去原是我家乡的地方兜一圈，家乡的深刻变化，每次总会让我滋生出许多感慨和衍生出许多联想。

洋泾乡原本是以种菜而闻名于沪上的，在上海郊区是排得上号的著名菜乡之一，尤以番茄、黄瓜、圆椒等品种独领风骚。在一望无际的农田里，菜绿成片，像是铺满了绿色的地毯。我曾经有过当菜农亲手培育过菜绿的喜悦，从菜园里割些新鲜蔬菜炒了就餐，鲜嫩得令人直淌口水而不肯停筷。我曾经享受过漫步在绿地毯上调节自己情绪的福分，口渴时，摘条黄瓜、采只番茄品尝,味道浓郁得让你倒咽口水。在这片充满了乡村气息的土地上,我尽情地领受过乡情的浓郁和民风的淳朴,也充分地接受过父老乡亲们恩赐予我的深情厚谊。故乡的土地上留满了我童年的欢乐和成长的足迹,故乡的水土也养育了我淳厚正直的性格和吃苦耐劳奋发努力的精神。

昔日的农村,正在朝着城市化演变,自然是我家乡的福气。简陋的农舍被拆除了,星罗棋布的河浜沟头被填平了,破旧的乡村眨眼间就变成气派的新城区了,多么可喜的飞跃呀!仅与世纪公园一路之隔的高级住宅区联洋花园正在崛起,源深路东侧建成了浦东最大的源深体育场,紧挨着浦东大道边的阳光世界、仁和宾馆等大厦如雨后春笋般涌现,东面是一大片外观雅致、造型各异的居民住宅区。在我家乡的范围内,光是高楼就已经建起了几十幢,形成了一道亮丽的高楼景观。原先的阡陌小径和煤屑石渣铺筑的机耕路,已经消失殆尽,取而代之的新马路条条宽阔而平整,难怪家乡人要难识家乡的面貌了。

恐怕谁都会有一个难解的故乡情结,在怀念故乡的同时,谁不想自己的家乡变得更富有、装扮得更美丽呢?千载难逢,改革开放的春风吹醒了浦东的大地,使得我的家乡得以沐浴着暖人的春风,迅速地改变着自己的面貌,好比是一个衣衫褴褛的村妇突然间换上了时髦而新艳的服饰一般,让人赞叹之余而不敢相认了。如此大的变化,自然会引发我的思乡之情、自然会在梦中牵挂不已了。

家乡还在日日变美,而我对家乡的牵挂也在日趋强烈。

芦丛童趣

孩提时的感情,色彩浓郁。任凭岁月流逝,始终淡漠不了,依然清晰、醒目。留在我记忆中最浓的色彩,是家乡满目的芦苇。

芦苇,落地能生,遍及池沼、河滩。我家乡浦东的河浜沟头里,闪入眼帘的到处尽是芦苇的倩影。为保土固堤,它鞠躬尽瘁……翠绿的芦苇呵,蕴藏着我童年的足迹。

叶

端午时分,暖日融融。芦苇抖展出绿色的姿容,叶片排列成两行,垂挂在亭亭玉立的秆身两旁。夏风轻轻吹,叶片随风摇曳,宛似向人们传递着自己成熟的讯息。

是包新芦叶糯米粽的时候了。母亲忙淘米,父亲采芦叶。还记得,幼时的我,叫嚷着要跟父亲去采叶。缠得父亲没办法,就将肩膀让我当马骑。挽高裤腿下河时,他总会摘下芦心卷喇叭哄我玩。稍大些,采摘芦叶的任务就不用父亲操心了。赶在上学前,迎着晨曦,小伙伴们就会结伴步入河滩。虽然披了一身芦叶上的露珠,但欢乐的嬉闹声、歌声,会久久地萦绕在芦苇丛中。随着升火加温,芦叶会使裹着的糯米,飘逸出沁人肺腑的清香。翠绿的芦叶呵,它毫不吝啬地为孩子们增添着无限的乐趣……

根

夏日炎炎,热浪炙烤。扎根在水下泥中的根茎,是那样的粗壮,正静静地恭候着小淘气们的光临。在清水中洗去泥浆,芦根就洁白如银了。一放暑假,我们玩累口渴,纵身下水,挖段芦根嚼嚼,脆嫩清凉,良久,余香仍然无穷。

儿时挖芦根吃,不过是解解嘴馋而已。尔后偶翻医书,方知芦根原是中医学上入药之物:性寒、味甘,能消胃炎,除肺热。难道它是祖辈们解热消暑的良药?大概儿时芦根吃得很多的缘故,我从不中暑呕吐。"芦根还能造福于人类",我对芦苇的感情又滋生了一层。

花

秋高气爽,硕果累累。芦苇抽蕊,由白转紫色。圆锥花序由众多小花组成,分枝梢伸展。随秆飘摇,仿佛竭力摆弄风姿。然而它呀,毕竟没有其他花卉的雍贵、娇嫩、艳丽,也不像其他名花浓香扑鼻。朴实无华,它太平淡无奇了。试问,有哪位文人会特意去河边荒滩观赏它的粗姿陋相?

但是,家乡人却视它如珍宝。儿时,芦花在我心目中有至高无上的地位。为了让父兄多扎芦花扫帚,我几乎每天放学之后,就邀伙结伴去折芦花。芦花呵,视肮脏嫉恶如仇,它甘愿为家家户户的洁净、舒适而粉身碎骨,又有哪种花能与它相媲美?此外,它的花絮能当枕芯。农家姑娘出嫁时,它为新人祝福,伴随着新娘进入燕尔情乡……

从这点上说,芦花难道不是世上最美的花吗?

秆

秋末初冬,叶枯秆黄。这时,芦苇的躯体发育得又粗又壮。但它毫不顾惜自身,随着镰刀"嚓嚓"声响,芦秆成了农家的生财之宝,编芦帘,织芦席。孩子们也尾随在父兄的身后,递砍刀、抱芦秆、劈芦抽篾,忙得不亦乐乎。随着机器的运转声,芦秆竟能变成纸、人造棉、人造丝……它努力地为生活编织着新的色彩。

"芦苇浑身都是宝。"每次回乡,芦苇总会勾起我童年的欢乐情趣。它又会使我触景感叹:生活中不是有很多"宝",还得不到应有的重视吗?

"铜钿沟"忆趣

记得,我家老宅东约一里许的田野上,坐落着一条圆圆的小沟头。这条沟头称小也不算小,占地有几亩地方圆,沟正中有一个土丘似的小岛。整个形状宛似古代一枚中间镂空的铜钿。有人说,"铜钿沟"是由此而得名的。也有人说,这一带的种田人穷,盼望着沟头里生出铜钿来,故而为之取了个"铜钿沟"的吉利名字。究竟是如何得此雅号的,恐怕谁也无法考证。

远眺绿荫浓重的"铜钿沟",胜似一颗镶嵌在田野上的绿宝石,特别引人注目,分外诱人喜爱。走近了端详,则是另一种让人着迷的典型乡村景色:沟边,芦苇丛生,杨柳飘舞;沟中的小岛上,杂树环生,野草茂盛;水面上,片片菱叶和水草随风起伏着。满眼的绿色掩映着整个"铜钿沟",显示出了一股郁郁葱葱的生机。徜徉在沟岸边,真让人畅快舒适,简直会使人流连忘返。

"铜钿沟"其实是一条孤单无援的死水沟,与相隔不远的任何一条河浜都没有沟通。常言道,流水不腐,而死水往往容易变成臭水浜。但是,令人暗暗称奇的是"铜钿沟"的水从不发臭,拨开菱叶和水草,立时可见沟水碧绿而清澈;伸手水中,马上就能感受到一股极其舒爽的清凉;即使是烈日炎炎的酷暑天,也会让人领受到一种透心彻骨的阴凉。"铜钿沟"深不可测,一篙子插下去插不到底,所以村里人谁也不敢贸然到靠近小岛边的深水区里游泳。然而,令人不可思议的是沟中有着世世代代永远也捕捉不完的鱼虾鳝蟹。所以,村里的家家户户闲暇时,常会去"铜钿沟"里捉鱼摸蟹、捞虾钓鳝,一来增加餐桌的佳肴以饱口福,二来可去镇上卖了换些油盐和香烟钱。因而,村里的人们经常会由衷地赞叹:"铜钿沟"里铜钿多！

顶热闹的时候，或许是端午时分，家家都会争相到"铜钿沟"边的芦苇丛中，采摘苇叶包裹新苇叶糯米粽，这时，欢声笑语就会在"铜细沟"里荡漾；或是夏季田间操作劳累时，农家人都会纷纷躲到沟边杨柳的绿荫下，抽支烟憩息一会，享受一番凉快，以便尽快恢复元气；或是春夏之夜，初恋的情侣羞于被人撞见，就会不约而同地钻进"铜钿沟"的树影下，窃窃私语地互诉着衷肠。

最为有趣的，是小时候随着大人掮着椭圆形的大型木脚盆，放到"铜钿沟"里，让我们坐在上面，缓缓地行进在菱叶间采摘着鲜嫩的菱角。不过，为了安全起见，每家的大人都会在小孩的腰间系上一根绳子，牵着一头以防落水之不测。我们常会因满载而欢叫，也会因木脚盆的摇晃而惊呼。喜悦伴随着惊吓，流溢着一种充满了刺激的独特情趣。回家后，一家人围坐在一起，剥着菱壳，品尝着脆生生、甜丝丝的菱肉，美得不肯停嘴。

既是可惜的，又是可喜的，在浦东开发的浪潮中，"铜钿沟"在无形中填没了，一道亮丽的乡村风景线消失了，一颗村人引以为自豪的"绿宝石"破灭了，夷为了平地的"铜钿沟"，带走了村人们原始的精神寄托。但是，一幢幢造型别致的高楼却在原处矗起，形成了一个环境优美的安居乐园，又一颗更为耀眼的"绿宝石"给村民们带来了现代化气息浓郁的欢乐和享受。

搬进了坐落在"铜细沟"上的新居后，尽管享受着新生活的喜悦，但是"铜钿沟"的倩影还常常会在我的眼前浮现。每每回忆之时，我的心头还会涌起一阵难以抑制的激动。

最忆是故居

伟人或是名人曾经住过的地方，才有资格称得上故居。我这里所说的"故居"，只不过是我这个名不见经传的小人物居住的老宅而已。几年前老宅纳入了动迁之列，如今早已没了踪影。虽说我几经搬迁房子越住越好，住进了人见人夸的宽敞而舒适的公寓房，但老屋的影子还是常常清晰地萦绕在我的眼前。当然老屋是远不能与新公寓的住房相比的，然而毕竟是我呱呱落地的出生处，是我度过了四十多个春秋的地方。在里面，曾经有过我的欢乐和苦恼，也曾经有过我的追求和梦想，所以，至今回忆最多的仍然是早已消失了的故居。

我的老家原洋泾乡朱湾村所辖，坐落在一个叫倪家宅的村子里。倪家在浦东是一个颇有点名气的大族，曾经出过一些出类拔萃的人物，如全国人大常委会副委员长倪志福等，至于像工程师、医生、教师之类的人才，更是不计其数。一方风水宝地养育一方人杰。我家老宅的位置，在倪志福故居的西北面——相距不过百米之遥的西倪家宅，由数十户人家组成的西倪家宅的村落形状，恰似一把手枪，而我家的老屋恰巧镶嵌在手枪柄上的"扳手"处。"手枪柄"的前面是一片视野宽阔的农田，"手枪柄"的后边是一条像只元宝形的圆沟。据老辈人说，风水先生来村里看过风水，说是我家所处位置"风水"最好。这正是老辈们聊以自慰的精神寄托。

我出生时，老屋在村里也算是有点气派的一排五间堂。可在解放前夕，被败退的残兵败将放一把火烧成了废墟。人总该有栖身之地呀！无奈的父亲只得东借西凑，重新在原址建起了两间五路头的简易瓦房。后来因为人口多了，又东披西搭弄了两间披屋，一家九口人聚在一起将就着过日子。尽管由于人丁兴旺住房拥挤得很，但我们还在这小小的螺蛳壳里养上了羊、兔、鸡、鸭。可喜的是我们早上从来不会睡过头,因为"叽叽喳喳"的禽畜大合唱,总会将我们唱醒。晚上在洋灯罩下做功课,为了不妨碍奶奶她们睡觉,常用一张厚纸,挖个圆孔套在灯罩上遮掉光线,由于兄弟姐妹多,所以我们只好轮流着在灯罩下做功课。学习的条件是如此艰苦,但我们兄妹几个的成绩还是不错的,所以奶奶常夸"草窝里飞出了金凤凰"。

到了1976年,我们五个弟兄相继长大,到了"男大当婚"的年龄。当父母的总不能看着儿子结婚没婚房呀!于是,省吃俭用,咬紧牙关,将老屋拆掉,翻造起了四上四下的楼房,在当时的整个宅村上算得上是气派十足的。我们还在四周种上了冬青和水杉,几年一过,青翠欲滴的冬青繁茂成了天然的篱笆墙,构成了一个宁静而舒畅的小天地。楼前有个七八十平方米的庭院。初时,母亲在里面种了各种菜蔬,后来随着家里条件的好转,渐渐地不种菜了,陆续栽上了橘树、枇杷,搭起葡萄架种上了葡萄。空闲的地方还种上了一些花草,有月季、茶花等。时间一长,倒也形成一个像模像样的小花圃了。劳累了一天之后,钻进花圃,摆弄一会花草,自会消除疲劳。

在老屋里成家,在新楼里育儿。有道是,平平淡淡才是真。生活在旧居里的感受,是清淡而平静的,是平凡而朴实的。但是,旧居毕竟是给了我儿时的欢乐、年轻时的梦想和进入中年之后的成功。所以,我对于故居的怀念和留恋,既真诚又深沉,就像对初恋的甜蜜永远难以忘怀一般。

故居,肯定会时时勾起我对如烟往事的回忆;而我对于故居的情丝,一定会悠悠地伴随着我往后的岁月。

心中的那片菜绿

可以说,在我走过的半个世纪历程中,陪伴我最多的色彩是菜蔬的绿色。由于我长期生活在菜乡的缘故,所以我的第一份喜悦始终增添着我对菜绿的迷恋钟爱。这种与菜绿朝夕相处了几十年的情缘,潜移默化,也积聚成了一股随时会喷薄而出的热流,时时在我心中涌动,繁衍着我对家乡的热爱,繁衍着我想颂唱菜绿的真诚之情。

菜绿,是一种人们司空见惯的极其平常的颜色,质朴得常常被人忽略。然而,它却是人们赖以生存的必不可少的底色。菜蔬吸收着阳光、雨露的精华,经过自身的转化,给人体提供着必要的绿养分。人的生命中,如果缺少了这种绿色,那么生命就会多生不测。时下,菜绿正以自身特有的魅力与特具的功效,喷发着醉人的诱惑力,促使人们对它加深认识、加浓感情。人们开始尽情而贪婪地享受着这灼热的生命之绿了。

菜蔬之绿,从小就浓浓地涂抹在我的心灵深处。幼时,母亲抱着我去菜地劳作,将我安顿在田埂上,不安分的小手沾染着青翠的菜绿,至今仍然深深地留在我的记忆深处。稍大些,母亲在前边挑青菜,而我跟在后面拾着绿色中带点黄的菜皮,拿回家喂羊,剁碎了给鸡鸭吃。而小时候农家的餐桌上,很少吃得上鱼肉荤腥却顿顿有新鲜碧绿的叶菜类。绿色的菜蔬,给了我生长的足够养料,使我体格逐渐强健。

插队落户时,我回乡当上了菜农,整天种植、浇灌、培育着绿色的菜蔬,自然而然地增浓了对菜绿的情愫。空闲时,凝视着一片连着一片的菜绿,心中不由滋生出甜意来。置身其中,烦闷自会消尽,舒畅自会涌出。无数次,我徜徉在菜绿之间,沐浴着皎洁的月光,交流培育蔬菜的心得,并在此期间获得了爱情。当了教师后我仍然住在乡间,仍然难以丢舍心中的那片菜绿，逢上疲劳或身体不适时，我就会漫游在绿色的菜蔬之间，调节着自己的情绪，调节着自己的体能，其效果胜似灵丹妙药。所以，说什么也抹不掉心中的那片菜绿呀！

老家动迁之后，陡然间失去了在田野上散步的机会，看不到那片令人欣喜的菜绿了，顿感若有所失。不是吗？我失去了呼吸清新空气的机会，我失去了菜绿带给我的欢悦。于是，心中的那片菜绿，尤其是在我身体欠佳或心情烦躁之时，就会时不时地在我脑海中迭现，勾起我对流逝的生活乐章的思念，那优美欢快的节拍、那激越动人的旋律……

蕴藏于我心中的那片菜绿，从没淡忘过。"下海"办公司选址时，也许是"那片菜绿"在心中萌动的结果，我毫不犹豫地搬到了当时还是菜乡的明星村，才重新获得了散步其间的机会。尤其是患上了"富贵病"后，我对它更加亲近了。我知道，大自然的绿色馈赠会减轻我的病症。工作之余、疲惫之时，我会情不自禁地步入田间小径，沉醉在让人愉悦的菜绿之中。碰得巧时，菜农就会挑些青翠欲滴的菜蔬给我，让我如获至宝。

菜绿，你是春天的颜色、青春的颜色、生命的颜色、希望的颜色。时间愈长，我会愈珍惜"那片菜绿"。

在葡萄架的绿荫下

自从动迁搬进了新公房后,生活环境一下子起了急剧的变化,老实说,我是很难快速适应的。故而,常常会情不自禁地回忆起过去,留恋那种居住宽敞、环境宁静、空气清新的乡村生活。尤其是屋前的那座给我留下了无数美好印象和不尽情趣的葡萄架,更是常在梦中萦绕。

我家老宅前的庭院宽阔,周围栽满了冬青。几年一过,葱绿的冬青枝繁叶茂,宛似一圈自然的绿色篱笆墙,构成了一个典型的农家小天地,质朴而幽雅。生活其中,自然是舒畅而悠闲。庭院里虽然也栽种着一些诸如月季、茶花、橘树之类的花木,但还是给人留下了"空闲太多"的遗憾。某年春天去花木乡采访,园艺场的主人一定要送我两盆名贵的花以示谢意。盛情之下,却之显然不恭,而我的兴趣不在花草上,却是相中了那片已经扦插成活的葡萄苗木。主人立即心领神会地精心挑选了两株,一株是水晶葡萄,一株为巨峰葡萄。

我兴冲冲地回到家,用毛竹、树枝搭了一个长6米、宽4米的葡萄棚,并照着花农的盼咐依样画葫芦地将两株葡萄苗栽种在对角上。自此,我经常为之浇水、松土、施肥,眼看着苗木一天天长高、藤蔓开始爬上了棚架,心里真是说不尽的高兴。可是,没想到一场特大的台风竟然在一夜间刮倒了葡萄架,藤蔓也被扭绞在竹竿、绳丝之间痛苦地呻吟着。如此的惨相,敦促我痛下了建造水泥柱葡萄架的决心。于是,我雇来了泥工,像模像样地建造起一个造型美观的钢筋水泥结构的葡萄架来。落成后,我小心翼翼地牵藤上架,让它蔓在顶架上爬行均匀。不久,藤蔓的满身伤痕愈合,又生机勃勃地欣欣向上了。

葡萄的生命力可谓旺盛,第二年顶架上已爬满了藤蔓。掌状分布的叶片极其茂盛,枝枝丫丫间开满了黄绿色的小花。随着时间的推移,小花变成了一串串的小葡萄串,乳绿色的、紫红色的,煞是好看。到了第三年,棚架上的叶蔓越加茂盛,重重叠叠的,棚架下,绿荫浓重,恰似一块遮阳的绿色布幔。

夏天,我总喜欢搬一只竹躺椅,放在葡萄架下,躺在上面看书。看累了,仰面凝视着绿色的藤蔓,让绿色柔和一下疲倦的眼睛。兴趣浓郁时,我会长时间地观察着它的开花、结果的演变过程。极其疲乏时,我又会在蝉鸣的催眠下在绿荫中美美地睡上一觉。这种自得其乐的享受,真的令人心情舒畅。

葡萄成熟时分,逢上朋友来叙谈,在绿荫下搁上一张小方桌,搬上两把小竹椅,相对而坐,尽情交谈,感觉会特别好。口渴之时,端来一盆井水搁在桌上,随手摘上两串葡萄,边洗边吃,谈兴自会更浓,嘴里甜,心里更是甜蜜。若是遇上文友来访,绿荫下的凉快、舒心,更会触发我们的灵感,兴奋地扯谈着一篇篇充满着浓郁乡土气息的作品的构思。这时候的喜悦,总会诱使我们伸手摘下一串串葡萄,边吃边笑,尽情地享受一番双重的甜蜜。朋友告辞时,顺手采上几串葡萄装进马甲袋,让他的家人也尝尝鲜。

可以说,置身于绿荫下,或是歇息,或是洗菜洗衣,或是叙谈,自有不同的情趣在心头滋生。整个炎热的夏季,葡萄架下独特的绿荫,总会带给我无尽的清凉和欢乐,总会使我产生美妙的遐思,憧憬美好的未来。

尽管现在已经失去了置身于葡萄架下的欢乐,但我心中的那片别有情趣的绿荫,永远也不会消失。

浦东人·浦东话

一直被冷落了四十年的浦东,在上海几乎成了"下只角"。生活在"下只角"里的人,在有些人眼里,自然也成了"下三流"的角色。浦东人外出,如果不开口,人家难以辨清你是什么区域里的人;然而,只要一开口,带有浓重乡土味的浦东话,就会像一杯醇香的老白酒,被品尝者品出味道来。

浦东人的浦东话真是太有特点了。

记得小时候,父亲带我去他的工作单位玩,按着父亲的指点,我一个个挨着叫"爷叔""伯伯"。父亲的同事们友善地摸着我的头,冲我叫"小浦东"。有几位爷叔甚至学着我的浦东乡音说:"小浦东的浦东话比老浦东还要味浓。"有的甚至逗趣开了:"伲老浦东养了个小浦东,小浦东同老浦东长得一塌子一老(一模一样)。""伲浦东风大来兮。"一席戏言,弄得我有点尴尬,直觉得脸面一阵阵发烫。

高中毕业,分配一片红,我回乡插了队。不久,我到供电局高压工区做外包高压油漆工。有一次上余杭县的一个小镇买肉时,一位50岁左右的斩肉师傅,一待我开口,就问我道:"你是浦东人吧?"我惊奇了:"侬是哪能晓得的?"他笑着说:"我在浦东待过两年,怎么会听不出你的浦东口音?"以后,为了不让人家辨出我是浦东人,我就将"伲"改成了"阿拉"。但有两次还是被人识破了我的"庐山真面貌",有人甚至讥讽我:"不是上海人就不要冒充嘛!"我不服气地反驳:"难道浦东不属于上海吗?"

自此之后,我豁然意识到:在有些人眼里,操持浦东话的浦东人仿佛矮人一等似的。

恢复高考制度,我这个"老三届"参加了不抱希望的考试,竟然会金榜题名,考进了上海师大中文系。进了寝室,同学们常会学着浦东方言同我寻开心。有一次我熬不住与同学板了面孔。这些暂且可搁置一边,但学习上我最感头疼的课程就是语音,显然是浦东话的发音习惯害苦了我。浦东人发音的毛病是,常将卷舌音与单舌音、前鼻音与后鼻音混淆,发不准"王"与"黄"之类的音,因而常常逗得哄堂大笑。但是,事情往往就是这么怪,被大家笑话惯,胆子反而壮了。我放大胆坚持练习的结果,考试时竟然得了92分。

毕业分配时,有一条死硬的政策规定:凡户口在郊区的,一律回郊县的中学当教师。我是浦东人,自然难逃回浦东教书的命运。届时,因我发表了几篇小说习作,所以有家刚复刊的青年文学期刊有意物色我去当编辑。几经努力、几经周折之后,由于我是浦东户口,结果又是好梦难圆。后来,电台、电视台招考记者,又因为我持的是浦东户口而连报名的资格都被取消了。浦东与浦西仅仅一江之隔,可差异却是天壤之别。不用说,这倒霉的户口政策,真将浦东人弄得矮浦西人一大截了。

好几次,我曾愤愤地想:现在所谓的"上海人",是来自五湖四海的"什锦盆";而真正的"上海人",大概可算是倒霉的浦东人了!照此推理,真正的、正宗的"上海话",难道不是浦东话吗?我不止一次地发自内心呐喊:应该为浦东人正名,更应该为浦东话正名!

冷静下来想想,浦东人淳朴、厚道、勤奋、好学,如张闻天的博学与正派,同族叔辈"钻头大王"倪志福的勤奋、钻研精神,难道不正是浦东人的骄傲吗?难道不正是浦东人的缩影吗?浦东人独具一格的发音和醇厚的音色,恰恰是形成了浦东话自成一体的风格。由于浦东话充分体现出了地方风俗习惯和浓郁的乡土风味,因而,"浦东说书"就成了一种曲艺的名种,为多少人所欣赏,为多少人所迷恋。一曲《养猪阿奶》,曾经风靡全国,醉倒过无数热情的听众。

开发浦东的号角一吹响,浦东的土地就比黄金还值钱了。比如说调房吧,由以前的浦东调浦西要倒贴面积,变成现在的平起平坐了。浦东人的身价,像温度计里的水银柱,直线上升得简直无法形容。甚至连往日被有些人笑话的浦东话,也急剧地改变了地位。有时我去市里开会,有人一听到我的浦东口音,或是投来羡慕的目光,或是关切地询问浦东开发的进展,或是跷起大拇指说:"生活在浦东的人真的有福气!"

这是一个质的飞跃!要不多久,浦东也会像深圳一样,成为一颗举世瞩目的新星;而对生活在这颗"新星"里的浦东人,人们一定会刮目相看。到时候,不少人,尤其是那些鄙视过浦东人的人,也许会千方百计地挤进"新星"里争当浦东人。

蘑菇棚里的笑声

沪上正在悄然流行起让人享受亲身体验的各种"吧房",继风靡一时的"陶吧"之后,近来又冒出了"菇吧",让人深切地体验一番亲手种植的乐趣,当一回"采蘑菇的姑娘"。我以前在洋泾乡插队当菜农时,也曾有幸当过一段时间的种菇"姑娘",享受过其中的特殊情趣。所以,当我从晚报上读到这条消息时,立即勾起了想去都市里的"菇吧"瞧一瞧的念头,以满足一下我的好奇心。凑巧的是昔日一起种过蘑菇的阿琴夫妻俩打来电话,说是他们下岗后,下乡去承包办了一个蘑菇种植场,盛情邀请我去参观指教。

昔日村邻间朝夕相处的情谊,情不自禁地勾起了我对如烟往事的回忆。

那时,我们菜乡接到了种植蘑菇出口的任务。凡是分配到种植面积的生产队,都要派一个人去乡农技站集中培训,学习蘑菇的种植技术。我们队里一致推荐心灵手巧的阿琴姑娘去学习,而我们几个年轻的小伙子则被队长分派去搭建蘑菇棚。阿琴培训结束归来,活学活用学到的知识,指挥我们在晒得半干的牛粪里掺进木屑、棉籽壳之类的营养成分,揉和揉匀了,捏碎捏软了,然后一层层地铺到菇架上,用手掌将之拍结实。至于菌种下种,是滴眼药水似的细活,那是阿琴她们几个姑娘的活。蘑菇性喜阴暗潮湿,当它们度过了培养期,就会争先恐后地破土而出。蘑菇的生长需要周而复始地不停地用喷筒浇水,之后,就会纷纷冒出乳白色的"小脑袋"。采摘是不能延误时间的,稍有偏差,"小脑袋"就会胀破而成为次品。我和同伴们一样,第一次见到蘑菇像雨后春笋般地冒出"小脑袋",真是感到既新鲜又兴奋。阿琴的心血没有白花,她见到自己所学的知识变成了丰硕的果实，自然更加高兴，蘑菇棚里处处可以听到她的笑声。

对我们这些男女青年来说，最起劲的是争取晚上在蘑菇棚里值班采摘蘑菇。我向队长自告奋勇，争取到了"白天休息，晚上值班"的看棚任务。无意中，我发现，在培育或是采摘蘑菇时，阿琴总喜欢与长得人高马大的小洪钻在一起，常常头碰着头，发出欢快的笑声。到后来，阿琴和小洪这一档，经常同别人调换班次，甘愿值夜班。两人形影不离的倩影，倒是引起了我的注意：他们不像别的搭档，男的浇水，女的采摘，而是一起浇水，一起采摘，而且是欢声笑语不断。有一次，我故意揭开了这对初恋情人的秘密，弄得他俩面红耳赤。结果还是阿琴爽快地点着头说："既然你晓得了，那以后轮到我们当班，你早点回去休息好了……嘿嘿。"当然，我不能太不识相，两全其美，何乐而不为呢？瞧着我点头，阿琴笑得更加甜了。从此，他俩的恋情在蘑菇棚里升温加快，蘑菇简直成了他俩的"红娘"。

不久，阿琴和小洪登记结婚了，速度快得让人瞠目结舌。大概是为了掩人耳目，他俩央求我做他们的介绍人。我挺乐意做这对"蘑菇情侣"的现成"媒人"。

几年前浦东开发征用了队里的土地后，阿琴和小洪他们作为征地工进了工厂工作。前不久，听说他们夫妇俩都下岗了……

趁着休息，我按地址寻到了他们新开设的种植场。一溜由原先的猪舍改建成的蘑菇棚，一间间里隔成了每层四格的蘑菇架。每个架上冒出了朵朵乳白色的大小不一的蘑菇花，煞是好看，分外诱人。棚内有好几个年轻妇女笑声不断地采摘着蘑菇。年长一点的妇女围拢在一起，开心地削切着蘑菇根。正在忙碌着的阿琴猛然间看到了我，立即飞快地迎过来，高兴地招呼着："阿祥哥，怎么样？还像点样子！"她的口气里充满着喜悦和自豪。

"真没想到你这个当年的种菇能手，现在眼睛一眨，变成了气派蛮大的'蘑菇老板'了！"我由衷地赞叹着。

阿琴爽朗地笑着说："下岗了，没饭碗了，不少人怨三怨四的，可我啥也不怨,有本事自家寻饭碗。就这样,我联系了七八个下岗姐妹同我们夫妻俩一起办起了'下岗工人蘑菇场'。"

"小洪呢?"

"他负责销售……送货去了。"

笑声,充满了信心和希望的笑声,在蘑菇棚里回荡着。

"阿琴同蘑菇真是特别有缘!"我凝视着阿琴的笑脸,回味着这动情的笑声,不由感叹着:这"乡村菇吧"重新焕发了她的青春活力。

嗜好"珍珠米"

玉米,在不同的地方有着不同的叫法:玉菱、玉麦、苞谷、棒子等。在我们浦东乡下,对玉米黍有一个通俗的名称,叫作"珍珠米"。为啥有此雅号?我曾请教过不少种田人,但是谁也讲不出一点子丑寅卯来。百思不得其解,于是我就自作聪明地猜测了:也许是玉米的颗粒雪白透亮,粒粒视作珍珠一般珍贵的缘故吧?确切与否,在农家人眼里,反正是用不到考证的。不过,名称毕竟是次要的,最主要的在于它的果实嚼在嘴里,糯性十足,又香又甜,实在诱人嗜食。

我曾经长时间生活在乡下,自小就特别喜欢吃珍珠米。那时我家的自留地里总要种上好多珍珠米,甚至在田埂边、屋前宅后也要见缝插针地栽种一些。等到夏天,不待成熟,常会缠住母亲催问什么时候可以掰回来煮给我们吃。每每此时,母亲总是不急不慢地说:"珍珠米不长老结,吃起来是不香的。"

有一次,我馋得嘴里快爬出馋虫了,就瞒着母亲偷偷地去掰了一篮子自以为熟透了的珍珠米,回家剥开一看,顿时傻了眼:每支珍珠米不是"瘪塌塌"的,就是"一壳水"(刚在灌浆)。母亲看见了,心疼得皱紧了眉头,不仅狠狠地骂了我一顿,而且还用弯起的食指和中指敲了两下我的头,给我吃了两记"麻栗子"。从此以后,我嘴巴再馋,也不敢擅自去掰珍珠米了,只是盼望着珍珠米早点熟透。

当母亲掰回熟透的珍珠米的时候,我们兄妹几个就一呼啦围在她的周围,帮她剥壳、去须,瞧着一支支个头大、颗粒饱满的珍珠米,兄妹们一齐争抢着、嬉闹着,恨不能将眼前的"战利品"都归自己所有。但是,等我们玩了一圈回来时,发现煮在锅里的珍珠米一下子"老母鸡变鸭"了,尽是些个头小、甚至颗粒参差不齐的"稀毛瘌痢"了。我们又吵又闹,哭叫着要吃大的。母亲一脸无奈,苦笑着哄着我们。长大些了,我才知道了母亲的苦衷:为了让我们兄妹上学,她把上好的珍珠米挑选出来后去镇上卖了,换些买铅笔、橡皮的钱回来。不过,等到后来日子慢慢地好过了,想到身边嘴馋的孩子,母亲就舍不得去卖掉珍珠米了,总是将又大又饱满的煮给我们吃。啃着雪白如珠的珍珠米,香喷喷、甜滋滋,不用说有多可口了。

  珍珠米果实的成熟,先后间隔时间是很长的,有的已可掰下吃了,有的还刚刚抽穗吐须。所以总有一些早结的会壳变黄、果实变老,不能整个煮来吃。这时母亲总是将一些变老了的珍珠米一粒粒剥下来晒干,然后轧掉皮,存放在缸里,等到冬闲时煮珍珠米粥给我们吃。母亲心灵手巧,在煮珍珠米的时候,她会变着花样,放进一些红枣、莲心、赤豆等,煮烂煮稠了,再加糖拌匀。这味道实在可口,比起现在罐装的八宝粥来,可以说丝毫不逊色。香甜的余韵常使我回味无穷,期盼着母亲能再煮给我们吃。

  动迁后,我失去了品尝许多家乡土产的口福,常觉得很扫兴。尤为遗憾的是,再也吃不到母亲亲手种植的珍珠米和亲手烧煮的珍珠米粥了。妻子知道了我的心思,有时也会去菜场买些珍珠米回来,但是,吃起来总觉得它们没有母亲种的那么纯正,缺少糯性,缺少香味。

  不过,现在我又能吃到家乡纯正的珍珠米了,这要归功于妻子。她娘家尚未动迁,那边的一些亲戚知道了我酷爱吃珍珠米时,每年总要特地送几次过来,以解我的嘴馋。吃着又香又糯的珍珠米,不禁想起含辛茹苦拉扯我们长大的母亲和许多往事。虽然她已经不在人世,但我对她的思念是永远的。

独钟南瓜

南瓜,在浦东俗称为"饭瓜"。我曾经不止一次地猜测过,在那吃不饱饭的年代里,它除了烧熟当菜之外,还具有充饥的功能,故而有此俗称吧?"饭瓜"的品种很多,乡下人给它取的名字也很形象生动:诸如"黄狼饭瓜""枕头饭瓜"啦,什么"铜盆饭瓜"啦等等。我最喜欢吃形如黄鼠狼般大小的"黄狼饭瓜",它绝对细腻而爽口。而那种个头大、产量高的"铜盆饭瓜",一般是作为喂猪的饲料的,农家人很少人吃它。在农家人眼里,"饭瓜"是一种再普通不过的蔬菜而已,每年收获后,家家客堂间的角落里都滚满了"饭瓜"。因为南瓜经受得住较长时间的贮存而不腐烂,所以农家常常将它作为一种新鲜蔬菜断档时的替代物。

南瓜种植起来方便,小时候我们兄妹几个都争着要种。到时候,只要母亲一提醒,我们就会争先恐后地去种植,挖坑的挖坑,移秧的移秧,浇水的浇水,忙得不亦乐乎。它成活后用不着过细地照料,就会自由自在地生长。农家人都喜欢在田埂河滩、屋前宅后,见缝插针地种上几棵南瓜。南瓜是一种藤蔓茂盛的植物,生命力极强,即使它的藤蔓被踏扁了,过几天也会自行恢复元气,依然生机勃勃地向四处蔓延,称得上是无孔不入的,它甚至会爬上树梢、屋顶开花结果。当然,对于我来说,最高兴的时候莫过于采摘南瓜了,因为这时候往往是我大显身手的好机会。每当母亲凝视着大树上、屋顶滚满的南瓜兴叹时,我总会不顾母亲的劝阻,像只猴子似的爬上去,在树上荡来荡去,在屋顶上跳来跳去。望着母亲在下面紧张得直喊"当心"时,我反倒是被母亲的胆小模样逗乐了,一边开心地笑着,一边催促母亲接递南瓜。

南瓜带给我童年的乐趣是很多的。在我的记忆中,去养猪场帮忙切喂猪的南瓜,是一件非常有趣的事情,因为可以有获得南瓜籽的报酬。

当时,饲养场的银泉叔有个不成文的规矩:谁切的南瓜,里面的籽就归谁。这对于我们这帮平时没有零食吃的小囡来说,是很有吸引力的。我从瓜瓢上撸下一把把的南瓜籽,拿回家用淘米箩淘干净,然后晒干,母亲就会将它贮藏起来,积储到一定数量,母亲就会炒了分给我们吃。逢年过节,母亲还会用它来招待客人。直到现在,每当我嗑南瓜籽时,就会情不自禁地勾起童年时的这段回忆。

记得小时候吃得最多的糕点,就是农家人拿手的"饭瓜塌饼"。我至今仍然弄不懂,长辈们为什么将"饭瓜塌饼"称之为"万年糕"?或许是因为世世代代流传下来的缘故吧。其实,做这种饼是非常简单的:先将南瓜削皮去瓤煮烂后,和上面粉捏成一只只长圆形的饼,然后加油在锅里摊热。起锅时真是香味扑鼻,诱人直咽口水,吃在嘴里又甜又脆,令人吃了还想吃。好在母亲要么不做,一做就是一大篮,谁肚子饿了,就去拿两块吃。

最好吃的还是"猪油南瓜菜饭"。放学回家,一闻到它飘出的香味,食欲就会大振。看着我们爱吃,母亲总是每隔几天,就烧一顿"南瓜菜饭"给我们调换胃口。老实说,小时候我确实对南瓜情有独钟。但是,再好的东西,吃多了也会生厌的。我对南瓜产生厌倦情绪,是在三年自然灾害期间。那时的食品极其匮乏,由于吃不饱肚皮,所以小囡多的人家,个个都饿得面黄肌瘦。为了填饱肚子,几乎家家都将原本喂猪的"铜盆饭瓜"煮了当饭吃。这种南瓜肉质粗糙,再加上缺油少盐,吃多了真是倒胃口,而且肚子又鼓胀得厉害。久而久之,一看到这种"水煮饭瓜"就会生厌,有时甚至会恶心。从此以后,我就对南瓜敬而远之了。南瓜在我心目中美好印象渐渐地消失了。

说起来真令人好笑!时隔三十多年之后,我不得不又与南瓜结缘了,而且是到处寻觅南瓜。起因在于我莫名其妙地患上了时髦病——糖尿病之后,由于我的血糖、尿糖的指数高得吓人,所以医生反复地告诫我一定要严加控制饮食,换言之,就是要少吃米饭、面食等碳水化合物多的食品。

胃口一直很大的中年汉子,一天只能吃四两饭,肚子常常饿得咕咕叫。有人告诉我,多吃南瓜一方面利于糖尿病康复,一方面可以充饥。

　　到这时,我才知道南瓜竟然还有药理作用!老家已经动迁,今非昔比,想要吃南瓜只能进菜场买了。但是,殊不知以前司空见惯、在农家人眼里不值钱的南瓜,突然间却是身价陡增,成了难以寻觅的时髦货了!我猜想着:也许是患糖尿病的人急剧增加需求者大增之故吧?但这恐怕只是原因之一。据说,不少宾馆、酒楼一道"南瓜饼"的点心,喜食者就很多。吃多了山珍海味,换点粗纤维的普通食物吃吃,大概对健康很有裨益吧?而我,为了使糖尿病早日康复,常常为买不到南瓜而苦恼。

　　物以稀为贵。病魔缠身,我才体会到了南瓜的珍贵。渐渐地,我重新勾起了对南瓜的兴趣。毋庸多言,我又对南瓜情有独钟了。

亲近西瓜

"亲近"一词,含有亲密而接近的意思。亲近西瓜,本来就是一个用不到我多噜苏的话题。消夏佳品中,西瓜称得上上乘瓜果。它水分多,甜味足,酷暑天吃西瓜可谓是一种透心凉的美好享受,有谁不愿意亲近西瓜呢?何况而今的西瓜质地随着品种的改良日趋完美,所以诱使得人们更愿意亲近它了。而我对于西瓜格外偏爱,则是另有着一种特殊的缘由。

以前,西瓜不像现在大街小巷到处可闻叫卖声,还是比较稀罕的。在较长的一段时间内,曾经紧张到病人吃西瓜甚至要凭医院的证明。那时探亲访友,若拎上两只西瓜作礼品,面子上是够光彩的了。至于那些家贫的人家,更是视西瓜如奢侈品。小时候,我家就是属于这一档次的人家,看着人家吃西瓜,嘴馋的情景显然是可想而知的。可叹的是,当时不少人想亲近它,却没有亲近的缘分。

我获取亲近西瓜的机会,是从队里种植西瓜开始的。那时的种植任务是不能随心所欲的,而是由上头计划分配的。我们队里也分到了种植几亩西瓜的任务。正在读小学的我趁着放暑假,对跟着叔伯们去采摘西瓜是很感兴趣的。冒着炙人的烈日,尽管会弄得一身臭汗、一身泥巴,但我们一帮小孩子还是常常自告奋勇着去当帮手。西瓜田里的藤蔓娇嫩得很,是绝对不能随意踩踏的,否则会影响西瓜生长。采摘西瓜是几个富有识瓜经验的大人的专利权,我们则将摘瓜人依次递扔过来的西瓜,传接到路旁。我们这帮小学生主动去帮忙的目的当然是显而易见的。但当时的西瓜都要按计划缴售到蔬菜收购站,种瓜人是不能随便吃瓜的。帮了忙解不了嘴馋自然是不甘心的,于是,我们就故意装作不小心接不了瓜,让瓜落地开花,这样我们就可以美美地吃上一次西瓜,狼吞虎咽地,啃得嘴边、鼻尖上沾满了瓤汁,心里面别提有多高兴了。可惜这种亲近的机会如昙花一现,为响应大种粮食的号召,队里砍掉了西瓜的种植面积,我们惋惜极了,因为从此失去了"猪八戒吃西瓜"的乐趣。

　　说出来恐怕令人难以置信,一次意外的遭遇,令我与西瓜结下了不解的亲近缘分。那年我晚上骑着自行车外出,沐浴着凉快的夏风,放松了应有的警惕,致使我飞车跃进了新挖的埋设煤气管道的沟里。这一跤摔得够惨的,四肢不能动弹,满脸浮肿疤痕累累,嘴里缝了二十多针,不能吃东西。一个人不吃东西怎么行?无奈之下,家里人只得天天榨西瓜汁用吸管给我吮。渴了,用西瓜汁解渴;饿了,也是用西瓜汁充饥。一连十天,靠着西瓜汁的水分和糖分维持生命,一个壮实的中年男子汉,一天不知要吮吸掉多少杯西瓜汁。因而,家里堆满了西瓜。这段时间里,西瓜简直成了我维持生命之必需养分的唯一源泉。

　　从此以后,我对西瓜更为亲近了,不仅自己逢上身体不适胃口不好时多吃西瓜,而且还特别关心他人多吃西瓜。记得我在学校当工会主席的一段时间里,虽说西瓜还是比较紧张的,但每年放暑假前,总要通过各种关系弄两车西瓜来慰问慰问教职员工。这一举措深得人心,曾使我赢得过教工们的交口称赞。

　　而今患了糖尿病后,迫使我远离了西瓜。特别钟情于西瓜的人,再也不敢享受西瓜,那不是最大的遗憾吗?每每看着别人吃得津津有味时,我就会突发奇想:若能为千百万糖尿病人着想,像有些无糖食品一样,开发出一种专供糖尿病人享用的西瓜来,那岂不是越来越多的糖尿病者的福音?

　　亲近西瓜,益处无穷。我盼望着早日重新亲近西瓜。

诱人的风味"名吃"

螺蛳,是一种体外包裹着锥形或仿锥形硬壳的软体动物,长年生长在淡水河里。螺蛳的生存依附能力极强,在水乡的河里是司空见惯的。由于它是一种鲜美的美味佳肴,所以深为人们喜爱。炒螺蛳,原本是农家人餐桌上的一碟随意小菜,而如今,它"价廉物美"的营养价值,正在被越来越多的人青睐,于是乎,在它的身价扶摇直上之时,它的身影也随之处处闪现,几乎成了不少地方夜排档中唱主角的风味小吃了。除此之外,连有些颇有点档次的酒楼宾馆的菜单上,也悄无声息地添进了它的名字。

可以说,炒螺蛳成为一道风味"名吃"了,只不过带有不同地域风味的特色罢了。烧法不同,口感自然会不同。我有幸品尝过许多地方风味不同的螺蛳,处处都有令人爱不释"口"的感觉。在江西上饶,家家餐馆几乎都有"炒螺蛳"这道"名吃",陪同我们的上饶朋友甚至毫不谦虚地自夸:"炒螺蛳肯定是我们上饶炒得最好吃!"鲜美中带点辣味的螺蛳,果真给我们留下了美好的印象。在湖南长沙,夜排档里的美味螺蛳和油炸黑臭豆腐干,是素享盛名的两只当家"名吃",当我们证实了它们的名不虚传时,竟然一连几夜连续去吃螺蛳喝啤酒,美得不亦乐乎。那次去中国第一水乡周庄出差,会议之后结伴去吃夜宵时,略带点甜味的"小葱螺蛳"诱使得我们"吃兴大发",竟然接连叫了四盆螺蛳……各地的"戏法",虽然巧妙各有不同,但是"浓油赤酱"的宗旨还是不变的。反正是天各一方的师傅们都在绞尽脑汁换着花样烹饪,目的无非还是想让螺蛳的色香味更佳罢了。

各地的螺蛳风味确是各具诱人的特色的,令人百吃不厌。可是,每当我饱尝各处风味"名吃"的口福时,总觉得它们的味道再好也比不上我们浦东乡下的炒螺蛳好吃。这也许是"老王卖瓜,自卖自夸"的家乡情结在作祟的缘故吧!

我家乡朱湾村里,少说也有大小上百条的河浜、沟头,至于水沟渠道,那更是遍及了全村的每一块田地。螺蛳的生命力极其旺盛,连茭白田、稻田里也时而可见吸附在茎叶上的螺蛳,这是由抽水机往水田里抽水时将螺蛳吸入了水田而繁殖成的。记得小时候河里、沟里、水田里的螺蛳多如牛毛,几乎家家都捉了螺蛳养在水缸里、面盆里。若想变换以菜蔬为主的菜肴花样,或是想饮上两盅老酒时,就会炒上一盆螺蛳,大人当过酒菜,而小孩则会嘴馋地盛上一小碗"吃白相"。放了暑假后,在河边、水沟渠道里捉螺蛳就是我们小学生的专利,常常会相约着去捉螺蛳,每次总能满载而归,大的留下来养在缸里当菜吃,小的就挑到养鸭场去卖,换上几毛钱等开学时买橡皮、铅笔、簿子。好几次,写作文时,若题目是"记暑假一件最有意义的事"的话,那就自然而然地写了"捉螺蛳"的趣事。

记得我家里常常炒螺蛳吃。母亲炒螺蛳是相当考究的,先是将螺蛳养上两天,待沥去杂质污泥之后,才会剪去螺蛳屁股再用清水养在面盆里,还须滴上几滴菜油,据说可以"油"出小螺蛳,使得螺蛳更加清净。母亲先将螺蛳在热油里煸透,然后依次加进酱油、糖、味精、葱等佐料,因而,母亲炒的螺蛳特别可口。有几次,我看着手痒,争着要学着炒,母亲就在一旁一面瞧着我操作,一面提醒我掌握好炒螺蛳的火候:过火了,螺蛳肉太老了不好吃;火候不到,螺蛳肉又吮吸不出来。经过多次的实践后,不是自吹,我炒的螺蛳也特别好吃,连母亲也是这样夸奖我的。

从小养成吃螺蛳的嗜好,到现在还是兴趣依旧。

不忘"菱角"情

可以说，人都会有特殊的嗜好和偏爱。有的人喜欢喂鸟饲养小宠物，有的人喜欢养花弄草木，有的人喜欢琴棋诗画……反正是人们从各自的爱好中寻求着乐趣，使自己的生活变得更高雅而多彩。由于我生在浦东而又长期生活于乡下的缘故，所以从小就喜欢在河浜中寻求自我迷恋的乐趣。拷浜头、捉鱼摸蟹，渐渐地养成了我嗜水的天性。时间一长，也养成了我偏爱水生植物的兴趣。而幼时乡村剧团反复上演的沪剧小戏《卖红菱》则给我留下了深刻的印象，诱使我对于菱角的偏爱情有独钟了。

菱角，在江南水乡，是到处可见的一种极其普通的水生植物。它的根扎于淤泥中，边缘有锯齿状、呈三角形的叶片在茎边长出，漂浮在水面。春时，枯黄的叶片随着春风泛绿；夏时，已是茎叶粗壮，争相在水面抖展着绿色的身姿，将整个河面遮盖得严严实实的。阵风轻拂，满河的菱叶时起时伏着，真似一条无际的绿地毯，阅不尽的绿色生机。菱角开花时节，无数的小白花密密地点缀在绿地毯上，是那么的朴实无华，毫无一丝争艳斗奇的嫌疑。我特别喜欢这种没有丝毫矫揉造作的素雅的朴素。小白花悄悄地凋谢时，茎叶的交接处就会冒出一只只稚嫩的小菱角。每株上密布着好几只小菱角，有紫色的，也有青色的，令人目不暇接，令人满眼生辉。闲暇时徜徉在岸边，当你凝望着满河的绿色时，自会感受到一种水乡特有的淳朴和野趣，自会贪婪地呼吸着湿润而清新的空气。

小时候，浦东乡下的一些小河浜里漂浮着一些个头较小的小菱角，这是无人留意的自生自灭的三角的小菱角，小巧玲珑，像一节小拇指般大小，剥出来的菱肉像一粒毛豆子。但就是这种毫不起眼的小菱角，却引起了我们小孩极深的兴趣：玩渴时，我们每个小伙伴就会在河边折上一根芦苇,用它将菱叶拨过来,采摘一颗颗的小菱角,然后围坐在一起,美滋滋地享受着自己的劳动果实。而幼时最为有趣的,则是大人们带着我们,往我们的腰上系上绳子牵在手里,抱我们坐到大木脚盆里,飘荡在"铜钿沟"里采摘菱角。不知是谁随手抛下的菱种,不想几年以后竟然"无心插柳柳成荫"了,"铜钿沟"里长满了红菱。幼时家里贫穷,买不起水果吃,可是却是吃了不少肉质丰盈的红菱。

由于曾经在供电局当过几年外包油漆工的缘故,所以我有幸周游过杭嘉湖地区的不少水乡村镇。许多地方的河里、洼地里种有菱角,真是使人满眼生绿。菱叶茂盛,连行船的水道也被遮没了。烈日炎炎的暑天,如果谁口渴了想吃菱角,只要到河边随手摘几只,就可以饱尝口福了。无论是红菱还是青菱,剥去壳,菱肉雪白,虽不是很甜,但自有一股诱人的清香。最有情趣的,逢上农家姑娘采摘菱角,不由分说地跨上小木船,随同村姑们一起谈笑风生地采摘菱角,那景、那情,富于浓郁的诗情画意,用不到多久,便是一船菱角一船情了。晚上,农家姑娘们就会盛情地邀请我们去作客。当然招待我们的是满桌精心挑选出来的只只个头大的菱角,一边吃,一边谈,一边乐。自然,这蕴含在菱中的乡情远比菱肉甜蜜。

不知是因为嘉兴烟雨楼的名声还是菱种的特别,最使我耳熟能详的菱,当数南湖的四角菱名气最响了。可是我只闻其名而不识其形,因而总想去欣赏一番南湖的菱景,去品尝一下四角菱的特殊滋味。那年暑期,我与姚、周两君结伴去游嘉兴烟雨楼。在观看了具有珍贵历史意义的革命文物后,我们就急吼吼地来到石岸边,眺望着一望无际的满湖菱叶,真的令人美不胜收!真的令人赏心悦目!我被这如画的景致所吸引,真是难抑品尝南湖菱的痒痒之心了,可惜还没到采菱期,没有一个卖菱的摊贩。兜来兜去,最后我们趁着周围没人,竟然脱衣下湖假装游泳,偷摘了几个还没有完全长丰满的四角菱品尝。至今回想起来,还常常为在嘉兴南湖当过一次"偷菱的贼"而面红耳赤,不过也是觉得很有趣的。

特定的环境,是会培养出一个人的特殊情愫的。我的"菱角"情结,有着不尽的喜爱和无穷的情趣。

感叹梅雨

我同不少人一样一直将梅雨天唤作"霉气天",不仅不喜欢,甚至有点怨恨。梅雨天之所以不被人看好,恐怕是在于它的喜怒无常。它不像春雨那样迷人,因为绵绵的春雨潇潇飘洒,细密的雨帘如烟似雾,悄悄地浇绿了大地,捎给我们的是一种春意盎然的情思;它不似盛夏的雷雨,因为它盛怒时乌云密布,电光闪闪,雷声灌耳,暴雨如注之后,立即开颜露出了笑脸,它赐予我们的是一种豪爽粗犷的享受。而梅雨天,恰似一块嚼不烂的牛皮糖,忽喜忽怒,忽冷忽热,脾气古怪得让人难以捉摸,时而阴风嗖嗖雨丝不断,时而狂风怒号大雨瓢泼,时而变幻莫测烈日高照,时而又是阴霾得吓人……如此的高深莫测、变化多端,简直是对我们的残酷折磨,叫人哭笑不得,让人心情烦躁。怨恨是有缘由的,郁闷的情绪不发泄出来,那才怪呢。

梅雨天呵,又是生病天!这期间,忽热忽冷,诱骗人们对温差的变化失去了应有的警觉,那些掉以轻心者,或是爱美的时髦者,稍一不慎,淋了雨,受了凉,就易发烧得病。而梅雨期之长、雨水之多,又会使人长时间地沉浸在潮兮兮、湿漉漉之中,忍受浑身的不自在,这对于那些原本就已病魔缠身的人来说,病痛的难受只会加剧,尤其是哮喘病和风湿性关节炎诸类的患者,怎堪忍受潮湿、晦暝的折磨?这些病者,对梅雨天肯定会怨气冲天,咒声不断!

屋漏偏逢连夜雨。没完没了的梅雨,给人们增添了不尽的生活难度,它甚至无情地给善良的人们制造着悲剧。蒙蒙的雨水遮掩住了行人的视线,漫漫的泥浆又涂抹得路面打滑,稍稍大意,"横祸"就会从天而降,重则丧生,轻则摔伤。不堪的打击、难熬的苦痛吞噬并纠缠着无辜的人们。这种由梅雨给人带来的伤痛,我是有着切肤之痛的。那年"断梅"的前夜,晚上骑自行车回家时,被一场突降的"断梅雨"吹打得睁不开眼睛。我在眼花缭乱之中,一点也看不清路面的情况,结果糊里糊涂地飞身跃进了新挖的埋设煤气管道的深沟里,长久地昏迷在雨水中……幸亏大难不死,不过还是落下了一身静脉酸痛的后遗症。几年过去了,一碰到雨天,尤其是令人讨厌的梅雨天,就会浑身难受,常会酸痛得彻夜难眠,这心中的恨意,怎会不令我咬牙切齿?

近年来,尤其是今年,梅雨天更加变得冷酷无情!入梅早,出梅晚,梅雨像是要故意逞能大发淫威似的更加肆虐无度了,它竟然无所顾忌地变成了滂沱的暴雨。老天爷真是伤心透顶了,一"哭",就是连续几天几夜不停歇。罕见的雨量,造成了罕见的洪灾、罕见的后果。顷刻间,马路积水了,屋顶漏水了,仓库进水了,造成了多少人的麻烦和不便。然而,受灾最重的还是农民!良田淹成了汪洋,房屋冲成了废墟。田里的农作物更是遭殃:菜蔬腐烂,棚架倒塌,瓜果成了浮球。作孽啊!梅雨瞬息间变成了青面獠牙的恶魔,狠毒地残害着庄稼和生灵。这般无耻的行径,怎会不令人怒火中烧?

梅雨无情,带来的尽是恼人的霉气、尽是斑斑的霉点。是怨气总该发泄,是怒气总得爆发。我们历经了磨难之后,终于勇气十足地在发泄中爆发了:笑退梅雨,奋力搏击,努力挽回"霉雨"带来的损失。

捕雀记趣

以泥土为底色的小麻雀,是一种朴实无华但又很讨人喜欢的小鸟。它不知忧愁,一睁开眼就会快乐地"唧啾"着;它不知疲倦,衔草啄泥筑巢,生息繁衍;它不知好歹,常会飞进农舍偷啄米粒哺育幼雀。农家的孩童,常以捕捉麻雀为乐,捕获后,或以笼子养之,或以绳线缚之,享受一番饲雀的乐趣。天真而单纯的小麻雀,虽然失去了往日的自由,但是它依然无忧无虑"唧唧"地歌唱着,依然无所顾虑地欢蹦乱跳着。

我自小就喜欢捕捉麻雀,这是童时最有趣的一种娱乐。小伙伴们捕捉麻雀,用烂泥揉圆一粒粒弹子般大小的丸子,晒干变硬后,扣在弹皮弓上弹射麻雀。不过这是十有九空的。偶尔弹中一次,即使捕到了麻雀,也是受了伤的,养不了多久就会死掉。若要十拿九稳,那是在晚上,跟着叔伯们出去,拿着手电筒,提着鸟笼,碰得巧,一圈兜下来,可捉满一笼子的麻雀。回想起当时的情景,真叫人兴奋不已:叔伯们轮流让我骑在他们的脖子上,他们亮着手电筒搜索着。倘若光环罩住了屋檐下的麻雀,那被光线照花了眼的麻雀一时不会飞。这时候,我就得伸手利索地捏牢麻雀。捕捉麻雀的场面真是有趣极了,纵然是夜深了,但我还是兴奋得丝毫没有瞌睡的影子。满载而归后,多数麻雀成了叔伯们的下酒菜,而我每次总要挑两只自己最为中意的麻雀养在笼子里,有时也会捉上一两只,上学后送给要好的小同学。有一次,小强将麻雀放在课桌上,不小心让它逃脱飞了出来,在教室里乱扑腾,同学们争相起座都想捉住它,全班一下子乱了套。严厉的包老师气得打开窗户让麻雀飞了出去。之后,包老师狠狠地训斥了我和小强一顿,还罚我俩站了一节课的壁角。从此,我再也不敢把麻雀带到学校里去了。

最为有趣的捕捉麻雀的方法,逢上下雪天,在雪地上用有稀缝的竹匾罩麻雀。用一根筷子支起竹匾的边,然后在筷子的中间系上根绳子引到房里,在竹匾下面撒上一把米粒,我就躲进半掩的门边,密切注视着。看到寻食吃的麻雀飞进竹匾里贪嘴时,急忙紧拉绳子将筷子拉掉,只要眼明手快的话,麻雀准会被罩在竹匾里。这时,我立即飞身出屋,小心翼翼地将麻雀捉住,放养在笼子里。凑巧时,一个下午也能捕捉到好几只。但是也会有极为懊丧而后悔不已的时候,就是一不小心在竹匾里取麻雀的时候让它脱手飞了。

直到今日,回想起发生在大跃进年代"全民动员消灭麻雀"的行动时,还是感到不可思议。那时将麻雀列为"七害"之一,属于需要消灭的对象。记得那时一连几天,全民动员,又是敲锣,又是敲畚箕,反正是一切可敲响的东西全部用上了。日日夜夜的敲打喊叫,不让麻雀停下来歇憩,让它们飞累了之后摔下来摔死。这种大规模的宏伟场面,最觉得有趣的是我们这帮小学生,因为学校停课让我们参加"人人喊叫"的活动。一连几天,许多人的嗓子都喊哑了,但我觉得很有劲。学校甚至还开展"看看谁消灭的麻雀多"的竞赛活动。"喊打"的行动结束后,凭上交的麻雀脚的多少来计名次。由于我把叔伯们留下的麻雀脚一起上交了,所以我的"战利品"自然是名列第一了。为此,我得到了铅笔、练习本之类的奖品。现在想想,这样的行动实在是可笑得很。

然而,麻雀并没有灭光;过了一段时间,麻雀反而更多了,仍然在欢乐,仍然在歌唱,仍然自由自在地生息繁衍着。我呢?又经常随着叔伯们夜出捕着麻雀,继续享受着无穷无尽的捕雀之乐。

公鸡与手表的故事

公鸡与手表,是风马牛毫不相及的两个概念,乍看之下,也许有人以为我是在编牛头不对马嘴的故事。

养鸡,可以说是农家人的习惯和嗜好。在我小的时候,村里家家都穷得一刮二响,养鸡添财,户户总会养上一窝鸡。那时候,有钟表的人家凤毛麟角,多数农家日出而作的报时,就以公鸡的啼唱为准;而母鸡下的蛋,则是农家孩子奢侈的营养品与招待客人的荤腥菜肴。一般人家平时是舍不得杀鸡吃的,只有等到逢年过节时,才能闻到令人馋涎的鸡香。养鸡自然而然成了一项乐此不疲的生计。

我家小孩多,更加不会例外了。每年春上,母亲总会去养有公鸡的村邻家换回一些雌雄蛋,让老母鸡孵上一窝小鸡。等到浑身黄色绒毛的小鸡长得分得清雌雄时,母亲就会把还是童子鸡的小公鸡杀掉。看着邻居家里都留有穿着七彩花衣裳的大雄鸡,模样可爱极了,尤其是逗引它时,受到惊吓的芦花大公鸡总会伸长脖颈,晃动着血红的鸡冠啼唱,那神态才叫吸引人呢!有两次看到母亲又要操刀杀小公鸡时,我哭闹着不让她杀。母亲摸着我的头说:"你阿爸吃足了公鸡的苦头,是他不许家里再留养雄鸡的。"我毕竟还年幼不懂事,仍然一味地吵闹着:"公鸡比母鸡好看,我喜欢,我要嘛……"母亲叹了口气说:"孩子,现在你还小,讲了你也不会懂。等你长大了,会懂的。"

这一直成了我幼小心灵中的一个谜结,直到我长大些,才从母亲的嘴里了解了谜结的真相。

我爷爷是个船厂里的冷作工,在我父亲还很小的时候,就被敲打时溅出来的铁屑弹瞎了双眼,丧失了养家糊口的能力。害得我父亲不仅没机会上学,而且还在13岁的时候,就进入马勒美孚当了童工,受尽了苦难。在他16岁那年,一位远房亲戚在我奶奶苦苦的哀求下,看着我家作孽,滋生了恻隐之心,才介绍我父亲进了电灯公司爬电线木。在穷人的眼里,是视这个工作为金饭碗的。从浦东摆渡过江去浦西上班,路上尽管要走两个多小时,但我父亲还是非常珍惜这只来之不易的"饭碗头"的。旧社会里吃饱肚子都成问题,哪有钞票买钟表?公鸡的报晓声便成了我父亲每天起早上班的唯一钟点依据。可是,公鸡每天的啼唱哪会准确无误?不是早了,就是晚了。有一次时值三九严冬,家里那只报晓的雄鸡半夜就啼叫了,慌得尚在睡梦中的父亲匆匆忙忙去上班。谁知赶到渡口时,小舢板还没到呢!致使我可怜的父亲在冷风嗖嗖的江边抖豁了好几个钟头,真让他叫苦不迭。又有一次,天都亮了,而那只报晓的雄鸡一反常态竟然没有啼叫,一家人都睡过了头。急得我父亲顾不上吃早饭就奔着赶去上班,可惜已迟到了个把小时。这还可得,被"拿摩温"痛骂了一顿不算,要不是父亲的那位好心的师傅帮他苦苦哀求,父亲恐怕早就被炒了鱿鱼。

　　吃尽了雄鸡报晓苦头的父亲再也不敢相信雄鸡的报时了,一怒之下杀掉了它。从此,我奶奶就不敢睡安稳觉了。为了让儿子多睡一会,她只好坐等着东方发白叫醒儿子。长此以往,铁打的身体也吃不消呀!实在没办法,变卖了点稍微值点钱的东西,再向人家东借西凑了点钱,去旧货店里淘了一只英纳格旧表。凭着这一只走时不是很准的旧表,我父亲才算没丢掉全家人赖以生存的"饭碗头"。不过为了还债,刚嫁过门的母亲也只好去帮有钱人家打工。结果劳累过度,致使怀着的第一个孩子流产了。

　　现今,年近90高龄的父亲,仍像宝贝似地保存着这只老掉牙的旧手表。几个子女都劝他扔了,可他总是瘪瘪嘴说:"留着辛酸的见证,才会更加珍惜今天的幸福。"

　　我知道,这就是有着近六十年党龄的老父亲的特殊情怀。

狗缘

我这个人与狗特别有缘。在我结交的朋友中,属狗的特别多。屈指数来,交情深笃的几位,生肖都属狗。这纯粹是巧合,但我与之长期交往下来,常常感受到属狗的朋友都是有情有义的侠义之士。他们对待朋友的情谊称得上情真意切,往往让人感动不已。在我的半个世纪的生活经历中,同狗似乎也特别有缘,演绎出了不少我同狗的种种有趣的故事。

小时候,我家里曾先后养过几条狗。几乎每条狗都对主人忠心耿耿。狗忠于看家的职守,看到陌生人,就会"汪汪"地叫个不停。有一次,小偷来家里行窃,被狗咬得落荒而逃。而狗对主人却是分外亲热的,一见我回家,就会摇头晃脑地迎上来,傍在我的脚边摇着尾巴。有时候出去玩,它总是像卫兵一样跟随在我屁股后面,假如不要它跟随,那么只要对它呵斥一声,它就会乖乖地跑回家。狗是相当乖巧的,是通人性的,所以,深受人们宠爱。在我的生活中,狗的看家本领是有目共睹的,而那些警犬、军犬更是为我们立下了赫赫的战功。但是,让人不可思议的是,人们对狗的评价竟没有一个褒义词,几乎尽是些贬义词。对此,我愤愤地为狗鸣不平,曾写过一篇《为狗平反》的文章,为它鸣冤叫屈。有朋友看了之后,莞尔一笑说:"狗毕竟是狗,何必为它太认真呢?"

有一次,我骑着自行车去看一个朋友,还没进村口,突然有几条狗"汪汪"直叫着从四周蹿了上来,我慌得赶紧调转车头,飞快地逃脱。没想到几条狗猛地蹿上来,其中的一条咬住了我的裤腿,无奈之下,我将自行车朝路边的河里弯了下去,方才得以幸免,可是,腿上已经留下了狗齿的痕迹。这一惊,吓得我又是发寒热,又是去注射预防狂犬病的疫苗,一连打了10针,打得我对狗的兴趣日益减弱。

有了如此惨痛的教训,我对狗自然是避之唯恐不及了,真好比是一朝被蛇咬,三年怕井绳。家里人为了防止小偷的光临要养一条狗,我也竭力反对。搬入新居后,妻一个人在家寂寞,儿子给她买了一条可爱的卷毛小白狗回家,又被我奚落了一顿。这条小巧玲珑的小狗,天真的模样确是讨人喜欢,渐渐地,我空闲时也开始逗它玩了。时间长了,它对我日渐亲近,常常"汪汪"地叫着亲近我,甚至常常扭动着滚圆的身体,跟在我身后,我走到哪里,它就跟到哪里。将它关在笼子里时,它一见到我就活蹦乱跳着"汪汪"直叫,等我放它出来时,它会高兴得直舔你的脚,那天,我将它抱在膝上,逗着它玩,没想到我撸它头上的白毛时,它突然仰起头,张嘴咬住我的手指,幸亏它的牙齿还没长齐,否则,我的手指将遭殃了。我一怒之下,乘着妻出外买菜的当口,贸然将它带到新村边上的河边放掉了。

回到家,妻一边叫着"来富"的狗名,一边寻找着小狗。我将经过述说了之后,妻气得满脸通红,连晚饭都不愿烧了,逼着我去找回来。放掉了的狗叫我到哪里去找呢?正在僵持之间,突然听到门外有狗叫声,妻子急开门,"来富"蹿到妻的脚边摇头摆尾着;而我想去撸撸它时,它却是像对待仇人一般地冲着我"汪汪"地叫个不停。

狗就是这么通人性,一连几天,都不许我碰它。我不禁感叹:狗对我很有缘,但也很无缘。

因为我属猪

从来没有研究过生肖的来历，偶尔翻阅词典时，方知道生肖是代表十二地支而用来记人的出生年的十二种动物。我弄不懂，为什么动物之多而要挑选这十二种动物来作为沿袭至今的生肖？我也搞不懂，为什么要将鼠排在首位而将猪排在末尾？我无法得知这里面的选择奥秘和排列规律。由于我出生在农村的缘故，我只知道猪的全身都是宝，连猪粪也是很好的有机肥料。

巧得很，我的生肖就是属猪。我不知道生肖属猪的人究竟是福气还是霉气？有人说，生肖对一个人的性格和个性是很有讲究的。到底怎么样？我无法得知。但是，周围总有好多人经常津津乐道"生肖与人的性格"的关系，而且讲得神乎其神。可我以为，每一个人的生肖只是个中国人习惯性的符号而已，其实是没有什么实质性意味的。

基于这么个简单的认识，因此我并不在乎生肖对一个人的重要性。渐渐地，一个人的挫折多了，无意中去算了几次命后，给算命先生的胡言说得倒有点怀疑了。几个算命的几乎都特别讲究一个人的属相和生辰八字。他们说，属猪的人富贵相，一生有福气。是人当然喜欢听好话，虽然我长得一副福相，但我并没有被恭维得飘飘然：难道属猪的人没有苦恼相的？现在，信奉"生肖说"的人似乎越来越多了，打火机上、茶杯上都印上了十二生肖的个性特征。不少人都相信每种属相个性特征的概括。在我生日的时候，我儿子买了一只印有猪像和猪的个性特征的瓷杯给我。上面的一行属猪个性特征的话是这样写的："乐天派，不矫揉造作，对人包容，慷慨重感情，一旦成为朋友，总是乐于扶持相助，责任感强。"每当端起杯子美滋滋品茶的时候，我总是细嚼着这句话的含义，同时反复以此来衡量自己的个性,比较来比较去,我觉得这样的概括倒是比较符合我性格的。有几位朋友来家玩,看了杯上的概括,也是异口同声地说"正好是你个性的写照"。由不得你了,即使你不信,如此一来也会似信非信了。然而我仍然搞不懂的是,概括者的"高见"到底是根据什么概括出来的?

但是,不管怎么说,因为我的生肖属猪,所以几十年来,我同"猪"也有了脱不尽的干系。有时候,"猪猡"两字竟然成了我的代名词,最要好的朋友来电话,干脆直呼:"猪猡在吗?"人就是怪,我听了之后,不仅不责怪对方,反而觉得很亲切。有时候,几个亲密无间的朋友聚餐时,有人举杯劝酒,甚至还会在前面加个"臭"字:"喂,臭猪猡,干一杯!"也许是应了"骂是亲,打是爱"这句话了,仰脖喝下的酒味反而觉得特别香浓。妻子也经常会抱怨我:"你迭只猪猡特别懒!"我也不知道"我的懒"是不是缘于属猪?我确实是懒得可以的:早晨起床不叠被,吃了饭不洗碗,换下衣服也不洗,有时甚至要在妻子的催促之下才换下穿脏了的衣服。不过妻子在埋怨之余也常会说:"懒猪猡有懒福!"仔细想想倒也是,几十年来,尽管挫折不少、烦恼多多,但福气还是不少:结婚前有母亲,成家后有妻子,我从没操心过家务,生活有人细致照料,难道这不是一个人的福分?碰到困难和挫折时,以为是"山穷水尽疑无路"了,结果呢?总会有贵人鼎力相助而"柳暗花明又一村",假如不是福星高照的话,那么我怎么能常常从困境中走出而取得心想事成的成功呢?老实说,熟悉我的人中,有不少人是很羡慕我具有作家和老板双重头衔的身份的。

迄今为止,在我收到的礼品和纪念品中,又以同"猪"有关的玩意儿居多。其中有栩栩如生的红木雕的猪,有朋友专为我从缅甸带来的刻有猪的玉佩挂件,有画有憨态可掬的猪像的贺年卡,有造型奇特的烧有"招财进宝"叠字的储钱猪罐,浑身金光闪闪的,肚子大得可爱极了,仿佛装满了一肚子的钱方会满足……空闲时,我常常会手痒难忍地摆弄一番,让这些象征着吉祥和富有的纪念品来满足我的精神需求。因为我的生肖属猪,所以我才获得了这种属猪者的专利享受。

回头望望，路途茫茫。夜深人静时，我常会瞎想：也许真的因为我属猪，所以才有了属猪的福相，所以才有了今天的富足和拥有……也许排列在末尾的猪属相未必是坏事，后来居上，这或许就是属猪者的洪福所在。

留存在记忆中的"年味"

春节,好比是高悬着的一盏永恒的神圣明灯,在它魅力十足的光芒辉映下欢聚喜庆,已是我们中华儿女一个永远难以化解的情结。合家团圆,尽情地享受温馨而浓郁的年味,是每一个炎黄子孙梦寐以求的美好心愿。过年的味道,实际上是一种亲情的召唤,也是一种故乡情怀的翘首。尽享年味的喜悦,是世世代代沿袭下来的越唱越高昂的同一首嘹亮的歌。

在我的印象中,浦东乡下过年的气氛,远比繁华的城里醇厚热闹得多。尽管以前财物匮乏、生活贫困,平日里省吃俭用,宁可多吃咸菜萝卜、南瓜菜饭,但过年还是要挖空心思绷足场面张罗得热气腾腾的。这当然是我们一帮馋极了的孩子望断了眼线的企盼,因为过年了,就能穿新衣饱享口福了。

一进腊月,我母亲就会同村里的其他人家一样,把年初养上的鸡鸭杀上几只腌制咸货,挂在竹竿上晒干了,备作过年时餐桌上佐酒的佳肴;就会把平时舍不得吃的香瓜子、南瓜子、花生等东西,拣净了重新见见太阳,等到年关近了炒熟之后招待客人;就会要我们弟兄几个轮流帮她踏臼舂粉,准备好过年时做圆头塌饼的糯米粉和蒸年糕的粳米粉。此外,母亲还会买了酒药邀上几户邻居合伙酿上几坛老白酒,因为有了酒,方能显示出过年喜庆的氛围。这段时间内,我们弟兄几个总是格外的乖巧,跟随在母亲的屁股后边,主动地帮她当下手,其实嘛,猴急得嘴里快要爬出馋痨虫的孩子,盼望着母亲能够发发善心先弄点边角料煮给我们解解馋。

至于到了农历二十三灶君菩萨升天这一天,则是意味着进入了年关。

一早起来,母亲就要我们大的两个弟兄帮她一起大扫除,掸扫角角落落里的灰尘,将桌凳家具擦洗得干净光亮。头发上兜了一条毛巾的母亲一边用扎了扫帚的竹竿掸除着屋顶的蛛丝尘垢,一边不厌其烦地告诫我们:"你们长大了手脚一定要勤快,邋里邋遢过年,财神菩萨也会吓得不敢进门的。"至今,我仍然牢记着母亲的这句朴实的教诲。临近傍晚,家家的烟囱里都会接连不断地飘逸起袅袅的炊烟,准备起"祭灶"的物品来了。母亲当然也会不例外地忙碌起来,她总要叫自己的孩子轮流往灶膛里喂柴烧火,而自己则虔诚地烹饪着供奉灶君菩萨的菜肴。这个仪式留给我的印象实在太深了,让我从小就知道,在母亲与乡亲们的心目中,灶君爷是玉皇大帝派到下界来掌管各家灶火、吉凶祸福的神仙,故而每家每户相当看重"祭灶"的仪式,以求得来年的生活越来越红火。

"祭灶"的仪式一过,年味更加浓郁了起来,每家每户开始忙得不亦乐乎了。大人们一趟趟地上镇采办年货,选购孝敬祖父母与外公外婆的礼品。我们弟兄几个常会悄悄地尾随着父母去镇上轧闹猛,眼馋地领略一番琳琅满目的年货商品。碰上父母高兴时,也会给我们买上一两样相中的小玩意,那股高兴劲简直无法形容。回到家,每家每户的灶台热气腾腾了:下圆子、蒸年糕、烧大菜。这时候,我们弟兄几个总是争相乐意当"伙头将军",原因显然很简单,项庄舞剑意在沛公。因为大人在品尝味道的时候,总会分一点给我们尝尝的。这种近水楼台先得月式的赏赐,对于平时没什么好东西吃的小人来说,当然是很有诱惑力的。越来越浓郁的年味,真叫人禁不住心花怒放。

转眼间除夕到了。几乎家家都会买来好口彩的春联与"鲤鱼跳龙门"之类的年画贴。吃年夜饭前先要把两张八仙桌拼在一起摆上菜肴果品,点了香烛祭拜祖宗。母亲拉着我们弟兄按大小磕头,以求得祖宗的保佑,全家安康富裕。祭祖仪式结束便开始吃盼望了已久的年夜饭。这显然是一年之中最难得最丰盛的一顿享受,欢声笑语在屋外响起的爆竹声中绵绵不断着。酒足饭饱,一家人还要围坐在一起嗑瓜子、剥花生守岁,小孩子最渴望的是从大人手里领到几角钱的压岁钱……一夜连着双岁的时刻,在弥漫着爆竹声声的硝烟味中,浓浓的年味自然而然升腾到了极点。

尽管现在的"年味"已经夹进了许多时尚的元素,甚至于近乎铺张奢侈的成分,但小时候留存在记忆中的俭朴而热闹的年味烙印,还是那么地清晰、那么地回味无穷令人留恋。

雪后

飞雪迎春。猴年岁末的一场多年来罕见的瑞雪,纷纷扬扬地在申城的上空飞舞着、飘落着。一夜之间,银装素裹,就将申城染成了白色的世界。市郊的田野上更是白雪皑皑,遍地的庄稼盖上了一层厚厚的雪被。久违了的雪景呵,给人们捎来了莫大的欣喜,然而也给我们的城市增添了不少麻烦。但是,那些靠天吃饭的种田人,一直为暖冬而忧心忡忡着,见到天降祥瑞,有谁会不抚掌大笑而快乐开怀呢?

瑞雪兆丰年啊!由于我长期在农村生活过且有过10多年的务农经历,所以相当了解瑞雪对于种田人来说,等于是带来了米袋子与钱袋子的鼓囊。记得小时候每当瑞雪飘飘的时候,大人们与村邻们那种宛如拾到金元宝似的欣喜难抑的镜头,至今仍会时时浮现。那时,只要瑞雪一飘,村邻们总会激动得奔走相告:"下雪了!下雪了"有的长辈甚至会冲进雪帘中,凝望着天空黑沉沉的云层,双手合掌,嘴里念念有词着:"老天爷保佑,雪下得越大越好!"我的奶奶每逢飘落瑞雪之时,总会翕动着脱落了门牙的嘴巴,喜滋滋地一遍又一遍地告诉我们:"瑞雪下得越大,明年的收成就会越好。腊月的雪化得越慢,穷人的饭量就越多。"我从小就知道,种田人对于瑞雪怀有一种非常特殊的感情。所以,长期以来,这种瑞雪情结一直凝结在我的心头。直到动迁以后变成了城里人,只要一看到瑞雪飘飘的时候,心中就会自然而然地翻滚起喜悦,由衷地为种田人高兴着,祝愿着瑞雪能给农民兄弟带来好年景,给他们带来财源滚滚。

俗话说得好:有喜必有忧。记得以前,几乎每年都会有瑞雪飘洒。有时候甚至一年中有好几场瑞雪。有几次瑞雪下得很大,处处都裹上了厚厚的雪层,不少地方差不多有没膝之厚。瑞雪给小朋友捎来了无穷的乐趣：在雪地里打雪仗，身上沾满了雪花，几乎个个都变成了雪人；互相间比赛着堆雪人，看谁堆的雪人逼真；有的小孩还用竹匾罩在雪地上捉麻雀。及至回乡务农之后，我的心里却是对瑞雪交织着矛盾的心理。一方面盼望着瑞雪给种田人带来好兆头；另一方面，又厌烦大雪带来的诸多不便。那一年的一场瑞雪下得足有尺把厚，菜田里的青菜、菠菜、卷心菜等绿叶菜，被雪遮盖得严严实实的。在那计划经济的年代里，每天上面下达的蔬菜上市量是必不可少的。当打谷场上的钟声敲响，菜农们不得不从温暖的被窝里爬起来，匆匆地喝上一碗粥之后就去挑割蔬菜了。雪后挑割蔬菜的艰苦状况，没有经历过的人是无法想象的。在厚厚的大雪覆盖之下，是难以分清田埂与水沟的。大伙只能凭着原先的印象摸索着前行。稍有判断失误，就有可能错将水沟当成田埂，一脚踏空陷进水沟里，不仅胶鞋里会灌满冰冷的雪水，而且连裤脚也会浸得湿透。那时的年代，提倡吃苦耐劳，标榜"吃得起苦的人心才红"。所以，陷进水沟里的人，谁也不会轻易回去换裤子与鞋子，而是涨紧头皮咬紧牙关硬挺着。雪后的气温骤降，不一会儿，裤脚上、胶鞋里就会结上冰凌。踏进菜田里挑菜，先得将一棵棵菜上的积雪扒掉，然后才能铲到菜根。要不了多少时间，戴着的手套就会湿透，还会结上冰块，稍不小心，双手常会被冰块划破，十指连心，冻僵的手痛得简直叫人难以忍受。这时候，不少人干脆扯掉手套，任由雪花将手冻得像胡萝卜。而那些没有扯掉手套的，几个小时下来，手套里的冰块缠住了手指，扯都扯不掉。有硬扯者，连手上的皮都会扯破。一副鲜血淋淋的惨相，真是惨不忍睹啊！挑割好蔬菜之后装到铁丝框里，搬到铁架子劳动车上送往蔬菜收购站。殊不知，在积雪厚实的机耕路上去送菜，那种艰难的程度，简直无法想象、无法形容。平时只消两个人的活，此时增加了四个人还是显得力不从心。假如车轮陷进了凹痕里，用尽了吃奶力气方会移动一步。手脚冰冰冷，身上、额头上却是冒着热气，连内衣也会让汗水湿透。寒风一吹，浑身都会涌满鸡皮疙瘩，难受得够呛。记得有一次，挡车的一不小心，竟将一车菜翻到了路边的沟里。这下可惨了，大家只得跳进沟里，忍受着刺骨的寒冷，将菜重新捞起装车……遇到了如此苦不堪言的意外,当事人还会对瑞雪有好感吗?

　　这就是我对瑞雪混杂着矛盾心理的缘由。不过,喜欢毕竟是大于怨恨的,因为瑞雪终究是给种田人带来了丰收的喜悦呀!

琢磨"后福"

人生是不可能一帆风顺的。前人归结出了"天有不测风云,人有旦夕祸福",可谓是至深的经验之谈。

好多人都说我是个幸运者,正因为有了难以想象的"大难不死"的经历,所以才会有"后福不断"的运气。

我出生不久,就迎来了解放上海的隆隆炮声。但是,困兽犹斗,残兵败将还要作一番垂死挣扎,他们在我家屋前筑起了工事。听母亲说,还在襁褓中的我一听见枪炮声就吓得哇哇直哭,哭声惹烦了惶惶不可终日的败军士兵。有一个狗日的端着上了刺刀的步枪,对着我狂叫:"小东西,再哭老子挑了你!"母亲见状吓得瑟瑟发抖,紧搂着我不敢出声。可没想到,当狗日的刺刀刚挑着了我的"蜡烛包"时,我瞬息间竟然不哭了。母亲惊喜万分,赶紧将奶头塞进了我的小嘴。母亲后来常说我从小命大,要不然恐怕早就不在世上了。奶奶更是常唠叨:"这个囡长大后必然有出息。"

第二次"死里逃生"的经历,是在我6岁的时候。那时,我和邻居家的"小黑皮"一起去河边的水桥上背对背地洗手。先洗好的"小黑皮"屁股一撅站了起来,结果将我撞到了河里。幸亏"小黑皮"还算机灵,大声哭叫,闻讯赶来的大人们将我从河里打捞了起来。当时我已不省人事,肚子里灌满了河水。邻居们想着办法搭救我。他们搬来一口大锅,将我倒罩在里面,然后不停地敲打锅底……过了不久,我竟然吐水不止,奇迹般地活转了。奶奶立即转忧为喜:"阎王爷都不肯收的小囡,日后一定发达!"

在我过了不惑之年后,横祸又一次莫名其妙地降临到了我身上。那是黄梅季节雨后的第一个晴天,我骑着自行车回家。迎着初夏的一阵阵凉风,我骑得飞快。但意想不到的是,早晨去上班时好好的水泥路,不知什么时候被施工单位挖出了一条米把宽的沟,旁边没有任何警示标志。我毫无思想准备一点没减速,自行车"咚"的一声跃进了沟里,而我随着十足的惯性,摔到了沟对面,昏迷了过去。等我醒转,整个身体一动也不能动了。脑海闪出的第一个感觉是,死神在向我招手。当人们将我送进医院时,我隐隐约约地听到了议论:"这个人即使不死,恐怕也会终身残疾了。"多么可怕呀!可是,我在病床上躺了三个月后,再一次奇迹般地痊愈、康复了。

来看望我的亲戚朋友们都说我:"大难不死必有后福!"

"后福"是什么?大概谁也无法讲清楚。经过反复琢磨,我以为,这"后福"是顺利的象征,是事业成功的预兆。一个人经过了较大的磨难之后,会把一切功名利禄看得更加淡泊,因而会生活得更轻松愉快、更潇洒自若。当然,会更懂得珍惜,奋发向上,从中自得其乐。这不是"后福"吗?

小河之恋

在浦东乡下,原本独多的就是弯弯曲曲的小河,随着改革开放号角的吹响,许多小河正在飞快地消失。这标志着浦东正在朝着现代化大都市的方向迈进。我在拍手庆贺赞叹之余,毕竟难以掩饰对家乡小河的无限留恋之情。因为在我半个世纪的人生旅途中,家乡的小河同我有着不解之缘:它给过我欢乐,它给过我威胁,它赠予我灵感,它也始终陶冶着我的情操。

幼儿时,我喜欢玩水,故而有过几次跌进河里差点被淹死的记录,但是这并没有吓退我对小河的亲情。到了少年时代,我反而更加喜欢戏水,常常沉浸在小河里捉鱼摸蟹,因而有过无数次满载而归的喜悦。进入青年时代,我多次奔赴开河工地为家乡的小河流梳妆打扮。经受过难以想象的劳累,体会过种种特殊的感受,所以得到过发表处女作的运气。而当年龄跨进了中年时代以后,我辞职下海开办的公司,又无巧不成书地在洋泾港畔倚河而坐,当我工作繁忙和心情烦闷时,就会凭窗临河而立,让静静流淌着的河水洗刷掉我的劳累和烦恼。

几十年来,我难抑对小河的亲情,而小河给我情缘的前后巧合,实在令人惊喜不已,令人回味无穷。那年,我随着大批人马奔赴开河工地,由于我是个年轻的共产党员,所以义不容辞地参加了青年突击队。当时的情景是,天大寒,人大干。天空中飘着雪花,可是青年突击队的队员们个个穿着衬衫,扛着河泥,没有觉得一点冷。一天连续扛河泥10多个小时,将肩上的皮也扛烂了,衬衣粘在上面,脱也脱不下来。第二天肩又肿又痛,可没人叫一声苦,垫了条毛巾在肩上之后,照样咬紧牙关大干。嘴里虽然没说什么,但心里却在想:如果有一台卷扬机能将泥筐从河底拉上来,那该多省力啊!心有灵犀一点通,我马上构思了一篇取名为《大治河畔》的小小说,冒昧寄给了《上海文学》,它竟然成了我这一生走上文学之路的处女作。这一来,我是彻底忘却了开河的艰苦,倒是牢牢地记住了河流给我的启发、给我的恩赐。

也许是潜意识在起作用的缘故吧!我在选购新居的住房时,朋友们给我介绍了多处价格优惠、环境优雅的地方,但我总是高不成低不就,直到有位朋友领我到坐落在川杨河边的住宅小区一看时,我立刻滋生了对这个当年开过河的地方的无限眷恋之情,虽然这个曾经熟悉的地方已变得陌生了,但它神速的变化确实令人感慨万千。于是,我当即拍板,选中了一套临窗就是河水的住室。说真的,我愿意让当年自己参与开挖的川杨河永远陪伴着我。

搬进了新居之后,清晨和傍晚,我常常漫步在河边,沐浴着盎然的阵风,凝望着淙淙而流的河水,心头自会涌上一股醉人的暖流,让人情不自禁地产生无数的遐思。当听到规划中的川杨河是一条景观河的消息时,我激动不已:到那时,树绿、桃红、水碧,再加上川流不息的游艇,能够生活在这种充满了诗情画意的地方,该是多么幸福啊!

感谢小河恩赐给我的情缘。

在雨中

每个人恐怕都有过在雨中的经历,只不过是时间、经过和场景不同罢了。置身雨中,没有雨衣的遮挡,或是雨中作乐,或是苦不堪言,感觉也是各不相同的。究竟是甜是涩?是喜是忧?只有当事者自己去品味了。久旱不雨,突降喜雨,焦虑至极的农民会不顾一切地冲进雨帘,欣喜得手舞足蹈;外出旅游,一场意想不到的大雨浇灭了人们炽热的游兴时,怨言就会四起。

我有着无数次在雨中的清晰记忆:曾有过喜悦和快乐,曾有过失望和惆怅,也曾有过忧愁和痛苦。我在雨中的体验可以说是丰富多彩的。劳累时,雨水让我轻松;闷热时,雨水让我凉快;烦躁时,雨水让我清醒。然而,无情的雨水,又不止一次地带给了我病痛的记录。

小时候,我特别喜欢在雨中嬉闹,尤其是在春夏交替时分,我常盼望着下雨。早晨一醒,只要一听到雨声,我便会迫不及待地拾起网兜,扑进密密的雨丝中,周转在田沟河边,顾不上浑身湿透,兴奋地捉着"攻水鲫鱼"。宁可淋一身雨,也要捉一网兜的鲫鱼和泥鳅,这乐趣对一个童心十足的农村少年来说,不是雨中的一种特殊享受吗?

插队时,在那"接受贫下中农再教育"的年代里,在雨中"大干苦干"的经历,更是家常便饭。清明时节雨纷纷,迎着绵绵不断的细雨,我随着"农民老师"们赤脚下水做秧田,雨密水冷,这种寒透心底的苦楚,真是难以言表。久而久之,落下了筋骨酸痛的病症。在狂风暴雨中摇船拉纤,时不时跌进河里,稍不小心跌得鼻青脸肿……但是从不敢叫一声苦,因为只有自觉地让雨水洗涤自己的灵魂,才能改造自己成为一名优秀的知青。可惜的是糟蹋了自己的身体,随着年岁的增加,逢着雨天,我就会浑身酸痛,这是雨水不留情的一面。

而后,从中学起就喜欢文学的我,坚持学习创作。记得那次应约为《上海文学》的"青年作家作品专辑"写一篇小说,恰逢连续高温,让人透不过气来,思路像是凝固了似的,躲在闷热的小屋之中,哪里还有什么灵感?我心烦意乱,一张张地撕着不满意的稿子。可就在这时,突然间狂风大作,降下了倾盆大雨。村民们都急匆匆地奔回家里,而我却是冲进了密密的雨帘中,让雨水任意浇淋。我享受到了意想不到的凉快,感受到了无法形容的舒心。霎时间,茅塞顿开,在雨中,我的灵感被触发了。这时的兴奋和快乐,是很难用笔墨来形容的。

我也有过在雨中先怨后喜的体会。那年,去贵州游览举世闻名的黄果树瀑布。一下车,扑面而来的便是豆粒般的雨点,立时,我的心头滋生出了一股怨气。然而,向慕已久的世界级瀑布,又诱使我迫不及待地扑进雨帘中争睹"飞流直下三千尺"的雄壮之观。遥望着气吞山河的奇景,倾听着雷鸣般的轰隆声,顿时让人领略到了大自然的震撼力。此时此刻置身于雨中的感觉,是如此的神奇、如此的心旷神怡!而渐渐沥沥的雨滴,却是温柔地清洗着自然美景中的尘埃,清洗着观景者的心境。渐渐地,原先对雨水的怨言,不知不觉中变成了赞语。

"几多风雨几多春秋,风霜雪雨搏激流。"这句脍炙人口的歌词唱得好!我想,人生在世,有谁没有在雨中的经历?有谁没有经过雨水洗礼?人啊,只有在风雨中"历尽苦难,痴情不改",才能成为有用之才。否则,只能成为弱不禁风的温室之花。

绵绵桑情话不尽

从小萌生的兴趣,或许一生难以磨灭。我对平凡得不能再平凡的桑树的喜爱和情思,就是年复一年地增浓着。

小时候,我家的屋后栽有全宅村唯一的一株桑树。虽然无人精心照料,但它的适应性却是强得令人惊讶,一年比一年浓绿繁密:树冠丰满,枝叶茂盛,苍翠碧透。夏日时分,枝枝杈杈里更是挂满了繁星般的桑葚。每年春上,我总会孵上一纸缠住母亲替我要来的蚕卵,天天兴趣十足地采叶喂蚕,同样养着蚕宝宝的小朋友常来向我讨要桑叶。烈日炎炎之下桑葚由粉红色变为紫色时,我总会搬只凳子垫在脚下,不顾汗流浃背贪婪地采摘多汁甜美的桑果吃,村上的小伙伴们也会眼馋地涌来同我一起分享口福。就是这么一棵桑树,既增添了我童年无穷无尽的自得其乐,也增添了我在玩伴们面前沾沾自喜的炫耀资本。故而,在我幼小的心灵中,不知不觉地滋生出了一种对桑树喜爱的朦胧情愫。

然而,幼时的这种喜爱,毕竟是极其单纯、相当肤浅的,因为我对桑树的相关知识称得上一无所知。年龄渐渐增长,我对桑树的认识逐渐有了日积月累的增多,不禁对桑树刮目相看了起来:原来桑树在我国已有几千年的栽培历史,在商代的甲骨文里就留有了它的字形,在周代采桑养蚕已是常见的农活;原来桑树的品种多不胜数,既有栽种的鲁桑、白桑、广东桑等10多个品种,又有长穗桑、黑桑等多个野生品种,甚至还有鬼桑、大叶桑等变种;原来桑树的踪迹遍及我国的大部分地区,几乎到处可见由它组成的一道道绿色的风景线;原来桑树的浑身都是宝,叶、果、枝等均可用来养蚕、食用、酿酒、入药、造纸,可谓为人类做出了无法估量的贡献。对桑树的认识发生了质的飞跃之后,就不难理解有人之所以将有着献身精神的桑树称为"生命之树、文明之树、感情之树"的道理了,也不难理解常用的成语中为什么有着无数带有"桑"字的缘由了。于是乎,我对落地能生长而又乐意贡献的桑树的喜爱程度与日俱增了起来,而且产生了能够目睹一望无际桑林丰姿的强烈渴望。可惜我的浦东乡下并没有可饱眼福的成片桑林,即使是零星的桑树也很少见得着。

回乡插队不久,终于有了天遂人愿的机会。我意想不到地被大队派到江浙杭嘉湖一带做超高压输电线路铁塔的油漆工作,让我得以在醉人的桑绿中生活了好多个年头,称得上是日益添加着我对桑树的热情。

一有空闲的时间,我就会喜滋滋地踱进桑林中,放眼欣赏它的勃勃英姿、饱享它的生命之绿。桑绿的来临,可以说是令人猝不及防的。稍稍不注意之时,一夜悄然而至的春风,就会吹绿满树的嫩芽。几场淅淅沥沥的春雨过后,嫩绿的叶片从水灵灵的芽眼中抖展出了美丽的身姿,细如纱薄如蝉翼的叶片上闪现着淡淡的绿光。不经意之间,叶片由小变大,颜色便由稀疏的翠绿变成密集的碧绿了,显然是已经做好了随时献身的准备。正当我置身于桑林间尽情体会着"人间万事消磨尽,唯有清香似旧时"的意境时,忽然发现桑林间飞进了无数的"彩蝶",舞动着灵巧的双手……骤然间,桑林间增添进了无限的盎然生机!醉人的蚕桑之绿,真让我开阔了眼界。

晚饭后踱进桑间的小道上散步,享受到的是另外一种意境的桑林情趣:在清新脱俗的林间,在透进的斑驳的月光下,你不时会发现一对对相拥相搂着的年轻人在窃窃地互诉着衷肠。这是多么富有诗意的谈情说爱的场所啊!直到这时,我才明白了为什么自古以来就有着不少"桑中之约""桑间月下"之类的成语。后来才知道,在古代,"桑"义与男女的情爱有关,《诗经·国风》中与"桑"有关的篇目不下 10 篇之多,而多篇又与男女的爱情有关。哦,我终于心有灵犀一点通了:原来桑树早是人们心目中的"太阳树"了。

最让我对桑树产生震撼的是泉州开元寺的那棵据说开过"莲花"的千年古桑,神奇得叫人难以置信:寒冬里别处的桑树都已落叶,唯独它仍然枝叶茂盛;初春时别处的桑树还是光秃秃的,唯独它早已萌发芽眼,长出了新叶。它的粗大的主干曾被雷劈为三叉,老干龙蟠的,看似枯干、腐朽了,但是它的枝叶仍然特别茂盛、葱郁。可见古桑生命力之旺盛。

绵绵的桑情,单凭着我的寡闻,自然是难以言尽的。

"厨师老爷"小考

"老爷"一词,本是旧时对官府有权势者的称呼。被尊为"老爷"者,不仅是高贵和富有的体现,而且是"威势"的象征。当然,解放后人与人之间已经没有贵贱之分,"老爷"的称呼也随之消失。但在浦东乡下,将厨工尊之为"厨师老爷"的称呼,却一直延续沿用到现在。

至于为什么要将厨工称之为"老爷",我曾经百思不得其解。我也曾经请教过好多人,但是谁也说不出个原委来,有的人只是笼统地一言以蔽之:"前辈们就这样叫下来的。"为此,我纳闷过,一直想深究出个名堂来,以满足自己素有的"打破砂锅问到底"的习性。好在后来自学烧菜有过10多年"厨师老爷"的经历,让我终于悟出了个中自以为是的道理来了。

虽然厨工是不可能高贵和富有的,但他在酒席场上的"威势"确实是很足的,甚至可以说是威风八面的。不要以为厨师的活计只是为人家卖苦力的差使,其实,厨师受主人家尊敬的程度用"受宠若惊"这个成语来形容,是一点也不过分的。厨师当"老爷"不过是两三天的工夫,但是当你进场时,主人家不少人早已恭候在门口,笑迎着说:"厨师老爷,辛苦你了!"然后递烟递茶,向你汇报备料的情况,待到你点头认可了,老东家马上会朝你的口袋里塞进两包烟,招呼:"有什么事?厨师老爷尽管吩咐。"老实说,刚开始帮人家烧酒水时,我被人家恭维得涨红了脸。没有过厨师经历的人,自然是无法体会到这种当"老爷"的特殊风光的。

在有些人眼里,厨师不过是炊事员或大菜师傅而已,有什么值得大惊小怪的?但在乡下人的眼里,造房、婚嫁是一件头等大事,办喜酒大宴宾客,自然是要"吃发吃发"图吉利讨个好口彩,主人家最怕的当然是厨师不高兴而拆烂污,从而引发宾客的埋怨而导致不吉利。我猜想,也许这个

"图吉利"的心理因素,是将厨师尊之为"老爷"的原因之一。

　　主人家怕厨师的现象,在我们乡下是很普遍的。乡下人家宁可平时省吃俭用,但办喜酒却是很要面子的。而有的厨师是比较难弄的,他们一向按部就班操作惯了,遇到东家提出翻新花样的要求时,往往会束手无策;然而厨师又不肯认输,结果一发生冲突,厨师就会卷起刀具一走了之。如果一旦"罢烧"的行径发生,急得双脚跳的还是主人家。因为像这种排开场火烧眉毛的事,一时三刻叫东家到哪里去找厨师来救场?假如要改婚期回掉亲友又涉及男女双方,所以是绝对不可能的。发生了这种意外,坍光脸面的当然是东家,他常常会被三里方圆引为笑柄。我年轻时去亲戚家喝喜酒,就碰到过厨师"罢烧"的事变。那时的副食品极其紧张,我亲戚有位外地的亲戚,动脑筋给他带来了干蹄筋和干海参,这两样东西在当时是稀罕物,老东家自然想"轧台型",要求厨师换掉"炒腰花"等两样不上档次的菜。但是,厨师借口"没有临时换菜的规矩"加以拒绝。意见分歧之下,厨师老爷面孔一板卷起了刀具:"你另请高明吧!"这一来,真把我亲戚家里急得团团转了。无奈之余,我同几个不知天高地厚的小青年,充当起了"救场"的角色。从那次以后,我涌起了学烧菜的念头。而后,在我为几百户人家烧酒水的生涯中,对主人家的要求是有求必应的,从没发生过冲突。而我在烧酒水的几百次经历中,倒是深深体会到了"主人怕厨师"的味道。在整个操作过程中,只要我厨师一声令下,对主人和所有的帮工助手来说,好比是"奴仆怕老爷"一般,是没有人敢违背的。我以为,这恐怕是将厨师尊之为"老爷"的原因之二。

　　不像现在烹调热,厨师多如牛毛,在以前,乡下的厨师还是比较少的,尤其是手艺高的厨师更是凤毛麟角。而浦东乡下办喜事的时间,多数集中在元旦至春节的一段时间内,所以名气比较响的厨师是相当吃香的,是需要预约的。有的人家为了请到好厨师,情愿将儿女的婚期随着厨师的日程表来定。谁家不希望酒水色、香、味俱佳?谁家不希望风光一场?由于以前我在当厨师时,总能为东家精打细算,总能为主人家精心烹调,也从没与东家有过冲突,始终是以"斯文"和"认真"著称的,因而在这段时间内是忙得够呛的。不少人家看到我点头答应出场了,竟然会高兴得手舞足蹈。我深深地体会到,在厨师如此紧缺的状况下,岂有不养成厨师"老爷"作风的道理?我想,这大概是将厨师尊之为"老爷"的原因之三吧!

　　实际上将厨师称为"老爷"一定是有许多深层次的原因的,只是我无法考证罢了。但这毕竟已经成为历史,随着浦东开发的日新月异,许多农家迁进了新村,现在的喜酒不再是煞费苦心地自己张罗了,而是体面地走进了宾馆、酒楼。现在,真正能够抖展"老爷"威风的,已经不再是厨师,而恰恰是主人自己了。

忆说"冬至"话传承

时届冬至,从小就已经印记在我的脑海中的"冬至如过年"的浓郁氛围,自会不由自主地浮现。

记得在老宅动迁前,冬至时分,除了上坟祭拜外,差不多家家都会在客堂间里如同"摆年夜饭"一般举行"冬至"祭祀仪式。拼上两张八仙桌,两边各摆上一长溜小酒盅与碗筷,长桌中间除了摆整只猪头、整鸡整鸭全鱼外,还需摆上糕团水果。点燃了蜡烛后,一家之主必须恭敬地手捧燃着的香,到大门外去迎进祖宗。整个过程,至少要点两炷香、斟三巡酒,以示后辈的孝敬之意。大人还会再三关照小孩,祭祀开始后是不能动桌上的祭品的,害得一帮孩子只能是紧盯着满桌的丰盛眼馋,而不敢轻易造次。

乃至知识的增多,才使我了解了"冬至如过年"的习俗,久已有之。古时,冬至就被视作为一个隆重程度丝毫不亚于春节的重要节日了。古人称冬至为"冬节",而且有着热闹而隆重的庆贺习惯。《汉书》中就有"冬至阳气起,君道长,故贺"的记载。因为冬至一过,白昼渐长、阳气回升,是一个节气循环的开始,故而古人视冬至为吉日,是一个应该庆贺的日子。早自汉朝始,官府便要举行规模恢宏的"贺冬"仪式。据《后汉书》记载:"冬至前后,君子安身静体,百官绝事,择吉辰而后省事。"冬至这一天,朝廷上下要放假休息,军队待命,边塞闭关,商旅停业,亲朋之间各以美食相赠,拜访致贺,欢乐喜庆的场面丝毫不逊色于春节。

到了唐宋时代,冬至日皇帝例行要到郊外举行盛况空前的祭天祭祖大典,使得冬至庆贺的内涵起了根本性的变化。上行下效,百姓当然也要向父母尊长的亡灵祭拜,以求得上苍保佑、祖宗庇荫。久而久之,冬至在许多地方逐渐变成了祭天祭祖的例行日子。

千百年的演变发展,冬至日就变成了第一个被古代测定的二十四节令的节气。由于这一日白天最短、黑夜最长,况且又是"阴极之至,阳气始生"的气候转换时节,所以易于被人们添进种种想象丰富的阴沉色彩。

渴望风调雨顺过上丰衣足食的太平日子,人们自然要想出种种"驱避疫鬼,防灾祛病"的方法了,不同的地方往往会带进特点明显的地域色彩,形成一方民众自行遵循的冬至习俗:比如北方有宰羊、吃饺子,南方有吃冬至米团的习俗;而在我们浦东甚至有着"冬至不做,小辈不发"之说,所以在冬至来临之际,几乎每家都会像过年似的忙得不亦乐乎,又是捣米舂粉做汤团,又要买鱼买肉祭祖宗,还要邀上同宗至亲吃顿团圆饭。有的人家为图个好口彩,还会蒸糕、烧赤豆糯米饭,喻示着发发禄禄、年年高升,蕴含着祈求一家人平安无事的意味。

人们对于"冬至"看重的另一个重要因素,恐怕在于"冬至"一直被国人视为"安身静体"的养生好时期。冬至一到,天气进入了全年最冷的阶段,俗称为"进九"了,民间自有着"冬令进补"的习惯。比如在我老一辈的亲友中,至今保留着在羊肉中放入红枣、桂圆、核桃等滋补品煎羊羔吃的习惯。当然现在不少人的进补品已逐渐被膏方、人参等高档补品代替了。这显然是生活水平提高的体现。

随着动迁,更多的人变成了城里居民,有着丰富传统文化内涵的"冬至"习俗,正在被越来越多的人,尤其是年轻人淡忘,这岂不令人遗憾?在我们浦东,原先流传着许多蕴意深刻的节令习俗文化,比如像元宵节、端午节、重阳节等,无不充盈着催人奋发向上的元素在其中。无论是哪一个节俗,几乎都包含着"百善孝为先"的主旨,同时也包含着自己动手、丰衣足食的意蕴:比如像元宵节大人教孩子扎动物灯,端午节学包粽子,重阳节自蒸重阳糕,冬至帮大人舂粉学做汤团等。哪一样不是在潜移默化地培养孩子们的动手能力呢?在当今的年轻一代尊敬长辈的意识日淡、动手能力日差的现实状况下,重视传统节俗文化不是很有意义吗?我在想,我们应该要继承传统习俗文化的精华,因为它是祖辈世世代代遗传下来的一批批丰富的文化遗产。不过,我们也应该摒弃混杂在其中的一些具有迷信色彩的糟粕部分,赋进更多的文明形式,使传统节令习俗文化散发出来的正能量更足。

浦东老娘舅

在浦东人的眼里,老娘舅是所有至亲中威势最足的长辈。长期以来,形成了一套娘舅有着至高无上尊严的规矩:外甥婚嫁,娘舅不到场是不能开酒席的;而且"面朝南"的上座,必定是要留给老娘舅的。新郎新娘席间敬酒时,也必定要从老娘舅开始的;倘若家里发生什么难缠的事情,那自会想着去请老娘舅来主持公道,以求得矛盾的化解。娘舅的称呼前面加个"老"字,本身就是一种尊称。

毫不夸张地说,老娘舅的威势,并不亚于明清之前封建时代的族长多少。宗族制逐渐消亡以后,老娘舅就变成了解决家庭矛盾的无形的"族长"。凡是遇上父母与子女分家,或是弟兄之间分割财产,或是兄弟妯娌之间"吵相骂",那非得请老娘舅出场裁决不可。因为娘舅是母亲嫡亲,不像父辈的叔伯至亲有时会涉及家族或自身的经济利益,只有娘舅不存在任何的经济瓜葛,可以端平一碗水。正因为有了这种得天独厚的自身优势,就使得老娘舅在处理矛盾纠纷时,有了别的长辈所不具备的理直气壮的底气。故而老娘舅"发了声音",往往是一言九鼎的,具有无法抗拒的威力。尽管外甥或外甥媳妇心存不服,也只能"吃进",否则,就有大逆不道之嫌。所以说,老娘舅称得上是家庭纠纷中的"法官",也好比是绿茵场上的黑衣主裁,只要老娘舅的哨子一吹,即使有误判,犯规的"球员"也必须绝对服从,不存在丝毫讨价还价的余地。

不过,话得说回来,娘舅处理评判这类事务的时候,毕竟是比较公正的,手心手背都是肉,何必要偏袒一方呢?假如老娘舅不公正的话,光凭着娘舅的威势,那也是树立不起令人心服口服的威信的。

除此之外,老娘舅还有一项责无旁贷的任务,即是男外甥结婚的时候,去女方家拿嫁妆,一副"脚马桶"势必是要老娘舅挑的,一对"子孙碗"势必是要老娘舅拎的。假如别人不懂规矩瞎起劲的话,那必定会引发女方的不快。究竟是何原因? 笔者虽寻访过多位老者,但众说纷纭,谁也不能自圆其说。规矩毕竟是规矩,这很早就在浦东约定俗成了。

代代相传的结果,使老娘舅在浦东人的心目中,成了一个令人尊敬的称呼。

久而久之,老娘舅的好口碑,又使其演变成了村落中办事公正、热心于公众事务者的代名词。老娘舅这一原本特定的称呼超出了狭义上的特指,逐渐变成了广义上的俗称,融进了新的含义。

新中国成立前后,每个村落里都有一些政府管不了,但村民少不了、一家一户又办不了的公共事务,这就需要一个"老娘舅"来牵头和协调,以求得事情的圆满解决。比如说那时候的修桥铺路,或是逢到菩萨生日要做庙会,需要大家出力出钱的时候,总要有一位热心而公正的"老娘舅"出来主持、牵头和协调。

此外,同村许多户连亲带故的人朝夕相处在一起,难免有"牙齿嚼痛舌头"的时候,村邻间的纠纷吵架偶尔也会发生。如凭当事双方"拔直喉咙"互不相让的话,那么火头上不会有"好闲话",事情肯定会越吵越僵,往往会造成"小洞不补,大洞吃苦"的局面,弄得事情无法收场。这时候,如果有一位威望较高的人出场充当"老娘舅"、做做"和事佬",双方的头脑就会冷静下来;双方有了台阶就会觉得有了"落场势",剑拔弩张的场面就有可能平息下来。

正因为"老娘舅"有着这样的作用,所以深获村民们的喜爱和尊重,及至后来,"老娘舅"的角色被乡村基层组织的人民调解员取代之后,浦东人仍爱称调解员为"老娘舅",也爱称"户籍警"为"老娘舅"。

浦东逢上了改革开放的盛世,许多村落遇上开发的需要都动迁各奔东西了,但仍有许多人家发生了矛盾,还喜欢去请原先的邻居或是亲友中威望较高的人来当"老娘舅"。可见浦东人对"老娘舅"的确情有独钟。

我想,生活中不可能没有矛盾,但是,如果能多一些热心于"管闲事"的"老娘舅",那么,我们的社会不就多了一份安定与和谐吗?

浦东"大娘子"

关于浦东"大娘子"的话题，完全是最近游徽州时的触景生情。

在众多的人文景观中，古牌坊是称得上徽州地区的一绝。原先存有200多座，后经风雨的侵蚀尤其是"文革"中人为的破坏，损毁了其中的大多数，据说现存的只有80多座了。这是古徽州忠臣孝子、贞女烈妇层出不穷的标志。导游在介绍贞节牌坊讲到所谓贞节烈妇的悲惨时，也谈到了当地的一个"大妻小夫"的普遍现象，颇为令人感慨不已，不禁触发了我的联想：这不是有点类似于我们浦东以前较为盛行的"大娘子"的特殊风俗吗？但是细辨了一阵之后，却又觉得两者之间有着内涵上的不同与本质上的区别。

所谓"大娘子"，原本是指有妻之人的正妻、三妻四妾中的大老婆是也。古徽州的"大娘子"现象，除了女子的年龄比丈夫大之外，其实质含义倒是有些符合这条定义的。望子成龙的古徽州人在送年幼的孩子出外闯荡前，往往要为儿子娶上一个更像大姐姐似的大妻完婚，其目的显然是夫家打的如意算盘：一来可伺候公婆，二来可为家里增添一个劳力。这些女子成婚时，小丈夫尚属年幼无知，懵懵懂懂的未曾开窍，还不懂得夫妻生活。小丈夫常年在外，女子在家苦苦厮守空房，等于是在守活寡。好不容易盼到丈夫衣锦还乡，盼来的却是丈夫另娶的年轻貌美的新夫人。年复一年辛劳着的大娘子早已人老珠黄不值钱了，何况与丈夫又无丝毫感情可言，哪里还引得起连印象都模糊了的当年小丈夫的半点兴趣？所存有的仅仅是一个"大老婆"的名分而已！好多可怜的徽州大娘子从未品尝过男欢女爱的滋味，而严厉的宗祠家法又不允许女人有非分之想、越雷池半步。大娘子们只能郁郁不得其欢，在悲惨中了却一生。皇帝恩准旌表的贞节牌坊,是为了宣扬"三从四德"维护统治的需要,但从另一个侧面来看,难道不正是折射出了古徽州妇女的悲惨命运吗?

以前盛行于浦东农村的"讨大娘子"的风俗,是一个由来已久随处可见的有趣现象,它同古徽州流行的"大娘子"现象,是存在着本质上差异的。浦东人称之的大娘子(这个"大"字的读音为"杜"),意思是指老婆的年龄要比老公大几岁。到底大上多少岁为宜,则是没有限制的。然而,浦东人因为有着"男大三,金银山;女大三,屋脊塌"的传统信条,所以,女的比男的大三岁则是忌讳的。除此之外,究竟女的要比男的大上多少岁为宜?那倒是双方家长两相情愿即可,只要是凭父母之命、媒妁之言、八字相符就可以。至于浦东人为什么会偏好于"大娘子"的缘由,并没有权威的说法。在我经过了好奇的揣测之后,觉得原因不外乎有三:一是女的要比男的成熟得早,对于老公来说,感觉上既像是妻又像是姐,比起小妻来,大娘子更懂得呵护体贴男人。二是女的年长几岁,懂事要早一些,处理事情时更有主见一些,自然而然地会成为家里的主心骨,里里外外操持得妥帖,把男人惯成了依赖性十足而又乐享其成的家里大少爷。三是应了"长嫂为母、长妻当姐"的一句老话,年龄比哥姐大的嫂子,自会似长辈般地善待小叔、小姑,尤其是利于姑嫂之间的和睦相处。有着如此的好处,就会引起众人效仿,久而久之便形成了一种不成文的习俗。

当然,浦东的大娘子既不是三妻四妾中的大老婆,也有别于"二十岁女子十岁郎,夜夜睏觉抱上床"的童养媳,仅仅是年龄比丈夫大几岁而已。浦东的大娘子是名不虚传的,不仅遍布面广,而且还有着很好的口碑。在以前,浦东的男子多有出外学生意、习手艺的,故家里的"田里活、家务事"就大多数落到了大娘子的身上。大娘子几乎都能自觉地担起重任,个个都是"手能绣、肩能挑"的里外好手,忙时干农活,闲时做女红;而且还要"灶前全家三餐、河边一盆衣洗",辛苦地承担着早起育儿、晚来奉老的责任。里里外外一把手,勤快而贤惠,大娘子无愧于一家之"大"。对于这样打着灯笼也难觅的大娘子,丈夫还有什么不满意的呢?夫妻之间相处得如鱼得水,感情弥笃,和美得令人眼馋。在我的长辈中,就有着不少"大娘子"式的婚姻,到老了仍然恩爱如初。

　　后来到了解放初新婚姻法颁布,法定了"男大女小"的结婚年龄后,浦东农村"大娘子"的现象少了起来,逐渐适应了"男大女小"的模式。其实,就爱情本身而言,是不应该有年龄限制的,而应是两个人超越一切、纯粹精神上的相互美妙的感觉。时下,与许多小女孩爱觅成熟男人相映成趣的,是不少男士也摒弃了年龄的忌讳,爱寻"大姐姐"拍对,"大娘子"的趣闻又在不少地方有所耳闻了;名人明星中的"姐弟恋"新闻也时常见之于报端。我在想:年龄不应该是婚姻的障碍,因为感情的默契与相悦,才是婚姻价值观的核心内容。顺其自然瓜熟蒂落,才是婚姻美满的基础。

万年青

在千姿百态的花卉中,万年青是一种朴实无华的草本植物,但它的生命力很旺盛,在江南一带可以说是遍地皆是。万年青在不同的地方还有叫法迥异的称呼,如铁扁担、冬不凋草等。这种多年生的常绿草木,根状茎粗短,叶基生倒阔披针形,先端急尖,叶缘波状,中柱突出,花萼短于叶,穗状花序顶生,小花密集,花色有白、有黄、有淡绿色。结出的球形浆果为橘红色。它碧叶青青,红果累累,属于传统的观叶观果类花卉。人们喜欢它的素淡雅致的花姿特色,更喜欢它的不分春夏秋冬的绿色常盛。

然而,不少人喜欢万年青的情愫,恐怕更多的因素是源自它"万古长青"的象征意义。我们中国人讲究好口彩、信奉好运气,那么当然会对蕴含着"吉祥如意"含义的万年青宠爱有加了。在许多地方的建筑物上的雕刻中,好多都有万年青的雕饰,像苏州东山的"雕花楼"的门楼上,就有万年青的雕饰物;安徽黟县西递村的古民居内,万年青的雕刻也是处处可见;而不少人家的老式床的遮拦上,万年青当然是必不可少的美好的象征物。由此可见,人们渴望着万年青所具有的象征意义尽快变成现实。

我从小就记得,在我们浦东乡下,有许多父老乡亲对万年青的喜爱常常是溢于言表的。尤其是像我奶奶一辈的老年人,喜爱万年青简直到了痴迷的程度:谁家造屋上梁时,总要在正梁上悬挂一束用红纸包了的万年青,以喻好运能够常驻新屋"家和万事兴"之意;谁家老人仙逝后,总要在新堆的坟顶上移植一棵万年青,以示死去的亲人永远"常青"活在家人心里之意;而不少有钱人家客堂里的长条搁几上,总要在正中位置摆上一盆万年青，企盼着家庭兴旺好日子万古长青。毫不夸张地说，万年青几乎成了我们家乡家家户户的希望所在和无形的精神寄托。

在老辈们长期潜移默化的熏陶下，我这个对花花草草的闲情逸致淡泊如水的人，对万年青的喜爱也是情有独钟的。我奶奶出生于义和团运动风起云涌的年代，所以对于"命运之说"是非常信奉的，她极其虔诚地相信万年青是一种会给我们带来好运的吉祥物。一辈子穷怕了的老人自然而然地对万年青喜爱至极。她老人家用分株繁殖法，在庭园里栽满了万年青，等长得青翠茂盛了，然后就将之移植在花盆里，摆设在屋里屋外，甚至在每个孙子的床前，也要摆上一盆，以求得万年青给孙儿们带来好运气。在我渐渐长大之后，我从奶奶的唠叨中知道了万年青还有药效作用。当时的农村缺医少药，因而，每当家人或村邻中有人患了水肿、咽喉肿痛之类的病症时，奶奶就会用万年青的根茎烧了茶给他喝。效果嘛，有时候灵验得很，连喝了几天后，症状自会逐渐消失。直到成年之后，我终于了解到了万年青具有清热解毒和强心利尿的功效。我寻思着，这或许也是奶奶一辈的老人如此痴迷万年青的一个原因吧！

长辈给予小辈的潜移默化作用显然是无法形容的。我对万年青的喜爱有加或许就是源于奶奶的影响。回忆起当初当老师有一次在课余闲聊时，班里的几个学生问我最喜欢什么花时，我竟然连想都没想一下就脱口而出了："我最喜欢万年青。"所以到他们这届学生毕业时，万万没想到，这几位有心的学生在准备给班主任老师的临别赠礼中，就有一盆分外惹眼的塑料万年青。我知道这是学生对于老师的一番心意，因而非常珍惜这一份意味深长的礼物。一连几年，我一直将它搁在书房里的写字台上，每天瞥见它时，自会感到一阵温暖涌在心头。正因为如此，所以在我家动迁搬家时我也舍不得丢弃它。

说句带点迷信色彩的话，或许果真是万年青给奶奶带来了好运，她老人家成了整个村寿命最长的老寿星。老宅动迁搬进新公房十多年之后，她老人家方才"油干灯草尽"。在落葬那一天，我突然记起奶奶生前不止一次对我说的"在她的坟前种一棵万年青"的嘱咐，于是在老人家的骨灰盒埋入墓穴后,我亲手用水泥将一盆万年青凝固在奶奶的墓碑前,借以了却奶奶一生酷爱万年青的心愿,也借以寄托我对奶奶的哀思。

我想,奶奶她老人家一定会心有灵犀一点通的。

荡舟采菱

立秋一过,便是采摘嫩菱一饱口福的时分了。乘上小船划进将水面遮掩得严严实实的河浜塘湖,荡漾在望不到边际的绿地毯似的菱蔓之中,一边伸手翻转着菱盘摘下菱角,一边迫不及待地剥壳品尝。那种漂浮不定上下起伏着的绿色,那种充满了诗情画意的悠然野趣,那种满嘴脆生生的鲜嫩清香,自会令人滋生出情趣来。

菱角在江南水乡是到处可见的一年生浮叶水生植物。它的茎、叶、果实较为特殊,纤长细巧的根须扎于淤泥中,细长的茎蔓完全沉浸在水中,唯独边缘有锯齿状的叶片在茎边长出,镶嵌成一只只菱盘漂浮在水面上。清明过后,幼小的叶片随着春风泛绿;时入初夏,粗壮的茎叶已经争相展出绿色的身姿;盛夏时分,茂密的叶片把整个水面覆盖得不见一点缝隙,呈现着一派阅不尽的赏心悦目的绿色生机。夏末初秋,菱角开花的时节,满天星般的小白花点缀其间,这种朴实无华、毫无矫揉造作的素雅,煞是诱人迷恋陶醉。小白花悄然凋谢之时,茎叶的连接处就会冒出一只只稚嫩的菱角。鉴于各处种植的品种不同,所以菱角有着红菱、青菱、紫菱之分,也有着两角菱、三角菱、四角菱的称谓。它们质朴中夹杂着野趣且满眼生辉的绿色。

由于我从小生活在河浜纵横交错的水乡之故,所以近水楼台先得月,常有着乐享妙趣横生采摘菱角的机会。

小时候的浦东,河浜沟塘里随处可见菱角的倩影。曾经名噪一时的张江红菱,壳红诱人,肉嫩可口。当时流行于乡间的沪剧小戏《卖红菱》,就足以证明了浦东张江红菱的闻名遐迩。

在我家老宅的东面,那条形状如同一枚中间有孔铜板的被乡亲们称之为"铜钿沟"的湖塘里就种植有菱角。"铜钿沟"就像一块磁铁吸引着我们一伙同伴,经常会三五成群徘徊在水边,折上一根芦苇,撩起菱盘察看菱角长熟的程度,盼算着采摘时节的早点到来。终于盼来了采摘的时节,我们那股高兴劲儿就用不到多说了,因为我等这帮小孩自然就是荡舟菱丛采摘的主角。所谓的"舟",仅仅是一只只椭圆形的木脚盆而已。

　　大人们拨开菱蔓将木脚盆放到水里后,把我们扶坐到木盆里,然后在孩子的腰间系上一根粗绳以防不测时救援之用。木盆那种晃悠悠的刺激,自然会激起孩子们此起彼伏的惊叫声。待到摇晃着的木盆平稳了一些,荡"舟"菱丛中的小伙伴们就会争相翻转着菱盘掰下菱角放进小"舟"里。

　　近边的菱盘采完后需要变换方向时,坐在木盆里的小朋友须用一根小竹竿扯开围住的菱蔓,还需要借助岸上大人用长竹竿在木盆上支撑一把方能缓缓前行。假如控制不好重心或是被菱蔓缠住时,那就存在着翻"船"的危险。我至今还留存着变成"落汤鸡"的记忆。多数小朋友即使落水,但仍会重新勇敢地爬进木盆舞动着双手不甘落后。每每晚上一家人围坐在八仙桌前剥壳吃嫩肉菱角的欢乐与温馨氛围,至今还让人回味无穷。

　　进入了青年时代,由于我在苏南地区与杭嘉湖一带的水乡做过多年高压输电铁塔的油漆工作,所以常让我获得在菱熟时分荡舟采菱的机会。记得那时最叫人乐此不疲的是,傍晚收工或是雨天不能出工时跟着村里的姑娘小伙划着小船穿梭在菱丛中采摘菱角。我有过荡舟嘉兴南湖采摘紫红四角菱的激动,有过荡舟昆山阳澄湖采摘两角青菱的喜悦,也有过在无数条河浜里采摘不同色泽不同品种菱角的经历。满河的欢声笑语,满身的湿漉水渍,满船的亲手所摘,这种乐在其中的情趣,实在浓郁得令人心花怒放。

　　这种充满着田园风光的自然情趣,始终让人难以忘怀,时常会勾起我想重温那种悠闲自在的心愿。前不久老友相聚,以前一同当过油漆工的一帮难兄难弟忆及当年荡舟采菱的情趣时,几乎是异口同声地表达了旧地重游的意愿。生怕夜长梦多，大家当即拍板驾车去菱乡重新体验一番采菱之乐。

那个河沟纵横的红菱庄，早已变化得使人不敢相认了，几乎家家鸟枪换炮，旧房翻造起了富丽堂皇的别墅式新楼，呈现出一派欣欣向荣的富足景象。唯独是河沟依旧，每条河沟里都铺满了那种令人欣喜的碧绿地毯。我们好不容易找寻到当年的房东，叙说了一番当年的情谊后便迫不及待地提出了重温旧趣的要求。满头花白的房东大哥立即二话不说地摆弄起小船亲自撑篙，满足了我们的心愿。我们又一次荡舟在菱丛采摘菱角，品尝着嫩菱的清香，那份回归自然的惬意，那份重享旧趣的愉悦，立时让人有了一种重新回到了年轻时代的感觉。

爱梅杂说

隆冬腊月季节，又勾起了我的梅花情结。

每个人的志趣和爱好是各不相同的。面对众多的花卉，也是各有所爱的。我是个不喜欢摆弄花草的人，对各种鲜艳无比的花卉，谈不上有多大的兴趣，唯独对于当时的浦东乡下并不多见的梅花，却是从小就有着一种特殊的钟情，缘由恐怕是源自一次平凡而又意外的经历。那时我在乡村读小学，老师是给我们指派好课外学习小组的。记得那年冬天的期终考试前夕，我们几个小朋友在阿梅家做作业复习功课，天空突然飘舞起了鹅毛大雪。等到我们做完功课，屋外已是银装素裹了。我欣喜地奔出门外狂呼乱叫着，突然间，看见庭园里的那棵梅花树迎着风雪傲然挺立着，树杈上挂满了积雪，而密缀的花蕾却是争相抖展着笑脸。我看着心痒，按捺不住好奇心了，冲过去折下了一枝梅花，瞧着枝头上密密麻麻怒放着的小花，兴奋地奔回屋里叫嚷着让大家欣赏。可没想到阿梅的妈妈气冲冲地夺下了我手中的梅花，又是大声呵斥，又是给我吃了两颗"麻栗子"。刚才的喜悦瞬息间变成了害怕和气恼，我怯生生地望着她，噙着泪水，拎起书包飞奔回家，一路上连摔了两跤，衣服上沾满了雪花。阿梅妈甚至跟来告状，害我被母亲狠狠地骂了一顿。当我躲进小房间里懊恼直抹眼泪时，窗外突然响起了阿梅的轻声叫唤："阿祥，你别伤心，是我妈不好……你喜欢梅花，我把它带来了，给你。"那枝梅花随着声音从窗外塞了进来。我瞧着阿梅远去的背影，禁不住低头凝视起满枝的梅花来了。我觉得它又香又好看，欣赏良久，刚才平白蒙受的气恼顷刻间烟消云散了。我找了一只啤酒瓶，将这枝梅花插了进去，搁在小桌上，直到枝头上的小花凋谢，我还是舍不得抛弃它。

从此以后,持续几年,当腊梅含苞欲放之时,阿梅姑娘总会剪了一枝来送给我。说真的,这恐怕就是我悄然爱上梅花的由来。想想也怪,以后我无论到哪里,一看到优雅飘逸、傲霜斗雪的梅花,我都会情不自禁地深情凝视。

爱梅感情的加深,是在进了建平中学之后。老实说,我对其他花草的兴趣并不浓郁,而对于介绍或是赞梅的诗文却是极有兴趣的。记得读初一时,读到了陈毅的《冬夜杂咏·红梅》诗:"隆冬到来时,百花迹已绝。红梅不屈服,树树立风雪。"当时我感觉到陈毅元帅将梅花写得形象逼真,不仅提升了我儿时对梅花的幼稚而肤浅的认识,而且还生动地概括出了梅花"傲霜斗雪"的品格。我将这首诗抄录在了日记本上。在语文课上学到了毛泽东的《卜算子·咏梅》词时,在老师的讲解中,我深深地领会到了词中的深邃意境:既赞颂了"梅花欢喜漫天雪"那傲然挺拔的铁骨,又推崇梅花那"待到山花烂漫时,她在丛中笑"的高尚品格,使我对梅花的高风亮节有了进一步的体会。再后来,我读到了鲁迅先生用梅花作过的精辟比喻:"中国真同梅树一样,看它衰老腐朽到不成一个样子,一忽儿挺生一两条新梢,又回复到繁花密缀、绿叶葱茏的景象了。"我深被一代大文豪独具的洞察力和深刻的比喻折服了。鲁迅先生甚至还请人为他篆刻过"只有梅花是知己"的印章,抒发了一代文豪像梅花一样高洁的情怀。伟人们的喜梅情愫和咏梅诗文,进一步加深了我对梅花的喜爱。

歌剧《江姐》中的一曲《红梅赞》,唱得我们青年学生个个热泪盈眶,热血沸腾。歌中以红梅喻示了革命志士的高尚品质,令我们在对革命志士崇敬的同时,也更加增浓了对梅花的感情。

随着年岁的增长,我看到的赞梅诗文越来越多了。古代许多文人雅士都写出过很多脍炙人口的诗词,像李清照、陆游、王安石、王维等著名的文人都曾写过不朽的梅诗梅词。王安石的一首《梅花》,"墙角数枝梅,凌寒独自开。遥知不是雪,为有暗香来"寥寥四句,就将梅花的习性、特点描绘得出神入化了。阅读面广阔了,赞梅的佳句如同潮水般地向我涌来:"疏影横斜水清浅,暗香浮动月黄昏",写出了梅花的风韵;"雪满山中高士卧,月明林下美人来",写出了梅花的精神;"万花敢向雪中出,一树独先天下春",写出了梅花高尚的气节……因为梅花集高洁、优雅、坚毅于一身,其神韵色香俱佳,以它特有的优雅飘逸的花姿、傲霜斗雪的品格,赢得了无数文人骚客、名士伟人的赞咏,也深得国人的格外宠爱,所以能在1987年上海文艺出版社、上海园林学会和《园林》杂志举办的"中国传统名花全国评选"中,梅花力压群芳,光彩夺目地荣登榜首。

我们中国是梅的故乡,自古就有观赏梅花的风气。赏梅的兴起大约始于汉代,盛于南北朝。隋、唐、五代艺梅渐盛,而至宋元则是艺梅的兴盛时期。除梅诗、梅词、梅文外,梅画、梅书也纷纷问世了,经过了多少年的栽培移植和装点修饰,已经形成了许多各具特色的赏梅胜地。隆冬时节,去各处的胜地走走看看,自会增添无尽的情趣。我有幸去过好几个著名的胜地观赏过令人赏心悦目的梅景。素有"超山梅花天下奇"之誉的浙江余杭的超山,两株名贵的古梅一定会让你流连忘返;灵峰、孤山、西溪并称为西湖三大赏梅风景区的6000多株梅花,一定会让你目不暇接;有着"梅花世界"之称的南京中山门外的钟山梅海,150多个奇特的品种一定会让你大开眼界;淀山湖梅园则是上海最大的赏梅胜地,其中不少百岁以上的古梅一定会让你叹为观止。此外成都的草堂寺、重庆南岸南山、昆明黑龙潭、歙县多景园梅溪、武汉东湖的磨山梅园、闽西十八洞、广州东郊罗岗等,都是闻名遐迩的赏梅胜地。总之,贵稀不贵繁,贵老不贵嫩,贵瘦不贵肥,贵含不贵开。梅的形态特点,一定会让你心花怒放的。

当你往返于赏梅胜地、醉心于梅树丛中的时候,一定会被梅花在"冰中孕蕾,雪中开花"的品质而叹服。所幸改革开放以来,我们浦东的梅景越来越多,居住的小区里也栽有不少梅树自成一景。近在咫尺便可赏梅,注视之下心头常会涌起"不经风雪冰霜苦,哪有梅花分外香"之类的诗句令人感慨。梅花最能表示出我们中华民族吃苦耐劳、自强不息、艰苦奋斗的精神。所以我们应以梅花精神自勉,开创我们史无前例的伟大事业。

家乡婚仪琐记

结婚,是人生的一大喜事。在我家乡浦东农村,几乎家家都喜欢将婚事办得热闹、光彩,甚至有不惜债台高筑也要打肿脸充胖子的,以便得到暂时的心理满足,让亲友乡邻们多说几句赞美的话。相反,如果哪家婚事简办,那么,当事者就会被人家讥讽为"脱底棺材"。所以,我家乡的父老乡亲为了儿女的婚姻大事,可以说是耗尽了毕生的心血。讲究婚礼排场,代代相传,沿至今日,由于农村富裕了,所以似乎有越演越烈之势。现在,经过演变,渐渐形成了一套新老结合的婚仪习惯。

"走动"酒

时代进入了90年代,我家乡虽然已废除了"定娃娃亲""算八字下帖子"的旧俗,但是,"定亲下聘礼"的习俗还是沿袭了下来。无论是人家介绍的,还是自由恋爱的,到关系确定由秘密转为公开时,必须举行吃"走动"酒的仪式,而且是男女双方都要办。规矩大的人家,不允许姑娘先到男方家里走动,而是男的应该先到女方家里走动,这意味着男的要追求女的,以示姑娘身价的清高。吃"走动"酒的人,除了"大媒相"要到双方去吃之外,一般都是男女方各自的叔、伯、姑、舅辈。这也叫作"三亲六眷"相亲。

这一天,上门的小伙子必定是大包小包的,孝敬丈人的,香烟、老酒是必不可少的;孝敬丈母娘的,水果、奶油蛋糕也是少不了的。现在,礼品的规格在逐渐升级,比如像人参蜂王浆之类的高档补品,也正在定格为必不可少的礼品。反正,出手阔气,就意味着男方家底的殷实和派头大。若是女的上男方走动,礼物则可轻些,一般只需水果糕点之类即可。

"走动"酒一吃之后,双方父母便嘱未来的小辈常来走走,预示着男女双方可以随便、公开地走动。即使是形影不离,也无人会指责了。

定 婚 酒

定婚酒是结婚酒的前奏曲。这是由男方办的酒席。浦东人办定婚酒的习俗由来已久,且是相当隆重的。发糖、下聘、办酒,从某种意义上讲,其规模、规格不在正式婚宴之下。论排场,酒席的桌数少则十几桌,多则几十桌。这一习俗,在邻近市区的地带,免除的人家已颇多了,但在南片、东片一带,还在继续延续。

笔者曾经考察过办定婚仪式的原因,无外乎是落后意识在作祟的缘故。原因既简单又可笑:双方家长怕儿女的亲事有变卦,而定婚酒一办,造成了家喻户晓的既成事实之后,女方就不能再赖婚。假如偶尔出现赖婚的情况,那么,女方不仅会遭到无情的指责,而且还得赔偿男方办定婚酒的全部损失。所以说,定婚酒实际上是一根锁住女方的铁索。

办定婚酒的日子,当然得选择成双的黄道吉日。是日,姑娘须由大媒相领进门。如果双方是自由恋爱的,那么临时也得"捉"一个大媒相出来。进门的第一件事自然是"叫公婆"的仪式。这一声叫的代价非同小可,除了一只小红包的见面礼外,未来的婆婆还得摸出一只金戒指、一根金项链,亲手套到未来媳妇的手指上、挂到未来媳妇的脖子上。这仪式,像是在表演精彩的节目似的,必须当着团团围看的亲眷的面进行,任凭大家评论,任凭大家猜测小红包里见面礼的数额。

至于酒席嘛,家底殷厚的人家,往往会借机展示一番大方和阔气。凡以后来参加婚宴的亲朋好友都要请来预吃定婚酒。当然,定婚酒也是酒,吃酒者自然不能两手空空,一份"人情"总是省不了的。菜肴嘛,以往不过是本帮菜的老规矩:一只什锦拼盘,外加八只大菜——三丝、三鲜、扣鸡、走油肉、羊肉、咸肉、肉皮汤、鱼。而现在,可今非昔比了,除了什锦拼盘、大菜外,还得至少加上八只热炒和两道一干一湿的点心。干点心,非用八宝饭不可；湿点心，选用糯米小汤圆、白木耳、大西米都可。手头较为拮据的人家，热炒的品格低一些；家底殷实的人家，端上诸如鲜贝、海参、蹄筋、虾仁、腰果等时髦菜是不稀奇的。

筵席进行中间，又有一个仪式要进行：婆婆要领着媳妇挨桌叫长辈。这一声显然不是白叫的，长辈应答之下总会塞上一只预备好的小红包。酒酣时，还须定婚的男女敬敬酒、发发烟助助兴。总之，这席酒一直要吃到酒醉、饭饱、烟过瘾时方罢休。

酒席之后，男方父母还要请大媒相为女方送去聘金。聘金数额以前不过一二千元，而今两万甚至更多也不在话下。不过，现在有些思想开明点的人家，送聘金已不须大媒相代劳，而是由小伙子亲自送达了。

拿 嫁 妆

浦东乡下人嫁女的陪嫁，基本上是在婚礼举行的当天，由男方的一名长辈领了人来抬走的。发嫁妆的时间，往往安排在中宴结束之后。发嫁妆的仪式，须在客堂中央拼上两只八仙桌，铺上红毯或床单，所有的嫁妆都要搬出来摆设一下，让三亲六眷过过目。这是女方家长显示气派的机会，给女儿的陪嫁越多，换取的赞语也就越多。

摆设嫁妆是有一定规矩的：双拼八仙桌靠里三分之二的地方，是叠花花绿绿新被头的地方；靠近大门口的三分之一的桌面，则是放置梳妆用具、日用品和化妆用品的地方；八仙桌的前面地上，是属于摆置脚马桶的地方；八仙桌后边和左右两边，是放置橱柜、箱笼等大件陪嫁的地方。而今日流行的如电冰箱、洗衣机之类的家用电器等陪嫁，也只能屈居八仙桌两边的地方。

嫁妆摆齐之后，开始轮到男方拿嫁妆的领头长辈催发嫁妆了。按照规矩，到底什么时候同意发嫁妆，新娘子的父母是无权做主的，大权却是操持在"舅老爷"手上。浦东人催发嫁妆的规矩是很大的，用语颇有讲究："大老倌，请发禄了。"这时，如果女方的"舅老爷"或亲朋好友要热闹一番，那就可以提条件了,也就是要求男方开销一些。开销的东西嘛,不外乎是喜烟和喜糖。一般情况下,拿嫁妆的人总是准备了一些来的。但是,有时也会遇到女方条件提得比较苛刻,男方接受不了而出现僵持不下的局面。那么这时候,就需要拿嫁妆的领头人与"舅老爷"讨价还价了;大多数的情况,都是以双方作些让步而结束。然而,有时也会遇到讲不妥条件的状况。假如真的出现了这种僵局,那么拿嫁妆的一方是千万不能发脾气的,而只能嬉皮笑脸地磨嘴皮子。至于已在午前来赴酒宴领新娘的新郎倌,这时只能站在一旁干着急,是决不允许插嘴干预的,至多只能悄悄地发一圈香烟,暗示"舅老爷"和女方亲友放一码。否则,后果将会不堪设想。笔者曾目睹过一个结局可悲的场面:男方一干人在不肯满足女方过分的要求时,新郎倌出面干预了,结果招惹了女方的一顿奚落:"小气鬼!""不懂规矩!"一霎时弄得新郎倌的脸红一阵、白一阵,简直下不了台。在此窘迫之下,新郎倌发了倔脾气:"你们不肯发嫁妆,那我不结婚了!"说完就像头发怒的雄狮似的冲出了客堂间,将凑热闹的众人搞得傻眼了。老丈人觉得没面子,颤抖着手,拎起东西就掼。结局嘛,自然是不欢而散,把个喜堂变成了哭堂。新娘子也死活不肯去男家,哭叫着要离婚……

等到谈判圆满结束,"舅老爷"同意发嫁妆了,这时他只要将脚马桶稍稍移动一下,男方的一干人就可以合法地动手了。不过,请千万注意,这时候的语言也只能用特定的语言:诸如将"抬高"说成"升高"、将"转弯"说成"弯弯顺"等。如果拿嫁妆者不懂这些术语,万一碰到规矩大的女方长辈,就有可能挨上一顿责难。有一次,笔者替同村的一个农友去金桥乡的三桥拿嫁妆,就因为不懂术语而被农友的老丈人骂得几乎回家认不得路!

顺便还得一提的是,脚马桶一定得由领头拿嫁妆的长辈挑,否则也会招惹来女家的不快和责难。

上　轿

发罢嫁妆,新娘子便由女傧相陪伴开始梳妆打扮了。听我母亲说,那时候新娘子穿的衣服是大红的,头上遮的是红头巾,脚上穿的是红色绣花鞋。打扮齐整,然后由媒人搀扶着进花轿。花轿分两种:一种是花花红轿,轿租较贵,非穷人能坐的;另一种是绿轿,轿租较便宜,这是一种普通人家坐的轿子,即使是家境贫寒人家,也要借钱租一顶绿轿接新娘。不用轿子迎娶,新娘子是不肯过门的。花轿后边,还须由一班鼓乐手一路吹吹打打到男家,再由婆婆将新娘从轿子里牵出来。这叫"牵新娘"。

时代变了,花轿早已在浦东乡下绝迹了。"文革"时期,演变为用自行车接新娘。新娘必须由新郎的车驮,而女傧相则由男傧相带。一行自行车队,浩浩荡荡的,倒也是一派威风。至于进入20世纪80年代后,接新娘的轿子则演变成轿车了,至少也得借用一部面包车,要面子爱威风的新郎,甚至会借上好几辆轿车,同时上女家接新娘、傧相及"舅老爷"。

新娘子一接到男家,不能马上进屋,必须在场头上等候公公婆婆来接。只有当婆婆亲亲热热地扶着新媳妇请她进屋时,新娘子才能移动莲步。据说如果缺了这一"婆请媳"的仪式,那就会为以后的婆媳不和种下祸根。这时候,预先准备好的用红纸裹着的稻草花棋柴"旺门"就会烧起来,伴随着齐鸣的鞭炮声,"婆牵媳"只有从"旺门"中间走过,今后的新生活才会吉祥、如意、兴旺。这象征着甜蜜的小夫妻的生活将会越过越红火。

如此习俗,从坐花轿时代,一直延续到了坐轿车的今天。

"阿 舅"酒

男方的酒水正席,是在晚上进行的,俗称为"阿舅"酒。新娘到场还不能开席,还须等稍后接来的"舅老爷"到达后方许开席。假如阿舅们架子大不肯及早光临的话,那真会苦死饿煞众位宾客。因为男方的中席一般是以"吃糯米圆子"代替的。吃圆子,意在取好口彩,取吉利之意,预示新生活圆圆满满的。圆子的馅有菜肉的,也有豆沙、芝麻的;而不喜欢吃糯食的客人,那只能饿到晚上喝喜酒了。这是约定俗成的规矩,对于饿肚皮的客人,办喜事的主人家是不需要负任何责任的。

酒席一开始,热闹的花样就多了。最为有趣的,是要报拉嫁妆时的"一箭之仇"。不过,"报仇"的方式是友好的:一是男方已组织好一班"酒仙",轮番向"舅老爷"们敬酒。碰上这种场面,即使"舅老爷"海量,但毕竟也会寡不敌众的。二是男方的调皮鬼已串通好了厨师老爷,炒了几道菜后,会突然罢工停勺,而由端盘子的端上一只放了一张红纸的空盆。这道节目的名称叫作"讨喜封",示意"舅老爷"应该开销了。东西嘛,有香烟、糖果的,也有直接放置钞票的。

酒席开到一半,尽管新娘子还是腹中空空的,但也得离席进新房了。否则,新娘会被视作为"没教养"。这是母亲在女儿上轿之前关照叮嘱好的。与此相反,新郎仍须留在酒席上陪伴"舅老爷"喝酒,极尽殷勤招待之责。

至于有规矩的"舅老爷",必须不等菜全部出齐,就应起座告辞。这时,新郎先迎"舅老爷"进新房小坐,喝茶、吃糖、嗑瓜子……时间不能长。

送"舅老爷"的规矩是很大的:不仅新郎、新娘要送,而且新郎的父母也必须送出大门。假如忘了放鞭炮,那么,明天阿舅就不肯上门来请新人们回门了。

至于闹洞房的习惯,大概不少地方是差不多的,只是吵闹的花样不同而已。

回　　门

洞房花烛夜,是新婚最羞涩、最幸福、最神圣的一夜。照以前的封建规矩,第二天新娘须向婆婆交还留有处女红的标志。现在这个规矩是破除了。然而,第二天新娘出新房的第一件事,必须抱两条新被头给公婆大人盖,以示感谢公婆对丈夫的养育之恩,以示孝顺之意。按照传统,公婆大人是不能推辞的。不过也有勤俭持家的婆婆舍不得享用,而会省给小女儿出嫁时充数。

第二件事,新娘在婚宴上由婆婆领叫长辈时,接受了同辈婶婶、姐夫的见面礼,那新娘必须记住份数,塞一个小红包给他们的小孩"压岁钱",金额嘛,不用太多的。

这一天,是新娘在新郎的陪伴下回娘家的日子。尽管新娘巴不得早点回娘家,但不能贸然回门,只能静等阿舅上门来请。阿舅来了之后,先要烧糖滚蛋迎客,由新郎、新娘陪着他吃。然后还得摆上一桌酒菜来"敬阿舅",由新郎及新郎的平辈兄弟相陪。直到阿舅捂住酒杯不让斟酒、离座起身了,这时新郎、新娘方能拎了水果、蛋糕之类的礼品上路。这桌酒虽然吃得不多、时间也不长,但样子还是必摆不可的。

花乡轶事

在浦东原先有个乡是以"花木"两字来命名的。顾名思义,该处一定是花木成片、香飘四季,处处都成了鲜花盛开的村庄,否则,何以冠上"花木"之名?然而这个新名字还是中华人民共和国成立以后改的。原先那一带叫"龙王庙",花田成片的中心地带称之为"凌家花园"。久而久之,人们渐渐忘记了它的旧称,遂以"花木"之名叫顺了口。

花木乡的农民历来以种植花草树木为生。源远流长的历史,据说可以追溯到清朝雍正、乾隆交替年间。那时,这一带已经"遍地花香"名闻遐迩了,充满了特殊的情趣。笔者凭借着居住在花木邻乡的便利,几经去花木乡参观、采访,深深地被一些满溢着传奇色彩的旧闻轶事吸引住了,在此选取两则与诸君共享。

"凌家花园"的传说

据说,花木乡的千亩花田,是在"凌家花园"的基础上发展起来的。凌家花园的主人姓凌,他的屋前宅后,遍栽奇花异草、名贵苗木,而且逐渐向四周扩展,渐渐形成了一个偌大的花园。

凌家花园的原址,是一座尼姑庵。原先香火不旺,老尼姑去世,改由她的徒弟主持后,香火顿时兴旺起来。有不少进香者是冲着主持小尼姑的美貌来的。相传这位小尼姑生着一张煮熟了似的鹅蛋脸,雪白细嫩的脸上泛着诱人的红晕,身材适中,体态匀称,谁见了都会忍不住多瞧她几眼。为此,不少公子哥儿、纨绔子弟见了她,就像猫闻到腥似的,日日进庵烧香,用意还不是为了讨她的喜欢。而这位小尼姑虽然脱离了红尘,但是撒娇卖乖的本性犹存,恰恰是位风流尼姑。她来者不拒,巧妙地周旋于这批馋猫之间。馋猫们为了争霸住这位风流小尼姑,互相间展开了激烈的竞争,拼命赠送礼品给她。可是这位当家小尼姑不爱金银珠宝,单单爱好奇花异木。公子哥们窥透了小尼姑的这个癖好后,纷纷寻觅珍贵的花木,作为买取风流尼姑一笑的资本。有几位县官、知府的"衙内",更是依仗父势,到处搜刮奇花异木送往尼姑庵,以博取小尼姑的欢心。不多时,庵前庵后的花木越来越多,并且不断向四周扩展。被霸去田地的农民敢怒不敢言,只能哑巴吃黄连,苦水往肚里咽。当家小尼姑见花草树木一多,就雇佣了一位凌姓的农民来种植修剪花木。没过几年,尼姑庵就被绿荫遮掩,被百花簇拥,简直成了一座美丽的花园。

也许是这位当家尼姑太风流,应接不了众多的求欢者了,这样势必招惹得风流哥儿们争风吃醋。也不知道是得罪了哪尊菩萨,一天夜里,尼姑庵突然被人放火烧了,几位尼姑全被烧死在里面,唯独留下的是一大片异常珍贵的花草树木。主人死了,凌姓农民自然成了这批花木的主人。渐渐地,尼姑庵花园就变成了"凌家花园"。

百 花 生 日

每年农历二月十二,是花乡的传统节日——百花生日。从季节上看,天气逐渐转暖,正是百花含苞盛开的时候了。改用王安石的名句,可谓是"春风又绿江南岸,鲜花重放送幽香"的大好时光。既然是花乡的盛大节日,那么花农们自然有喜庆的形式。

这天一大早,花农们要将红纸条包裹在花木上,以图吉利的口彩,盼望着鲜花永不凋谢,盼望着花乡的红火兴旺。家家户户还要在家焚香点烛,祭奠花神菩萨的保佑。当然,这是迷信,现在早已破除了。

据上了年纪的花农说,这一天,四邻八乡的花农们都要聚集到龙王庙来进香,以求得龙王爷龙颜常开,保佑花乡风调雨顺。因为鲜花娇嫩、雍贵得很,是经不起狂风暴雨摧残的。另外,还要举行独具花乡特色的喜庆活动。花农们挑选出各式各样鲜花、龙柏等花木,扎成各种造型奇特的飞禽走兽,搭起花棚和花草牌楼,编织成各种造型别致的花船,踩高跷、舞花船,尽情地欢乐。

到后来,聪明的花乡人也将这一天作为花木交易的盛会。远近的花农肩挑、车运、船载,将各种花木运到龙王庙前销售,场面热闹,花香袭人。其规模虽远远不及花城广州的花市,更远远不及英国泰晤士河畔的著名花市,但花乡的"百花盛会"也称得上是有气派的。从庙前延伸到街道两旁,摆满了应有尽有的名贵品种:有国色天香、雍容华贵的牡丹,有冰清玉洁、金盏银台的水仙,有典丽庄重、高洁明丽的茶花,有色彩缤纷、宛如繁星的叶菊,有如火如霞、热烈烂漫的台湾红,有中国香港的花蝴蝶、印度的大丽花、荷兰的剑兰、新加坡的含笑,有造型颇具匠心的树桩盆景……果真是名不虚传的百花生日,春镇无处不飞花呀!

可惜现在龙王庙已被拆除,二月十二"百花生日"的传统节日,也已悄悄地绝了影踪。

第二辑 故里深情

第二辑 故里深情

与真情有约

一部能引起观众强烈共鸣的好戏,往往是借以做足情感文章打动人心的。近日在浦东新舞台上演的原创沪剧大戏《海峡恋歌》,就是一部以情动人而让观众情不自禁地沉湎其中并掀起感情波涛的精彩好戏。已经连续创作过十几部沪剧大戏的胡永其先生,深谙情感力量的魅力,始终与真情有约,坚持在"情"字上下功夫,从不摆美艳、荒诞等噱头,而是深入到一个个人物的内心世界,力求做足情真意切的文章,以收到感人肺腑的效果。

实际上,像《海峡恋歌》这样的类似题材,已经算不上新颖了;这些年来,表现海峡两岸情恋题材的各类作品,早就层出不穷了。所以要想在屡见不鲜的老题材中表现出新意而让人的眼睛为之一亮,假如不能匠心独运地寻找到很好的切入点,那显然是有一定难度的。另则,从剧情上看似乎也并不复杂。来自宝岛的空姐高燕,因突发白血病被送进了东方医院;在寻求造血干细胞配对的过程中,与为之提供配对的陆家嘴金融界男青年产生了炽热的恋情。但万万没想到的是闵奶奶竭力反对,在孙儿百般追问下,奶奶才无可奈何地打开尘封了60年的心灵之窗:原来闵月在临解放时与高燕的爷爷高山是一对已进入谈婚论嫁的恋人,偷尝禁果有了身孕;可是身为军人的高山无奈军令如山被迫去了台湾,从此天各一方。谁也想不到一对情投意合的有情人,竟然是有着相同血缘的亲兄妹。就在两人陷进痛苦深渊哀叹"有情人难成眷属"的时候,峰回路转柳暗花明了:高爷爷道出了高燕与闵海峰并无血缘关系的真相。海峡两岸的一对有情人终于一波三折携手走进了婚姻的殿堂。

这样的戏剧情节,这样的时间跨度,如果处理不妥的话,就会显得拖沓冗长、显得平淡无奇,很有可能难避俗套之嫌。但是,胡永其却是设计了一个精妙的戏剧结构,巧妙地将长达60年的恩怨情孽浓缩到了几个精致的场景中展现,这就使得剧情的发展脉络既清晰而又不显得臃肿,起到了事半功倍的作用,足见编剧构思的缜密与巧妙。当然最为令人叹服的是,编剧将满腔的真情倾注到了整部戏中,将一个在三代人身上时代烙印明显、色彩各不相同的"情"字,贯穿到了每一个人物身上,使得每一个人物的感情细腻丰富、形象丰满动人,也使得三代人的感情纠葛随着剧情的深入发展而跌宕起伏、高潮迭起:孙辈在情热之时被兜头浇了一盆冷水之后,骤然而生的"剪不断,理还乱"的痛苦、失望并夹杂着的埋怨之情;儿子闵望海在见到未曾谋面的亲生父亲时,难以自控而油然升起的怨恨之情;至今不曾忘记昔日情人生日的高山,在得知了闵月为自己终身未嫁受尽了冤屈与苦累时,喷薄而出的痛心、无奈与羞愧之情……一连串的"情"或是单独流露,或是交织在一起表现,无一不得到淋漓尽致的发挥。在情与情的碰撞中,将扣人心弦的情感冲突推向了高潮,并在吊足了观众情感胃口之后,又出乎意料地圆满收官,让观众由惋惜到轻松地放飞心情,恰到好处地煽起了观众的情感与剧中人物感情的共鸣,效果之妙自不在话下。除此之外,值得一提的是,细节的运用,也成了编剧倾注真情的载体,比如说,60年前的定情之物———一只手镯,勾起了一对未成眷属的老情人的感情汹涌澎湃;又比如说,一张珍藏的老照片、一盒迟到了的生日蛋糕,蕴含着闵月和高山相互之间永远难以割舍的情丝,体现出了真情无价。一个个生动而生活化细节的恰如其分地运用,愈发增添着人物感情色彩的浓郁。

　　虽然毫无恭维之意,但是在我的眼中,胡永其确实是一位令人佩服善于用"情"的煽情高手。这一点,在《海峡恋歌》演出的过程中时不时爆发出的经久不息的热烈掌声,与谢幕时许多观众迟迟不肯离去意犹未尽的场面中,就能足以证明了。在我走出剧场的时候,激动难抑之下,禁不住感慨万千:与真情相约了,一部戏才会产生出感人肺腑的无穷魅力,而这样的魅力,则是来源于编剧的真情流露;与真情相约了,胡永其才会激情四溢、灵感不断,笔下方会源源不断地流淌出对浦东这方热土充满了感情的新作。听说胡永其又一部充盈着真情的大戏《泥城枪声》已在紧张排练之中了,我期盼着能早日享受到又一醉人的"真情盛宴"。

至味在农家

原本在许多人眼中似乎登不了大雅之堂的农家菜,时下却如雨后春笋般地涌现,几乎成了餐饮业百花园中的一枝绽放得特别鲜艳、分外诱人的奇花异葩,正以其独树一帜的风采与风味异军突起,且被越来越多的食客所痴迷。

农家菜之所以能在与博大精深、声名远扬的名牌菜系的搏奕中脱颖而出,且呈现出锐不可挡的风靡之势,恐怕不外乎农家菜不事雕饰而讲究实惠、不尚花巧而讲究原汁原味的缘由吧?在遍尝了精雕细刻的功夫菜肴、崇尚花巧色艳的宾馆菜品之后,变换一下返璞归真的新鲜口味,自会给人带来耳目一新的感觉,也会给人捎上一份清新而纯真的味觉享受。

散文创作如同流派不同的厨师精心烹饪风格迥异的菜肴一般,经历不同作者"烧煮"出来的"菜肴"的风味,都是有着特色鲜明、不可替代的独到之处:其中有"粤菜"、有"川菜"、有"淮扬菜"……派系纷呈,风格自成一体,形成了散文作品美不胜收的千姿百态、万紫千红。当然,"农家菜"也是其中一抹淡雅无奇但又不可小觑的色彩,凭着它特有的本色占据了必不可少的一席之地。

在我看来,农家出身的宗廷沼就是一位擅长烹调"农家菜"的好手。收集在他的新作《九十九朵玫瑰》中的一篇篇散文作品,几乎全是一道道看似不起眼实则汁味浓郁的"农家菜"。品尝之后,让人会有一种齿颊留香、回味无穷的惬意与满足感。大凡称得上"农家菜"式的散文作品,无一不带有扑面而来的浓之又浓的乡土风情,无一不充盈着对家乡一草一木的热爱、对家乡父老乡亲的眷恋。宗廷沼笔下流淌出来的"农家菜肴",让人领略到的正是这种弥足珍贵而又令人感动的浓郁乡情与拳拳爱心。从

第二辑 故里深情

小就在文化古城高邮农家度过了童年与少年时代的宗廷沼,后来才跟随父母在浦东安家落户。故而在与之交往时,常常能体会到他对出生地高邮的依恋之情,也会感受到他对浦东这方风水宝地的特殊情感。作为与之相交了30多年而且有着共同爱好的挚友,我曾无数次应邀去过他的高邮家乡,耳闻目睹过他对家乡一草一木、风土乡俗的深情,亲身感同过他对江东父老的深情厚谊及乡人反馈给他的厚爱;我也时常陪同他去熟悉被称为"第二故乡"的村村镇镇,深切地领受过他对新家乡的热爱与对浦东翻天覆地变化的激动。真是如同"日有所思,夜有所梦"一样的道理,只有激情在胸中涌动了、澎湃了,才思方能源源不断地喷薄而出。所以,在宗廷沼用真挚的感恩之心"烧煮"出来的农式"菜肴"中,既有着"淮扬菜系"的清新平和的特点,又不乏浦东"本帮菜系"的浓油赤酱的特色。像《故乡的草屋》《村景小品》《童年琐忆》等许多篇,成了纯粹的清新平和口味的招牌"菜肴";而如《第一桥畔我的家》《心中那片绿色》《山山水水话浦东》等不少篇章,则是典型的浓油赤酱的浦东口味,时时流露出作者对影响了他一生的两个家乡的感激与眷恋之情,无论是对高邮老家草屋、小桥、小路、小船的描写,还是对浦东新家那棵樟树、那座旧居、那爿花圈店的抒怀,处处可以体会到这种激情的流露。

在《九十九朵玫瑰》中,一组抒写亲情的作品,也堪称是原汁原味的"农家菜肴"。出现在宗廷沼笔下的人物,是那样的淳朴、那样的生动,又是那样的真实而令人感动。他对每一个人物不加刻意雕琢、不加假意揉饰,而是顺其自然地娓娓道来,对之倾注的感情却是那么地诚挚、质朴而味浓,读来颇为令人动容。比如《家有虎妻》,宗廷沼从小时对虎的"畏而远之"起笔,写到后来对虎的好感,是因为由属虎的妻子而起的缘由,写出了虎妻身上的"虎气",也写出了虎妻令人感动的善心与孝心,使得虎妻栩栩如生的形象跃然纸上,同时也表达出了宗廷沼对虎妻的不尽敬意与深深爱意。比如《聋哥》,宗廷沼几乎是实录了这位在解放战争中被炮火震聋了双耳的堂哥的毫不起眼的细节,抒发了他对聋哥的崇敬与挚爱之情,读来让人倍感亲切。不加多余的"调味品",力求发挥出"原料"本身特有的"鲜味",让人品尝起来"啧啧"之声不断。在我看来,这是宗廷沼抒写人物类"农家菜肴"的事半功倍的一大特色。

  品尝着如此之多的有滋有味的"农家菜肴",不由得不令人感慨与佩服,致使我心有灵犀一点通地想起了一句"非流俗之人,才能写出非流俗之文"的名言。只有对生活充满了信心与感情,只有始终怀有"滴水之恩,涌泉相报"的信念,只有在曲折的经历中磨炼出了执着追求的精神,一个人的才思方能泉涌,才能"烹饪"出无数丝毫不花哨但又汁浓味美的珍馐出来。正如宗廷沼所说:"故乡,树之根,水之源……是心中永远的太阳。"拥有了这种情真意切的情怀之人,还愁"烹饪"不出令人叫绝的"农家菜肴"吗?

"特殊之缘"情悠悠

在漫长的人生道路上,总会在不经意中同一些原本并不熟悉的人结下难以释怀的不解之缘。大凡戴得上"不解之缘"之桂冠的,必然蕴含着令人特别感佩的因素在内,从而自会在骤起的敬意中滋生出浓郁得无法化解的特殊情感。有些经历虽说早已时过境迁,但始终会在心中泛起思恋的涟漪,溅起浪花片片。诱味十足的不解之缘,我也时有经历。其中与几位素昧平生的唐镇人的缘遇,就使我的崇敬之意油然而生,任凭时光飞逝,而在我的脑际仍会时不时地浮现出这些可敬之人的音容笑貌,甚至于爱屋及乌,日胜一日地增浓着对唐镇这片风水宝地的热爱之情,故而在唐镇与《解放日报》朝花副刊联袂举办的连续6届"唐镇杯"征文中,我总会视为己任义无反顾地提起笔,届届不缺地写下了颂唱唐镇翻天覆地变化的征文稿。由于我对唐镇人、对唐镇的这块热土充满着特殊感情的缘故,致使我所写的文章连续6次都幸运地获得了优胜奖。

初次涉足唐镇,还是我在上海第二幼儿师范学校当教师的时候,距今已有30年之遥。那时,学校为郊县偏远乡镇创办了一个学制为两年的"幼儿师资"培训班,委以我担任这个意义深远班级的班主任并负责整个招生工作。消息一经发布,当时尚属贫穷地区的唐镇,却是捷足先登表达了志在必得的意愿。经与协商平衡给了唐镇三个名额,这就使我有了接触唐镇的机会。当我的足迹踏进唐镇的那一刻起,老实说留给我的印象是大高而不妙的:交通不便,道路狭小不平,唯一的小街也呈破旧不堪之势。对于一个如此一穷二白的地方,却肯勒紧裤带心甘情愿在幼教上撒钱的气魄与远见,着实令我刮目相看而佩服不已了。料想不到踊跃报名的女生不少。在与妇联商量筛选的办法时,妇联负责人果断地说:"为了以示公平公正,就请你们二幼师出题考核择优录取。"因在别的乡镇招生时,常会碰到打招呼的现实,所以我就杞人忧天地多此一举了:"不知你们乡里是否有需要照顾的对象?"谁知道已届中年的大姐一言九鼎地回答却使我脸红不已:"在招生标准面前人人平等,不能打招呼搞特殊!"这句令人振聋发聩的话,顿使我肃然起敬。虽30年过去了,可一直让我记忆犹新。遗憾的是,这么一位值得我崇敬的大姐,仅因一面之交而疏于请教尊姓大名,然而她的那张剪着齐耳短发的圆脸盘却还是那么清晰。

  与另一位让我敬意油然而生的唐镇人的缘分,是在6年后浦东的改革开放风起云涌的时候。那时我已被提拔为分管行政、校办厂的副校长,由于全身心的投入,致使连年亏损的校办厂在短短两三年中就成了创利百万元的佼佼者。然而没想到应了一句"人怕出名猪怕壮"的老话,一下子让我变成了个别心术不正者的抹黑对象。鉴于当时校领导班子的不团结而失去了更上一层楼的工作氛围,因此我不愿将宝贵的精力浪费在无谓的争斗上,气恼之余就向市局递交了辞职申请。按规定与经济搭界的领导离职是需要接受审计的,我自感问心无愧,自然是泰然处之。可在20年前,一个副处级主管校长的辞职尚属凤毛麟角,难免会掀起轩然大波,也难免会给别有用心者造成闭着眼睛说瞎话的口实。有几个熟悉我并为我鸣不平的朋友同事,提醒我有必要向市局审计处的领导反映一下学校不正常的风气,并为我提供了家住唐镇的沈处长的地址。我觉得人家出于好心言之有理,于是就骑着自行车按图索骥摸上门去了。记得那天正巧下雨,在泥泞的小路上费了很大的周折,问了不少口讯,才使我在一个相当偏远的小村庄里找到了沈国强的家。当时,我禁不住感慨不已了:想不到市教育局一个堂堂的大处长竟然住在如此陈旧简陋的农家小屋内!听了我自报家门后,长相胖墩墩的沈处长热情地延请我进屋:"喔,原来你就是二幼师大名鼎鼎的倪校长?"我点着头应答,刚想反映情况时,爽快的沈处长却摆了摆手示意我不要说了:"你们学校领导班子劲不往一处使的情况,在市局已挂上号了,审计是凭事实证据说话的,为了公正,这次对你的离职审计我们委托了第三方的高校审计事务所。肯定会给出一个公正的结论,决不会冤枉一个好人的。"我听了沈处长这么说,顿时心安理得了不少。沈处长见我信誓旦旦地点着头,便爽朗地笑着说了一句我以为是玩笑的话:"等审计结果出来,如果证明你是过得硬的,那我请你吃饭,很愿意结交你这位在文学创作与经营方面文武双全的朋友。"三个月后,让我始料未及的是,沈处长一拿到结论为"九分成绩一分缺点"的审计报告,果真践行了他的诺言,并表示了对我的佩服。能够结交到这样一位正派而实事求是的唐镇朋友,难道不是一种福缘双至的"不解之缘"吗?可惜后来因为忙于下海后的创业,一直没顾得上同这位值得我尊敬的朋友联系,待到创办的公司站稳了脚跟再去唐镇老家寻找他的时候,想不到他的家已动迁不知了去向。虽经多方打听,但仍得不到他的信息。这件事终成了我心里自责不已的心病。

巧在我的征文稿见报之后,我当初招收的三位唐镇的学生看到了颂唱她们家乡的文章,立即联系了班中的其他同学同我互叙别后情。无意之中我谈及了联系不上那位崇敬之人的遗憾,倒是"踏破铁鞋无觅处,得来全然不费力"了,很快就让我同沈国强见上了面。互相之间的这份热情、这份喜悦就用不着我多赘言了。最令我吃惊的是,想不到这位已经名震遐迩的国家级审计大师,竟然同我一样有着一颗挚爱文学的心。当我获赠了他在全国讲学之余忙里偷闲写就的厚厚的散文诗歌集《万里纪行》时,相同的爱好顿使我同他的那颗心贴得更近了。真是称得上君子之交淡如水,志趣相同情悠悠啊!

正因为我同诸多唐镇人有着难以忘怀的特殊之缘,所以我在情之所驱之下,一次不落地参与了"唐镇杯"的征文活动,借以抒发对唐镇这方热土的热爱之情,借以表达对正直、厚道、才华横溢的唐镇人的崇敬之意,也借以抒发对唐镇这方热土的热爱之情。在一次次的对日新月异的新唐镇的采访中,促发着我对面貌焕然一新唐镇的由衷感慨,也使我有机会结交了更多像文广中心主任刘勤俭那样热情似火而倾心为新唐镇添砖加瓦的唐镇人,继续谱写着真情悠悠的新篇章。

牡丹寄情

国色天香的牡丹,素有"花中之王"之称。牡丹,自古以来就被人们视为富贵的象征。它雍容绚丽的花姿花貌,深获文人墨客的盛赞,名句佳画层出不穷。唐代刘禹锡的那首"庭前芍药妖无格,池上芙蓉净少情。唯有牡丹真国色,花开时节动京城"的诗,生动而形象地描绘出了牡丹不同一般的美色,也表达了人们对牡丹一往情深的特殊感情。

喜欢牡丹的人很多。究其喜欢的缘由,除了牡丹的国色天香之外,更主要的恐怕在于牡丹深刻的文化底蕴,因为我国人民一直将牡丹视为幸福、美好、繁荣昌盛的象征。每年牡丹花开时节,多少人涌向洛阳、菏泽一睹美不胜收的花开盛景,可惜由于路途遥远而致使多少人留下了望洋兴叹的遗憾。如今,浦东高行镇有个解放村投资1000多万元,搞起了一个牡丹园,消息一经媒体传出,人们在敬佩之余自然是欣喜不已了,许多对牡丹情有独钟者都抑制不住激奋的心情,争相前往以求一饱眼福。那天,接到季振邦先生的电话,告诉我文学前辈峻青老师亦想前往一游的意愿,嘱我能否联系安排一下。这个要求对于我这个浦东人来说,不过是举手之劳的小事一桩,岂有不能之事?更何况承蒙峻青老师不弃,与我结有"忘年交"之谊。我更素知擅长丹青的老人家对牡丹情有独钟的嗜好。记得三年前我儿子结婚时,峻青老师就泼墨点彩画了一幅题为"富贵花开"的牡丹图赠予他们作为贺礼。画上的几朵牡丹争相斗艳,色彩夺目,煞是惹人喜爱。为了便于欣赏,儿子就将这幅珍贵的牡丹图悬挂在客厅里最能引人注目的位置上。现在,既然峻青老师有来浦东观赏牡丹的心愿,我就理应安排妥当,让峻青老师尽兴一游。我同高行镇一联系,便自作主张地将参观的日子定在两天后的星期天了。

3月31日这一天,风和日丽,明媚的春光泻满了大地,真是踏青观景的好时光。好天气自然会平添好心情,看得出来,峻青老师同师母的心情格外好。一路上谈兴甚浓,三句话不离主题,从他送儿子的牡丹图起兴,始终围绕着牡丹。峻青老师对于牡丹的知识真是称得上渊博,他从牡丹的别名、品种、花色、栽培史,一直谈到历代名人对牡丹的喜爱。他喜形于色地说,北宋的欧阳修还专门写过一本《洛阳牡丹记》,那时有记载的品种不过100多种;而现在,洛阳的牡丹已有300多个品种。同行的宗廷沼先生说,我记得北宋的大诗人梅尧臣曰"洛阳牡丹名品多,自谓天下无能过",可见洛阳的牡丹甲天下。峻青老师却是自豪地说,山东菏泽的牡丹全部大田种植面积有5000多亩,品种有400多种,那里才可称之为牡丹的天下。峻青老师谈得最多、兴致最浓的,莫过于他几次亲赴洛阳、菏泽观看牡丹花开盛景的不同感受了,时时流露着他对牡丹的深深的喜爱之情。

浦东牡丹园距正式开园迎客还有两个星期左右,当时正在进行着紧张而忙碌的开园准备工作,但是好客的主人仍然热情地接待了我们,作了介绍之后陪同我们游园参观。牡丹园占地160亩,里面小桥流水、亭台楼阁、曲径通幽,宛似一座园林;高低起伏的人工叠成的山坡上种满了品种各异的牡丹。由于天气暖和的缘故,几乎所有的牡丹都已含苞怒放,五颜六色的,一排排五彩缤纷的景色。牡丹园虽是刚刚初具规模,但它已深深地吸引了我们。我发现,峻青老师一看到牡丹,精神特别好,脚步也变得轻盈起来了。他一边观赏,一边给我们作着介绍。绕了一圈之后,他一会儿内行地同主人探讨起园内牡丹花型较小的原因来,一会儿又向主人提起了让牡丹园更加迷人的种种建议来。

在园中转悠良久,因为主人另有事情,我们才恋恋不舍地告别了牡丹园。但让人弄不懂的是八十高龄的峻青老师兴致特别高,依然津津有味地同我们谈着牡丹的话题。直到吃午饭时,峻青老师才向我们吐露,今天原来是他的生日。真是无巧不成书啊!我说:"峻青老师,这说明我们有缘呀!"宗廷沼也说:"这是牡丹牵的缘。"峻青老师频频点着头,平时烟酒不沾的他,此时也高兴地举起了斟了点红酒的高脚杯,同我们碰起了杯。

写完这篇值得留念的观园小记的时候,我抬头凝视着客厅中那幅生机勃勃的牡丹图,不由得心有灵犀一点通了:峻青老师借以牡丹寄托着对我儿子新婚的美好祝福;那么,我也衷心地希望牡丹捎去我对峻青老师健康长寿的祝愿。

痴迷者的执着追求

不少人几乎都存有"痴迷"的情结,只是痴迷的对象与程度不同而已。有的人对一个人或是一样事物滋生了"痴迷"之情后,往往会"深深迷恋"到不可自拔的地步。这其中当然有着死钻牛角尖式的痴呆者,也有着为能体现崇高人生价值的孜孜不倦的执着者。由此可见"痴迷"中蕴含着截然不同的内涵,有的令人不屑而鄙视,有的令人崇敬而感动。

在我的家乡浦东,就有着一批痴迷于文学如同生命一般的追求者,他们中的不少人头发已花白,但仍然几十年如一日,痴情不改,可以说是穷尽毕生的精力执着地追求着,立志要在文学园地里浇灌出一朵朵属于浦东的奇花异葩。他们不仅自己痴迷地勤奋笔耕不止,而且还着眼于整个浦东文学事业的蓬勃发展。勤于耕耘与浇灌的痴迷精神,不能不让人对之刮目相看,不能不让人对之肃然起敬。比如其中有着"故事大王"之称的夏友梅,笔耕了40多年,发表了佳作300多篇,荣获了200多个乃至全国性的各类奖项,至今仍然壮志不已;比如其中有着中国作家协会会员头衔的宗廷沼,在甘为他人作嫁衣裳编发了无数佳作之余,不惜忙里偷闲,沉湎于文学创作,笔端流淌出佳作无数,迄今已经出版了小说、散文集五部,眼下又有一部散文集即将问世;比如其中有着"老板"身份的罗勇敢,繁忙的经商之余,对文学创作情有独钟,有着常人无法理解的"自讨苦吃"的劲头,已经出版与主编了好几本令人啧啧称道的著作;这其中当然还有着许多篇美文常见诸报端的作家与常常禁不住喷发出心中热情的诗人。

迄今为止,浦东已涌现出了多位中国作家协会会员、30多位上海市作家协会会员,形成了一个作家群体。形势虽然喜人,但毕竟与浦东这块令世界瞩目的热土、改革开放前沿阵地的特殊地位还是不相称的。浦东的这批已各自取得了不少成果的作家,意识到反映浦东火热生活的文学作品的影响力,与飞速发展的经济形势是不相对称、不能媲美的,还需付出艰苦的努力,还需涌现出一个人数更多、质量更高的创作群体。于是,在这批浦东骨干作家的努力下,成立了浦东文学协会,意在团结更多的本土文学爱好者痴迷在浦东这块文学园地里耕耘浇灌,争取涌现出更多杰出的大手笔,为浦东的文学事业增添耀眼的亮色。

鉴于这个目的,浦东文学协会的这批对文学事业的痴迷者,借着南汇划并浦东的春风,根据新区文化广播影视管理局的指示精神,实现了两区文学协会的合并。由此,浦东文学协会也如虎添翼,又增加了像丁飞龙等一批热衷于文学创作的中坚力量。经过协商,两地的文学痴迷者可谓是英雄所见略同,感到完全有必要倾心倾力诞生一本属于浦东文学爱好者自己的文学刊物。尽管没有编制,没有经费,困难重重,但是出于对文学的痴迷,出于对浦东文学事业一份自觉的责任心,这些令人敬佩的文学痴迷者们执着追求,终于克服了种种难以想象的困难,在繁花似锦的文学百花园中,植进了《浦东文学》这一株新苗。

虽然我至今还不是浦东文学协会的成员,也没参与《浦东文学》的创办,但当我了解了创办的艰辛之后,一股敬佩之意不由得在心头油然而生了。办一份刊物,从策划、组稿,到编稿、校对,是极其烦琐的,工作量是很大的,是需要花费大量心血的,假如没有这批对文学情有独钟的痴迷者的执着努力,这本《浦东文学》杂志显然是不可能问世的。更让人感动的是编委会的好多成员纷纷自掏腰包凑了份子,才得以实现了出版的愿望。所以,当会长夏友梅、主编罗勇敢与副主编宗廷沼登门来,要我这个浦东的本土作家书写几句感言时,我就发自内心地写下了"庆贺浦东的文学爱好者拥有了翘首以盼的成长园地,祝愿《浦东文学》浇灌出与这块热土相匹配的满园春色"这样一句话。我相信,浦东众多的文学爱好者一定与我有着同样的心声。

我以为《浦东文学》的创刊,是一件喜事,是一件推进浦东文学事业发展的大好事。作为一棵幼苗,是需要方方面面悉心关爱的。拿到了创刊号后,我看到了中国作家协会副主席叶辛、上海市作家协会副主席赵长天等本身就是知名作家的作协领导,都为之题了词,而且,叶辛等许多著名作家甚至送上了各自的大作。这是一种支持,也是一种鞭策。大凡新生事物开始时大多源自草民的自发积极性,一旦发芽开花之后,自会引起方方面面的领导与有识之士的重视,他们一定会倾尽全力、呵护有加,使之更健康地茁壮成长的。我相信这样一来,这批痴迷者们执着追求的积极性一定会越发高涨。

深情的鼓励

上海市作家协会主席罗洛逝世前,曾同副主席赵丽宏和峻青、于建明、田永昌等作家,专程到浦东来看望我这个"下海作家"。这对于我这位已抛弃官职、辞去公职的中年人来说,确实感到了由衷的高兴和温暖的安慰。下海几年来,我尝尽了酸甜苦辣,凡事都须靠自身的努力去解决,好像是一叶孤舟在浩瀚的大海上漂浮似的,任凭风浪摇摆,失去了任何的依靠。没想到作协领导和作家朋友会突然来关心我,这一份欣喜、这一份安慰,确实是无法形容的。

罗洛等老师饶有兴趣地参观了坐落在杨高路边上的公司基地,关心地问这问那。他们对于我在短短的几年内白手起家取得了创业的初步成功,给予了较高的评价,也衷心希望我的事业能像雨后春笋般蓬勃发展,争取年年上一个新的台阶。中午在公司所属的青香酒家就餐时,他们对酒家里洋溢着的文化氛围印象特别深刻,称赞我"毕竟是个文人老板,还没有脱离文化的本色"。席间,他们一面盛赞精美的菜肴,一面鼓励我"挤时间多写点东西";并殷切地希望我"事业有成,创作丰收"。罗洛先生甚至兴趣十足地当场挥毫,写下了"室有文采流,人同天地春"的题字给我。我知道,这是作协领导对我深情的鼓励,我相信,我会十分珍惜这份深情的。

对于峻青这位在中国文坛享有崇高声望的老前辈作家,我在读中学时就已十分敬仰,现在有幸第一次见到他,崇敬之情自然难以抑制。我恳求峻老也能为我题字,但是,峻老谦虚地说:"罗老题了,我就不题了罢。"也许是他看到我有点失望的样子,说:"我以后再补吧。"我以为这是峻青老师的推托之词,所以也就不放在心上了。

可是万万没想到,没过多久,我意外地收到了峻青老师的挂号信。我性急地拆开一看,厚厚的一叠,原来是峻青老师亲笔画了一幅朴实无华、铁骨铮铮的"墨梅图"给我,并在画上题写了一首诗:"铮铮铁骨绝俗尘,劲枝总先天下春。不慕铅华重本色,每因风雨见真情。"读着读着,我真有点受宠若惊了。另外,峻青老师还附了一封热情洋溢的信给我,信中表达了对我的印象和对我执着追求事业的称赞。最后,他谆谆地鼓励我:"希望你在百忙中,仍尽可能地抽出些时间继续写出一些散文来……在事业和创作上继续双丰收!"丝毫不夸张地说,面对如此真情的鼓励,我的思绪激动得难以自抑,高龄的峻青老师能够不顾自己体弱多病的身体,如此认真地作画、题诗、写信给一个名不见经传的初识的小字辈,这份深厚的情谊,使我难以用言语来表达。

　　深情是无价的,鼓励更能催人奋进。各位老师,请相信,我一定会继续加倍努力的。

"老来青"传奇

老一辈的浦东人,对年事已高但依然青春焕发有所作为的尊者,喜欢称之为"老来青"。这样的称谓中,自然是蕴含着不尽的崇敬之意。一个已届七十"古来稀"的人,竟然还能捧出"深情讲述浦东故事"的《白龙港传奇》,难道还够不上让人肃然起敬的"老来青"褒称吗?当我从文汇出版社特邀责编胡永其那里听到了姚海洪的惊人之举时,立时使我这个也曾创作过三部曲长篇深知个中甘苦而今已望而生畏的人,冒出了想去结识这位谱写家乡传奇不惜自讨苦吃者的念头,意欲一探这位不服老的"老来青"究竟是何等样的人物?

我向有着四十载文学之谊的挚友宗廷沼聊起这位令人颇感不可思议的"老来青",并流露出想结识他的意愿。宗老兄难抑激动地连夸着此人"了不起",紧接着告诉我:"你说巧不巧,这位叫人佩服得五体投地称得上文学痴人者,没想到竟然是我20世纪70年代参加由出版社组织的赴山西采风时的同行者。谁知道,这位从小就编织着作家梦的志同道合者,自从那次分手后音讯全无,像是从人间蒸发了似的。在他销声匿迹'潜伏'了将近40年之后,料想不到竟然'三年不鸣,一鸣惊人'了!最近在参加浦东作家协会的活动时意外相遇,断了线的风筝才算重新接上了线。因我代表浦东作协在操办他的《白龙港传奇》三部曲的首发式,所以正巧要去惠南镇与他相商一应事宜。倘若你有兴趣,那何不与我同去与他结识?"宗老兄的一番话,更是增添了这位"老来青"身上的传奇色彩,我当然不肯轻易错过这么一个巧得不能再巧的结识新文友的机会了,于是由衷地表露出了欣欣然同行的喜色。

宗老兄引领我踏进了一个树绿花红颇有些"世外桃源"意味的地方,

一间屋前挂着的"海洪(海子)文学工作室"的牌子格外引人注目,足以显示出了创设者凝重而无法释怀的文学情结。感慨之余,不由得令我心有灵犀一点通了:或许正是具备了如此得天独厚的幽静优美的场所,加上作者钟情于文学的痴心,方才孕育、诞生得出像《白龙港传奇》这般的传奇巨著。

一位身胚壮实、两鬓略呈斑白的男子,闻声从屋内迎了出来,不用猜测,他肯定是工作室的主人了。看上去虽然给人一种已上了些年岁的感觉,但浑身透溢出的却是与之年龄不相符的神采奕奕,精神矍铄之极。一经宗老兄的介绍,这位到了古稀之年还在勤学"吹打"的姚海洪,立即笑容可掬地紧握着我的手寒暄:"有你倪老师大驾光临,顿使斗室蓬荜生辉呀!"主人的分外热情,自然而然地让我感受到了同之一见如故的亲切感。延请进屋,闪进眼帘的满是刚装帧好还没来得及挂上四壁的画作与墨宝的诱人,让人马上置身于浓浓的文化气息氛围中了。我禁不住啧啧称羡着,姚海洪真情流露地说:"文人是需要有点文趣雅兴的。"

一甫坐定,这位呕心沥血谱写了《白龙港传奇》的传奇者,立即捧出了油墨尚在飘香的三册大开本的长篇,恭敬地递到我的手上,客气地要我这个浦东地区第一个创作长篇小说三部曲的土著浦东作家指正。我接过这套字数比我的《金浦三部曲》几乎要多出一倍的《白龙港传奇》,禁不住佩服有加地感慨万千了:沉甸甸的三部曲中,该是融进了老姚多少的心血与文学梦想啊!一个年事已高仍然不畏艰辛壮心不已地写出了分量十足的巨作,本身就是一个美丽的"老来青"传奇故事!这显然是厚积薄发的结果!老姚谦虚而真诚地说:"称我为'老来青'传奇,实在不敢当,至于说到'厚积薄发'嘛,我这么多年来阅历也算得上丰富了:当过局长、县委书记的秘书、任职中层干部、退休后办过公司,接触过形形色色的人物,蕴积起了太多属于浦东这块热土上的故事,终有一种不吐不快的感觉。也许是从小编织着的作家梦不圆不罢休的缘故吧,致使我一直想用文学的形式把它们讲述出来……不瞒你说,我的第4部取名为《风暴》的长篇小说又已完稿,第5部长篇也开始动笔了。趁着精力充沛,我准备接连不断地写到10部。""老来青"的雄心壮志真让我感叹不已!

在颇有着相见恨晚意味的倾心交谈中,悄然间发觉,我与同为土生土长的浦东人都为家乡写过三部曲长篇的姚兄之间,无巧不成书地存有着许多惊人的相同之处:年庚相同、当过干部办过公司的经历相同、热衷于讲述家乡浦东故事的志趣相同、不善用电脑坚持手写的写作方式也相同……不过我也发觉,同庚的两人之间,不免有着太大的落差:姚海洪是人老心不老,依然是那样地活力四射,居然在短短的一年多时间内写出了令人匪夷所思的150万字的巨著!而我却是不思上进、暮气日盛了。榜样的力量显然是无穷的,我在姚兄积极进取的精神激励之下,按捺不住地写下了这些文字,意在向姚兄表示敬佩的同时,也想学一学他的"老骥伏枥、壮心不已"的"老来青"精神,重新焕发起讲述精彩纷呈的浦东故事的激情。

无价的生命价值

日前,浦东新区文化艺术指导中心邀请我们几个浦东作家,先睹为快了由浦东新区区委宣传部筹拍的第一部刚杀青的影片《燃烧的生命》。起先以为这类取材于真人真事的主旋律影片脱离不了老套子,是不可能有多少吸引人的出彩之处的。老实说,应约去观看,不过是出于"情面难却"的礼貌而已。然而,意想不到的是看了这部电影,却是让人激动不已,我也不由得同许多观看者一样,几次情不自禁地摘下眼镜擦拭着感动心灵的泪花。毫不夸张地说,《燃烧的生命》这部影片充满了扣人心弦的浓郁魅力,不乏催人奋进的无形力量。

按理说,作为艺术形象,是离不开想象和夸张的,是需要合理的虚构成分的,否则很难塑造出栩栩如生感人肺腑的丰满人物形象。像这种完完全全表现几乎已经家喻户晓的先进人物的题材,实在是太真实了,所以是很难处理得当的。既不能离开真人真事的真实去胡编乱造,又不能去想当然地随心所欲。多一分成累赘,少一分又嫌单薄,稍有不慎,不是使影片显得平淡无奇拖沓冗长,或是使影片难避瞎编乱造之嫌,就会全盘皆输收不到期盼的效果感染不了观众。可是,始料未及的却是编导者匠心独运,恰如其分地艺术地再现了当代青年的榜样陈海新的动人事迹,塑造出了一个身残志坚、自强不息、燃烧自己、照亮别人的"人民的好医生"的不失真实而又光彩夺目的光辉形象,让我们深深地感受到了一位生命短暂的残疾医生弱小之躯里迸发出来的生命之光。

大家都知道,电影是一门视觉艺术,是综合了诸多因素来打动观众的。其中,精彩的故事情节、丰满的人物形象,以及能给予人震撼启示的主题,显然是最主要的因素。然而,像陈海新这样的先进人物,长年累月靠的是毫不起眼的点点滴滴的平凡工作而闪光的,不可能有着完整的故事情节可循的。若要想让所歌颂的人物在平凡中出彩,这就需要主创人员非对生活中的原型充满了热情和敬意不可!这也需要编导者非有高超的概括、提炼、浓缩能力不可!事实果真充分体现了创作者的这种爱心与能力,制作出了这部动人心弦的《燃烧的生命》:在生活中,身患"先天性小脑扁桃体疝和颈髓空洞症"的陈海新,在短短的 14 年中,分秒必争地为 20 多万病者解除了疾病的痛苦;在影片中,浓缩成了主人公为 4 位患者治病的情节结构,简练而合理,使影片收到了意想不到的艺术效果。冰冻三尺非一日之寒也。有道是:十年磨一戏。据作为制片人的原天山电影制片厂厂长的老影人李竹安介绍,他们群策群力,发挥了集体的智慧十易其稿才编成了这个剧本,可见是竭尽了心血,倾注了编导者炽热的感情。

《燃烧的生命》之所以具有非凡感人魅力的缘故,是在于影片紧紧抓住了一个"情"字做足了情感文章的结果。病残女医生对病人的无私奉献之情、父母对女儿的挚爱之情、院长对下属的关爱之情、病人儿子对女医生由崇敬而感激滋生出来的思恋之情等,贯穿在了整部影片之中。而且,这些情感,都是编导者选用了一个个独特生动而又很生活化的细节烘托出来的,使之人物形象个个鲜活动人。比如,为了减少如厕次数多看几个病人,陈海新口渴难忍端起杯子又放下,回家后却大杯喝水的细节;为了医好出租车女司机的失眠症,请教了老师后上门被误解的女司机关卷帘门砸破了额头的细节;为了女儿的康复,海新之母照了书本要丈夫在自己背上扎银针的细节;为了陈海新少受爬楼梯之苦,江院长亲自动手腾空底楼的仓库改做陈医生诊室的细节……一个个的细节,将一个个人物的情感尤其是陈海新的情感淋漓尽致地表达了出来。细节的传神会使人物鲜活得让观众禁不住拍手叫好,很好地起到了引起观众共鸣的作用。也正是诸多典型细节的串联与运用,使得观众在感动之余看到了陈海新病残弱小的生命中燃烧出来的无价的生命价值。

这部影片的成功之处，恐怕会让每一个观众受到一次深刻的"生命意义追问"的教育。人非草木，孰能无情？我想，许多人是会以陈海新为榜样，扪心自问如何去激发自身的生命价值的。

错位的"无心插柳"

受邀为《益时代创业者》写一稿,采写洋泾社区服务中心主任任艳萍的事迹。我初以为做公益这一行,不过是些做做好事、组织组织大妈们跳跳广场舞而已,谁知道一经深入采访,方知道新时代的公益事业中,大有着引人入胜的学问:公益组织其实是一个"向善之人与受益人之间的一个有效的平台","可以让更多人有益于道德层面的追求,可以让更多的人精神面貌焕然一新"等;更是让我认识到,热衷于公益的人,必须要具有无怨无悔的精神与甘于无私奉献的情怀。而我所采访的对象任艳萍就是一位具有全新公益观念与全身心奉献精神的风华正茂的年轻姑娘。

当我相约好登门采访时,万万没想到,洋泾社区掌管着基金会、民办非企业单位与企团共100多家管理重任的,竟然是一位形似模特儿、令人忍不住暗暗喝彩的小美女!当我还在无意中了解到这位美女公益者与我同是建平中学的校友时,无形之中增添了不少亲近感,很快就让我沉浸在兴致勃勃的交谈之中,不知不觉地对这位可人的美女公益者肃然起敬了起来。

小任进入公益这一行,完全称得上是错位的"无心插柳"。在她的身上,从小就透溢出了聪颖、灵巧的天资与兴趣广泛的秉性,不仅门门学科成绩优异,而且在课余还去拜师学舞蹈、练书法。在众人的眼中,小艳萍是一个标准的出类拔萃的小才女。当她以优异的成绩如愿考入重点中学建平高中之后,望女成凤的父母,满心期盼着她能考入一所名牌大学,进入自己所喜欢的系科学习。可是事与愿违,她在高考时没发挥出应有的水平,仅因微弱的分差而进不了所填报的华东理工大学喜欢的学科,阴差阳错地被调剂进了该校所开设的社会工作系。当时,任艳萍的想法颇为简单,根本没考虑到毕业后要去做社工,心想反正等拿到了大学毕业证书再去"八仙过海,各显神通"就是了。然而,随着时间的推移,任艳萍逐渐觉得这门全新的学科全新的公益理念很有意思。就在她萌生出些许兴趣的时候,或许是机缘凑巧吧,一进入大三暑假,竟让她意外地获得了学校与一家香港社工机构合作的赴香港实习的机会。在实习中,使她更为直观、更为真切地感悟到了公益这一行工作所具有的特殊魅力和特殊意义:一系列的公益活动,能让众多参与者获得意想不到的愉悦,并能使之体会到社会超乎寻常的温暖力量;而且还让她体会到公益这一行对从业人员的要求特别高:必须要有超常的热情、崭新的理念、创新的方法。香港从业人员的敬业精神与全身心的付出在潜移默化中悄然影响着她,加浓着她对这一行的浓郁兴趣,也认识到了这一行的意义所在。从香港回来,紧接着到浦东社协实习,让她参与了筹办"第一届社工节"的活动,使之真切体会到了社会工作对于传播正能量的积极意义。认识与兴趣与日俱增了,之所以待到毕业时便一改初衷,毅然决然地投身进了公益这一行,因为此时的任艳萍已经笃信了"三百六十行,行行出状元"的至真名理。

任艳萍的决心意想不到地遭到了许多亲朋好友与同学的竭力反对。因为大家都认为各方面条件均不错的她,完全可以找得到一份称心而薪资丰厚的工作,何必要去蹚"公益"这一薪酬不高又烦不胜烦、众口难调的浑水呢?尤其是她的母亲更是盼着女儿"人往高处走"啊!有人要为她在银行谋一份报酬优厚得多的美差时,她也断然谢绝了,依然我行我素,铁了心想要在这一新兴的行业中畅游一番,一试自身的能力与价值。

错位的"无心插柳",一经插进正在开垦的沃土中,适宜的水分、空气与养分,很快就使这株嫩芽萌出了令人称羡的新芽。她运用在大学里所学的专业知识,并借鉴中国香港地区、新加坡的做法,几个构思新颖很有创意的项目一经推出立时大放异彩,诸如"其乐融融长者全家福"、培养小领袖意识的"少年志"、符合年轻人兴趣特点的"青年阁"等项目,无不获得了如潮的好评。尤其是"青年阁"项目,被评上了上海十大社团中唯一的青少年社团;她本人也荣获了"上海五四青年奖章"等诸多荣誉称号。

进取心极强的任艳萍充分意识到了知识的不够用,所以虽年已三十有二,尽管顶着母亲无休止的唠叨,她还是不愿涉及爱河,而是考上了公共事业方面的在职研究生充电,已经全身心投入了这一行的小美女,一心要在公益中搞出更多令人刮目相看的业绩来。

第二辑 故里深情

一位老党员的心愿

一个人的生命到了生死攸关之时,首先想到的是什么,可以说是检验一个人情操高尚与否的标准。在战争年代,多少革命志士在自身生死不明的情况下,首先想到的是党的崇高利益。许多共产党员在为从事的共产主义事业即将献出宝贵生命的时候,还念念不忘要向党组织交纳最后一次党费。这是一种何等高尚的革命情操啊!记得中学时代的一篇《党费》的课文,曾经教育过多少青年学生,也曾经激励过多少青年人自觉地向英勇的共产党人学习,并将其化为奋发向上的前进动力。

当然,在当今祥和的环境中,像那种可歌可泣的革命志士"抛头颅、洒鲜血"的动人心魄之事是不大可能再重现了。现在有些党员干部甚至忘记了入党时候的宣誓,在金钱和美色面前迷失了方向,蜕化变质成人民的罪人了。然而,这样的败类在党内毕竟是极少数。广大共产党员身上体现出来的种种模范事迹和崇高的精神风范,同样是令人感动不已的。在这里,我想要表达的,是我亲身经历过的发生在一位名不见经传的平凡共产党员身上的小故事。

我在钦洋镇明星村的一位好朋友的老祖母,一直视我如同她的亲孙子一般。她叫陆玲珍,是一位有着几十年党龄的老队长。最近因患肠梗阻等多种疾病而住院了,经医生检查认为病情危急需要马上开刀。老阿奶年已83岁,因病重多时已拖得身体非常虚弱的老人,手术后,始终脱离不了危险期。那天,我得知了消息,急匆匆地赶往公利医院探望。在病魔的折磨下,瘦得皮包骨头的老阿奶已经处于半昏迷状态了。看到老阿奶的这副模样,我的心头不禁一紧:"这次老阿奶恐怕难逃鬼门关了!"我坐在病床边默默地注视着她,待她一睁开眼睛,我赶紧呼叫她。老人家看清了我,瘪着嘴想说什么。我见状立即将耳朵附到她的嘴边。良久,我才吃力地听清了她断断续续的话语:"我怕……不行了,替我问问加弟,我……要他代我交的党费……交了没有……叫他千万不要忘记了……"老人家费劲地说着,额角上布满了密密的汗珠,喘着气又昏迷了过去。

顿时,我的情绪激动了起来,眼眶里情不自禁地涌满了泪花。一个高龄的老党员的生命已经到了如此危急的时刻,在生命的弥留之际,念念不忘的是"党费交了没有",这是一个共产党员所具备的何等高尚的精神境界呀!陆玲珍老阿奶,虽然平凡得不能再平凡了,但她身上散溢出来的却是多么伟大的精神面貌啊!

如此高尚的共产党员,难道不值得我们肃然起敬吗?

启蒙老师

如果论"启蒙老师",恐怕不少人都会脱口而出:母亲是每个人的第一个启蒙老师。这话肯定是天经地义的。婴儿从娘胎里呱呱落地之后,是在母亲无微不至的哺育下长大的,是从母亲那里获取着最初的启蒙的。这显然是无法否认的事实。

而我在这里所忆及的启蒙老师,不是指母亲,而是进了小学后第一个教我识字、担任我班主任的老师。因为我的父母亲都是目不识丁的文盲,所以教我从第一个字识起的老师,当然是我名副其实的启蒙老师。

我就读的裘家木桥小学,虽是一所毫不起眼的乡村小学,但在我家乡洋泾一带,也是素享盛名的,淳朴的学风、一丝不苟的教学风范,从这里飞出了不少引人注目的小凤凰。我的小学母校,解放前是一所私立小学,是村里一位与我同姓的颇为开明的绅士为造福一方而创办的。当我入学时早已改为公办小学了,规模不大,正好是一个年级一个班的规模。记得教我们语文和数学的老师,虽然年龄比我母亲长不了几岁,但头发已花白、脸上的皱纹也很明显,看上去比我母亲要苍老不少。平时,鲍老师的脸上很少有笑容,一副严肃相令人害怕。

我们几个小同学在私下议论时,个个都说"鲍老师凶得像只雌老虎"。上课时,谁要是开小差,或是回答不出问题,保证会被鲍老师拉去"立壁角"。班上的男同学很少有没立过壁角的。有时候一节课上有好几个学生要被鲍老师拉去"立壁角"。因而,逢到鲍老师上课,大家都像老鼠见到猫一样,害怕极了,课堂纪律当然是出奇的好。鲍老师也喜欢家访,哪个同学若有点出格的行为,她都会不厌其烦地及时上门同家长联系。在她当我们班主任的五年时间内,上门来的次数真不少,为此,我自然没有少挨父母的训斥和棒责。

但是,鲍老师对学生的严格要求却是出名的。如果哪位同学不会做作业,那么鲍老师放学准会将他留下来,不管再晚,也要教他理解了会做了为止。小时候,我特别贪玩,常常忘了背课文做作业,好几次被鲍老师抽到背书,检查到作业没做好,我一次也没有逃掉过被鲍老师"关夜学"的惩罚。她一边批改作业一边陪着我,直到我自行"补课"合格方可回家,否则再晚也不会放我"过门"。老实说,当时人小不懂事,还要记恨鲍老师;后来想想,恰恰是鲍老师的严厉,才逐渐培养了我的良好学风,养成了我酷爱读书的好习惯。我真该好好地感谢鲍老师的启蒙教育。

随着年龄的增长,我渐渐地从混沌中清醒了,越来越认识到了"启蒙老师"的启蒙教育对一个小学生日后成才的重要性,所以,我对鲍老师的感激之情一天胜似一天。等到我对鲍老师的思念日趋强烈、迫不及待地跑去看望她的时候,她却因病提前退休回浙江乡下去了。然而,从母校其他老师处获得的有关鲍老师的信息,却使我瞠目结舌,禁不住潸然泪下了。

原来,鲍老师是位饱经风霜的苦命人。上海解放时,她的那个在反动派军队里当军官的丈夫抛下她们孤儿寡母逃到了台湾。从此,政治问题和生活的重担压到了鲍老师的身上,使她失去了欢乐,一下子变成了一个不苟言笑的人,苍老得让人难以相信。然而,鲍老师是一个极其要强之人,多少年来,她一直将苦痛深埋心中,而将所有的心血花在了学生和唯一的儿子身上。由于她的严厉和勤勉,她所教班级的成绩始终是遥遥领先的。不过,因为她在小学生的眼里是个"凶"得不近情理的老师,因而有好多学生总是对她敬而远之。她与同事也不太交往,在上海又没有任何亲戚,一个人与儿子孤单单地生活着,她只希望把书教好,将儿子抚养成人,培养成才,别无任何奢求。

可是,命运偏偏会捉弄苦命人似的,当她唯一的儿子长大成人的时候,一次极其意外的交通事故残酷地夺去了他的生命。这真是祸从天降,受尽了磨难的鲍老师怎么承受得了如此沉重的打击?她含辛茹苦拉扯大的唯一希望瞬间破灭了,鲍老师万念俱灰,哭得死去活来,昏昏沉沉之际,几次欲寻短见,幸亏被同事们百般劝慰住了。因为悲伤过度,鲍老师瘦得皮包骨头,身体彻底垮了,精神也彻底崩溃了……后来,学校就让她提早退休,并将她送到了乡下。

听了鲍老师如此惨痛的遭遇,震惊之余,我真痛心不已。突然间我感到了内疚、感到了后悔:为什么不及时去探望自己的启蒙老师?我痛责着自己的无知。启蒙老师竭尽了心血,启蒙着愚笨无知的孩子,开窍到知书达礼,这是何等的恩重如山啊!现在我只能一辈子带着愧意怀念自己的启蒙老师了。

文盲母亲的心愿

生活中时常会发生一些令人猝不及防的事情,目瞪口呆之余让人无法接受。1999年12月13日这一天,我早晨去上班时,母亲还是好端端的,可在下午2点钟的时候,我突然接到了家里的电话,说是母亲不行了。等我心急火燎地驱车到家时,家里人已六神无主地围着母亲流着泪,我禁不住火爆地骂了一句:"你们都是死人,还不快送医院!"经我这么一吼,他们才像是从梦里醒悟过来似的,七手八脚地用棉被裹起母亲,将她抱进了车里。尽管我不停地催促着司机开快点,但是可惜晚了,母亲在车上已经闭上了眼睛,虽经医生全力抢救,但也已无法挽救衰竭了的母亲。在与病魔抗争了整整24年之后,母亲彻底耗尽了抗争的力气,永远闭上了那慈祥的眼睛。

不知怎的,在母亲走后,《世上只有妈妈好》这首歌,时时萦绕在我的脑际,母亲的音容笑貌始终浮现在我的眼前。几十年来,母亲给我的挚爱、给我的关心、给我的温暖,显然是无法报答穷尽的。天底下最珍贵的是母爱啊!而我母亲给予我的慈爱中,还蕴藏着特殊的内涵。

目不识丁的文盲母亲,对于子女的最大期盼,恐怕就是望子成龙了。从小,母亲常在我们六个兄妹面前念叨:"只要你们读得进书,家里再困难,也要勒紧裤带供你们念上去。"记得我们哪个成绩考得好时,母亲总会笑意浓浓地给予他一份特殊的奖励:在新学期开学的第一天,烧四颗糖滚蛋给他吃。

在我30岁那年,恢复了高考。我真是欣喜若狂,有点跃跃欲试。可是妻子提醒我的现实窘境又使我犹豫不决了:儿子已5岁上了幼儿园,我假如考上了,成了不带薪的大学生,那生活怎么过呢?这时候,倒是母亲看透了我的心思,竭力鼓励我去报考:"你一定要去考考看,我希望我们家里多出几个大学生哩!至于生活嘛,你不用担忧,如果一旦考上了,那你们不要'开伙仓'了,一家都到我那儿去吃大锅饭。"我知道母亲的心愿,还有什么可犹豫的呢?当我福星高照接到金榜题名通知书的时候,母亲高兴地将通知书久久地捂在心口,脸上绽开了一朵金丝菊花。

走进了知识的殿堂之后,母亲就不许我再染手家务活了,她一再要求我:"读书嘛要像个读书的样子,既然读了,那就得读出个名堂来。"有时候休息在家,我看到母亲忙了家务又要忙自留地,累得够呛,忍不住插手帮她做掉一点。但是,每每此时,母亲总会眼睛一弹阻拦我:"啥人要你瞎起劲?去,你归你看书去!"母亲的心思不是很明了吗,我还有什么理由不努力呢?于是,我真的两耳不闻家里事了。回家休息时,可以说是分秒必争,常常将自己关在房间里,不是读书,就是写作。即使碰上年幼的儿子来纠缠我时,母亲也会搬把小竹椅,索性坐到门口给我挡驾当保镖,为的是让我"一心读好圣贤书"。

功夫不负有心人,当我开始在报刊上发表小说、散文后,母亲竟然比我还要高兴。每次知道了消息,一吃罢晚饭,她就会跟着到我的房间里来,要我把发表的文章读给她听。每当听得高兴时,她常会眯缝着眼,频频地点头,那股得意的样子简直让人无法形容。

最叫人难忘的情景,是发生在我的第一本小说集《花开歧路》出版的时候,母亲抚摸着散发着墨香的新书,久久不肯释手,甚至还像个小孩似的,一遍遍问我:"这书真是你写的?你不骗我吧?"在得到了我的肯定答复之后,突然间母亲的眼睛潮了,她一边抹着眼角,一边宽慰地说:"我终于看到你有出息的一天了!"

可惜的是在我的两本新书《盗宝的情人》和《苦涩的喜悦》刚拿到手,还来不及满足她老人家"读给我听听"的要求时,母亲便突然间去世了。作为儿子,无法满足于一个文盲母亲的心愿,必将让我抱憾终身。我想,唯一弥补的方式,就是更加努力写作,让饱尝不识字苦痛的母亲含笑于九泉之下。

良种场纪事

多日不见好朋友沈加奇的踪影,心中时时涌动着"一日不见如隔三秋"的感觉。打电话没人接,打传呼拷机又关了。真不知道这家伙近来在忙啥?午后阅报,偶尔从《解放日报》"市郊大地"上看到有关他的新闻及照片的"光辉形象"时,方得知他正在为"培育花菜良种"而忙碌着。春天是花菜传粉的季节,我素知他的秉性:准是没日没夜地钻在"人工授粉"中了。于是,勾起了去种子场看看他的念头。

种子场的一大排尼龙薄膜大棚内,排列整齐的花菜棵棵都开满了嫩黄色的花,齐胸高的花株上每棵至少有几百朵蚕豆般大小的花。许多穿戴鲜艳的姑娘,左手托着搪瓷盆,右手拿着毛笔,围拢在花菜旁,正聚精会神地进行着人工授粉。花衣、白花、笑声,构成了一幅美不胜收的菜乡画卷,真是引人入胜。放眼远眺,我发现沈君穿梭在花菜丛中,指手画脚地同授粉姑娘们说着什么。我曾听他说过,授粉这活儿,是相当精细的,来不得半点粗心,假如漏授一朵,就不会结籽。我知道,此时他正在指导她们。沈加奇是明星村主管农业的副总经理,虽然年龄刚届不惑,但他已有了20多年的种菜经验。他知道若要菜乡富,培育良种是至关重要的,故而,他亲自兼任了村种子场的场长,大力发展优良的蔬菜品种,由其培育的"80天花菜"和"100天花菜"的种子,不仅受到市郊菜区的欢迎,而且还销往山东寿光、湖北天门、江苏启东等地,获得了一致的好评。

他看到了我,老远朝我挥手打招呼。可他仍然磨蹭在花丛中。过了好长一会儿,他才姗姗地来到我面前,略含歉意地说:"真不好意思,让你久等了!这段辰光,招了100多人来给花菜进行人工授粉,其中有不少生手,不多关心点怕出洋相。"

我同他打趣着:"你简直成了'娘子军'里的洪长青了!嘿嘿,当党代表的味道不错吧?"

"这个'党代表'也不好当!稍有疏忽,误了季节,就会造成损失!"

因为我是第一次来种子场,所以他就陪着我参观起来。真没想到,一个村的种子场竟然占了四五十亩地。一望无边的围墙内外栽了好几排笔直葱茏的水杉树;几百个半圆形的高大尼龙薄膜大棚鳞次栉比;小河边建着水泵房、选种房、烘干室、储藏室。里面阡陌纵横,几百个大棚间的水泥小通道,给人一种曲径通幽的感觉。沈君领着我在里面绕来弯去,顿使我产生了"刘姥姥初进大观园"之感。他见我惊叹不已,忍不住笑了,话语也稠密了起来:"种子场,顾名思义,是育种为主的。蔬菜中10多个常规品种的种子,我们都培育,但是主要以培育花菜籽为主。花菜籽的培育难度较高,技术要求很高,是要精心培育的。不过,它的籽也是非常昂贵的,经济效益可观,一亩花菜籽的年收入在7万元以上,比一亩蔬菜收入要高出100多倍。原来我们只搞了两棚花菜籽的培育,现在已经发展到了几十棚,所培育的菜籽仍然供不应求。村里的土地逐渐被国家征用了,随着土地的急剧减少,菜农的出路,利用科技知识搞种子的培育,看来是一条致富的捷径。但是,任何蔬菜的种子都会退化的,因此,良种的培育,是蔬菜高产的保证。花菜籽的培育,如果总是任其自然近亲繁殖的话,那再优良的品种也会退化。我们采用的是'有性繁殖',打个比方通俗地说,好比是一个单位引进了优秀人才一般……"

一谈及"退化论",我倒是也有了感触:我们的干部不也是一颗颗"种子"吗?种子会退化,我们干部的素质难道不会退化吗?我想,凡是"种子"都是需要培育的,关键在于我们的"种子"如何自觉地培育,尽快地提高"种子"应有的素质。

粽子寄情

端午节,是江南一带的传统节日。据说包粽子的习俗是为了纪念古代诗人屈原而沿袭下来的。在浦东人眼里,包粽子和在门口、床边摆上驱虫辟邪的艾蓬和菖蒲,是一档必不可少的传统节目。每逢端午时分,农家都会争相浸糯米、摘苇叶,包上几篮头粽子。一到傍晚,家家的灶间就会飘逸出阵阵新苇叶的清香,诱人直咽口水。

我家当然不会例外。母亲是村里裹粽子的能手,各种形状的粽子,她都会包;而且包出来的粽子有棱有角,只只均匀,美观得让人赏心悦目。尤其是那被村人们称作为"珍珠粽"的四角小粽子,像一节大拇指般大小,小巧玲珑,用丝线串结在一起,简直似一串美不胜收的艺术品。小时候,她分给我们兄妹一人一串,我们爱不释手地挂在脖子上在小伙伴中间炫耀,引诱得邻家的孩子眼红不已,吵闹着也要"珍珠粽"。无奈之下,邻居们总来央求母亲替她们的孩子包上一串。母亲不仅心灵手巧,而且心肠和善,无论再忙,总是来者不拒,因而,在村里母亲的口碑是极好的。

我曾经周游过不少地方,遍尝过许多地方颇有特色的粽子,比如闻名遐迩的嘉兴百年老店五芳斋的肉粽,味道虽好,但我觉得它们比不上母亲裹的粽子好吃。在我记忆中,小时候家境困难,裹不起肉粽,但母亲裹的粽子花样经还真不少:赤豆粽、豆沙粽、菜干粽……各有各的味道,丝毫不比肉粽逊色。年幼贪吃,我常常吃得肚子滚圆,连晚饭都吃不下了。家里经济条件好转了之后,母亲又裹鲜肉粽、咸肉粽、火腿粽给我们吃。直至我成家立业,母亲也从不间断裹粽子分送给我们吃。几十年来,母亲养成了我对粽子情有独钟的嗜好。

每逢端午节,我常会情不自禁地回忆起小时候跟着母亲去河滩边采摘苇叶的情景。为了省下几角钱,母亲总会赤了脚挽高了裤脚下河去摘苇叶。我瞧着心痒,也想赤了脚下河去采摘。这时候,平时一向温和的母亲,立即会瞪起眼睛声色俱厉地喝止我,看我噘起了嘴巴,她又会"恩准"我在岸边当她传递苇叶的助手。包粽子时,我自然又是手痒,模仿着母亲学裹粽子。看起来容易,学起来难,我在母亲手帮手的指教下,苇叶折断浪费了不知多少张,可是仍然包不像样。每当此时,母亲一点也不气恼,始终是和颜悦色地鼓励我。记得有一次,我自认为裹得蛮像样了,洋洋得意地递给母亲看,心想母亲一定会表扬我了,没想到母亲还是摇着头。我好胜心强,不服气。母亲没说什么,在我裹的粽子上作了记号,放到大锅里一起煮。待到起锅时,我的"杰作"不是"暴腰"(里面的糯米露在苇叶外),就是"夹生"(绳子扎得太紧,粽子里面的米粒都是半生不熟的)。瞧我红了脸,母亲善意地告诫我:"小囡做事情要虚心点。"真是看人挑担不吃力,裹粽子的窍槛多着呢!这下我可心服口服了。

老家动迁后,我同母亲住得远了。然而用不着担心,她老人家裹了粽子送上门来的习惯没有变;而且还会亲手剥两只粽子在碗里,看着我吃得有滋有味的,她就会笑得多皱的脸上绽开了金丝菊花。我知道,母亲最了解儿子的嗜好,她是借粽寄托着爱子心切的感情啊!突然间,我感到了嘴里的粽子特别香。

岁月不饶人。母亲的年纪毕竟大了,所以我常常劝她不要再裹粽子了。可她偏偏不肯听,还是要亲手裹给小辈吃。那次端午前夕,我接到了她老人家捎来的讯:她已浸好了糯米,准备好了馅头,但是,因为住了公房难买苇叶,所以她要我开车到近郊的镇上兜兜看,买点苇叶给她送去。母命难违,我兜了几个地方终于买到了。我帮母亲洗净苇叶后,她炒虾等不及弯,立即摆开场裹起了粽子。我看着母亲用仅剩的两颗门牙吃力地咬住绳扎着粽子。牙齿本身已浮动,加上一用力"啪嗒"一声,两颗门牙全崩掉了,顿时鲜血直流。我心疼地拿来棉花球替母亲擦着血水,劝母亲歇手休息去。但母亲却固执地要裹完粽子。没了牙齿怎么裹?正在我纳闷时,她要我帮她咬住绳子,她在我嘴边扎着粽绳。说真的,我的眼眶里噙满了泪水,强忍着才算没淌下来……

　　傍晚回家,当母亲将一马甲袋粽子塞到我的手上时,我再也控制不住自己的感情了,泪水禁不住夺眶而出。"世上只有妈妈好……"霎时,这首歌的歌词在我的心头涌起。这粽子,融进了母亲的心血,蕴含着母亲比东海还深的亲子之情呀!世上还有哪种感情比母爱更珍贵?

母亲的"菩萨心肠"

凡是心地善良的人,在乡下是被称为"菩萨心肠"的,我母亲的"菩萨心肠"在村邻中是出了名的。也许是因为艰苦和劳累了一辈子的缘故,虽年已 78 岁了,但她老人家"善待他人"的初衷不变,依然心肠好得出奇,获得了熟悉她的人的一片赞誉。

母亲信奉"善有善报,恶有恶报"的古训。我知道 6 岁就死了亲娘的母亲,从小吃尽了苦头,一辈子遭遇了无数的苦难,所以她经常将心比心,相当同情有难处的人。村邻中谁有困难,只要母亲知道了,她总会想方设法地倾心相助。我母亲虽然没有读过一天书,甚至于连自己的名字也不会写,但是因家贫而读不起书的人,并不等于笨。村邻们都夸母亲心灵手巧。

从我记事起就知道,村里人总喜欢找母亲给他们裁料缝衣。那时家里没有缝纫机,缝衣服是靠一针一针手缝的,挺费时间的。但母亲总是来者不拒,有求必应。至于逢到村上人家有丧事,不请自到,母亲总会自动到场去帮忙。邻家的老人病了,母亲总会忙里偷闲去照料一番,并且总要说上一番劝慰的宽心话。这样的例子举不胜举,所以母亲的"菩萨心肠"在村里是有口皆碑的。

我母亲一辈子没有好吃好用过。为了养大、培育我们兄妹 6 人成人成才,她勤俭了一世。家里即使买了点好菜,她总要省给我们吃,宁可自己吃咸菜、萝卜干。长期的过度劳累,长期的营养不足,使她老人家的身体垮得很快。因患肠癌和子宫癌开过两次大刀,家里人担心她难逃劫难,但没想到她竟挣脱了病魔,活到了现在。我们叹为奇迹,母亲也常说:"做人要良心好,老天爷也会长眼睛。"然而,毕竟年岁不饶人啊!近年来,母亲又患上了帕金森氏症,双腿颤抖得厉害。在病魔的长期折磨下,人日渐消瘦。发作得厉害时,走路拄了拐杖还需别人搀扶。虽然身体弱不禁风,但她仍然天性不改,还常常为别人操心,谁家有什么困难,她知道了总要唠叨个不停。我们小辈忍不住要埋怨她"自顾不周了,何必还要多管闲事",每当此时,母亲总会正色地说:"人家有难处帮帮人家,这算啥闲事?老古话说,一个人心肠好,老天爷也会长眼睛的。你们想想看,我两次开刀,不少人都说我活不了几年了,现在怎么样,老天爷不是报答我了吗?"每次我们都哑口无言,以后看到母亲"管闲事"时,我们只能暗地里叽咕几句。

我搬了新居后,几次想请母亲来看看。可母亲总是借口路远,脚不好走而婉言拒绝。自从我患了严重的糖尿病后,那天我五弟突然领了她到我家里来了。可怜天下父母心,我自然喜出望外了。凝望着满头白发的母亲,两腿颤抖得厉害,还要来看望儿子的病,我自然难抑激动,一把扶住了她的胳膊。母亲仔细地询问了我的病情后告诉我:她住的地方有个叫阿芳的也患了糖尿病,夫妻俩都下岗在家,连药也买不起。母亲同情地说:"真可怜呀!我想问你要点药送给她……听人家说,生这种病蛮讨厌的,不吃药怎么行?"我知道母亲的"菩萨心肠"又萌动了,爽快地答应了。之后,母亲又问我:"肚皮饿了吃些什么东西?"我对她介绍了各种"无糖食品"。母亲兴趣颇浓地问:"啥样子的?"我了解母亲的心思,捧了一堆"无糖食品"一一给母亲看。"你吃的东西这么多,可怜的阿芳却没啥吃……"心有灵犀一点通,我笑着说:"阿妈,你挑两样去送给她好了。"母亲笑了,笑得很甜蜜。

吃了饭,母亲拎起装在马甲袋里的药品和食品急欲回家了。我知道母亲的"菩萨心肠"又热得不能自持了。瞧!转眼之间,她的背影已消失在街头……

明星陨落

　　各人都有很多好朋友,我也同样。而其中情谊厚笃、交往最为密切的朋友,当数仁和宾馆的总经理沈加伦先生了。因为他对事业的追求、对朋友的情义,都给我留下了极其深刻的印象,所以,我常常为自己交到这样一位好朋友而感到由衷的高兴和溢于言表的自豪。可惜,正当他风华正茂之时,却不幸因公殉职了!

　　噩耗传来,宛如晴天霹雳,我怎么也不相信这是事实!沈加伦年仅41岁,正年富力强,怎么会就这样走了呢?但是,这毕竟是事实啊!整个钦洋镇为之震惊了!上至领导,下至群众,无不心痛如绞。他就职的仁和宾馆的三四百名员工,为突然间失去了一位好老总而痛哭流涕;镇领导和方方面面的朋友们如潮水般涌向他家吊唁;他所居住的村庄上的几十户人家,没有一家不上门来为他送行。在他的屋门前,花篮、花圈里三层外三层摆得水泄不通;在他的遗像前,为他送行者哭声震天。这情景,足见领导对这位年轻干部的信任,足见群众对这位农村基层领头人的爱戴。这场面,与当今有些地方群众对干部不满的情况,真是形成了极其强烈的反差!

　　十多年前,沈加伦就已经是钦洋镇最年轻的干部了。他28岁就受命于危难之时,开始担任了欠债较为严重的明星村党支部书记。他起早摸黑地带领群众打翻身仗,仅仅用了短短几年工夫,就将明星村带上了富裕之路,成为原川沙县较早的亿元村之一。他用自己的智慧、勤奋和才干,成了明星村里一颗熠熠发光的明星。

　　是明星,自然会受到领导的器重。钦洋镇独资按三星级标准建造了21层楼的仁和宾馆,在尚未竣工、准备试营业的关键时刻,年轻的沈加伦再次受命于危难之时,挑起了这副重担。一位农村党支部书记,瞬间搞起了现代化宾馆业的管理,难度是可想而知的。没多久,平时总是满面春风的沈加伦,顿时倦容满面,连眼泡也有些浮肿了。有一次碰到他夫人,她告诉我说,加伦为了宾馆,夜里常常睡不好觉,有时不得不靠安眠药帮忙。我知道,他的心里压着千斤大石,但他并没有退却,而是顽强地一步步地向前走着。在他不懈的努力下,仁和宾馆终于有了起色,知名度与日俱增。

一位总经理将自己的一切,最大限度地贡献给了他的事业,日夜滚打在自己的岗位上。可是,当财务科要给他像员工一样造加班工资时,他将自己的名字划掉了;在整理他的遗物时,在他的包里发现了10多张为了扩大生意请亲友吃饭的发票,他没有利用权力签字报销,而是自摸了腰包;在他的办公桌抽屉里,还有一叠他自己看病没有报销的医药费单子……这样的一个好人,无奈苍天无情,夺走了他年轻的生命,让他带着对未竟事业的执着,带着对父母的内疚,带着对妻女的愧色,遗憾地走了。

这么多的人赶来为一位农村基层干部送行,说明他的无私的敬业精神和高尚的人格魅力,赢得了人们的尊敬;也说明在物欲横流的当今,人心仍然是杆秤,你为大多数人做好事、谋幸福,人们是不会忘记的。不容易啊,我的好兄弟沈加伦!

土根叔的牡丹情结

人都有特殊的嗜好。我家隔壁的土根叔唯一的嗜好就是喜爱养花。他的花草已经吞食了屋前的整个菜园子,为此,土根婶同他发生过多次口角,但无奈于老头子的顽固,最终土根婶只能在叹息中让步:"唉!你这个拎勿清的老头子,花中长得出你天天要吃的蔬菜吗?"

菜园子变成了花圃,里面的花草在逐年增多,称得上是颇具规模了,四季花开不断。不过,在众多的花卉中,最多的是牡丹花。我知道土根叔对"花中之王"情有独钟。饭后或是笔耕之余,我常喜欢踱进土根叔的花圃里以图消闲。每当这时,土根叔总会兴致浓郁地给我喋喋不休地介绍他的一群宝贝花:"喏,这棵是'洛阳红',那棵名叫'露珠粉'……这是'酒醉杨妃',那是'昆山夜光'……"老阿叔兴奋得满面红光,唾沫四溅。

我知道,这种时候往往是土根叔最为得意的辰光,于是,我就不失时机地奉承他两句:"阿叔,你真了不起,拥有这么多的宝贝品种!"

没想到,老头子却是一本正经地回答我说:"小阿弟,这你就不懂了,我的牡丹只有30多个品种,而牡丹的品种有500多个呢!"

"哟,这么多?"对花的知识极其贫乏的我,简直有点惊讶了。

"没这么多,牡丹还称得上'花王'吗?"土根叔眯缝着眼睛反问我。

长年累月,在土根叔的影响下,我对牡丹的兴趣也渐渐地浓郁了起来。晚饭后,也会常去阿叔家串门聊聊天,土根叔的话题总离不开他的"花样经",尤其会大谈他的"牡丹经"。真想不到土根叔对牡丹的知识还真称得上渊博呢!

"牡丹是我国的特产名花,花品多,花姿美,花大色艳,富丽堂皇,故称之为'国色天香'。牡丹花的色、姿、香、韵俱佳,且栽培容易,易于开花,花期亦长。"

"你这个小文人知道不知道？自古以来，文人们对牡丹吟诵的诗句很多。我记性差，只记住了两个人的诗。一个是唐朝刘禹锡的诗：庭前芍药妖无格，池上芙蓉净少情。唯有牡丹真国色，花开时节动京城。另一个是北宋的梅尧臣，我记住了他写牡丹的两句名言：洛阳牡丹名品多，自谓天下无能过。小阿弟，我文化差，年龄又大了，你能不能将各朝各代所有赞叹牡丹的诗词整理出来，那是非常有意思的。你说对吗？"

"一个人对一样东西有了兴趣后，就会情不自禁地去钻研它一番。我曾经翻过一些书，知道世人对'花王'的说法最多。有人说'洛阳牡丹甲天下'，连大文人欧阳修撰写《洛阳牡丹记》，也称洛阳牡丹'今为天下第一'。其实，这个说法是不对的。追溯历史的话，牡丹的鼎盛源头应该是隋唐时候的长安。那么，为什么会有'洛阳说'呢？据传说，武则天称帝后，于冬季下诏要百花开放，为她庆功。时至，众花多开，唯牡丹不从。武则天在一怒之下，将牡丹贬到洛阳去了。所以，牡丹又有'洛阳花'之称。其实，牡丹盛于唐朝的长安。据说，当时的皇帝李隆基就携爱妃杨玉环，同李白等一些诗人在兴庆宫沉香亭前观赏过牡丹。有人称牡丹为唐朝时的'盛世之花'。"

"不瞒你说，我曾也去过河南洛阳和山东菏泽，参观过规模很大的'牡丹花会'。这叫我大开眼界，那里各种各样的牡丹花都有，真叫人目不暇接。走了一趟，也让我长了不少知识。比如说：牡丹的别名很多，各地的俗称也不尽相同，诸如鹿韭、木芍药、百两金、富贵花、白术等。听说牡丹还可入药，古时就用牡丹治病，现将根入药，称之为'丹皮'，是名贵的中药材。"

"现在，洛阳、菏泽两地争相将牡丹列为市花。我要说，牡丹应被选为'国花'才是……"

老头子的谈兴颇浓，即使叫他谈个通宵，大概他也不会厌倦。他那眉飞色舞的脸上，宛似一朵盛开的牡丹花，时时流露着牡丹情。我瞧着他，突然想到：一个人如果有锲而不舍的钻研精神，那他就会钻研出成果来。土根叔不是成了一名"牡丹博士"了吗？

父亲的眷恋

我的父亲已经八十有五了，一向严厉而轻易不会流露感情的老人，动迁之后，对于故乡老宅的眷恋之情却是流露得那么真切。

在动迁时，父亲表现得那么的明智大度和通情达理，以至于我们几个子女都夸他"不愧是一位呱呱叫的老党员"！不过，感情这东西就是怪：搬进了新公房后，父亲却是表现出了少有的烦躁和火爆。开始，大家都难以理解，都认为这是父亲"老小人"脾气在作怪的缘故，直到后来，我们才发现了父亲心里的眷恋秘密。

我家老宅原本是几间破漏的小平房。儿女渐渐长大了，我父母下决心翻造了四上四下的新楼房。新楼的三面都是邻居的住房，唯独正南面是一片空旷的农田。村邻们都说我家楼房的位置最佳，可谓"风水"很好，令人羡慕不已。这是我父亲最为引以为自豪的。

一排楼房加上一排平房灶间饭间，在村里说来，算得上气派了。房屋与竹篱之间，空间不小，中有菜畦和花圃。篱边用数根自浇的水泥柱，构架起了葡萄棚和丝瓜棚，两边种了好几棵绿叶常青的橘树。小花圃里的品种不多，虽称不上鲜花烂漫，但也四季有花可赏了。屋前宅后，植满了冬青和杉木，一片葱茏。绿树成荫，天一亮，啁啾的鸟语就会将我从睡梦中唤醒。宁静的农舍环境和清新的空气，使人心旷神怡。所以，我家老人的寿命特别长，有着老寿星祖母和80多岁的父母。

站在楼房的晒台上，视野更加开阔。凭栏远眺，一大片绿油油的菜田，宛似铺盖了一张绿色的大地毯，令人精神分外清爽。夏夜，坐在晒台上乘凉聊天，很快就会使人消除疲劳。这时候，父亲躺在折椅上，摇着扇，喝着茶，静静地听着儿孙们聊天，流露出了一副无比满足的神态。如此乐融融的天伦之乐图,真会令人滋生出脱俗出尘之感。我想,父亲一定难以忘怀这种无尽的乐趣。

临拆老宅的前夜,听母亲说,老头子翻来覆去一夜没睡好。第二天东方刚发白,老头子就急匆匆地赶去老宅屋前了,母亲不放心,唤醒了我,吩咐我去看看。没想到,父亲竟跪在屋前,连磕了三个头。我喊了一声,父亲如梦初醒似的"嗯"着,仿佛有点不好意思地自言自语着:"过一会,这屋就消失了……再也看不到了……"我突然发现,父亲的眼睫毛上竟然沾满了晶莹的泪花!

父亲对老屋的"眷恋"之情,竟是如此的强烈!

我明白了老人的感情。这里是他度过童年的地方,这里是他生儿育女的地方,这里是他经历过苦难又享受过天伦之乐的地方……这地、这屋,包含着他的喜怒哀乐,编织过无数甜蜜的美梦。这里面,寄托了他老人家不尽的感情。

这是一个最值得眷恋的地方!

我也深知父亲懂得,旧的不去,新的高楼大厦是不会拔地而起的。明智和眷恋并不矛盾啊!明智,显示了老人的境界;眷恋,则体现了老人的感情。

我相信,当故土老宅上高楼蠢起的时候,父亲一定会天天去逗留一阵子的。

鞠躬致歉了心愿

道歉，意味着什么？毋庸多言，是意味着对自己过火行为的忏悔，也是意味着当事人请求对方对自己过错行为的原谅。作为最起码的礼貌，一个人做错了事情，或是冤枉了人家，是应该向对方"道歉"一声的，以消除郁积在心头的愧疚之情，以求得对方的谅解；尤其是冒失过有恩于自己的师长时，更应该毫不犹豫地向老师或长辈表示深深的忏悔之意。

弹指一挥间20多年就过去了，我终于鼓起了向曾经被自己伤害过的杨老师致歉的勇气。

杨老师是我读高二时的语文教师。那时她已经是个40多岁的中年妇女。刚来接我们班时，她不苟言笑严厉得让人怕丝丝的，因之我同不少同学一样，对她不免有些"敬而远之"。而我对杨老师渐生好感，是从她接教我们班后的第一次作文评讲开始的。万万没想到，她挑选评讲的第一篇作文，竟是我写的《读"先天下之忧而忧，后天下之乐而乐"有感》，有声有色地分析赞扬了差不多整整一节课。而且在课后又特意把我叫进了她的办公室里，着实鼓励了我一番："你的写作基础很好，知识面也蛮宽，只要你进一步努力，坚持多读、多写，那么你的写作水平一定会提高得更快！我希望你要有使自己成为一名作家的勇气！"听了杨老师的鼓励，我简直有点诚惶诚恐了，因为这毕竟是第一次有老师对我提出在学生心目中崇高而遥不可及的希望啊！鼓励的力量是无穷的，自此以后，我对语文课特别地偏爱起来。看在心里的杨老师别提有多高兴了，她不断地对我加压，加紧了对我一年后报考中文系的超前培养，不时地有针对性地借一些读物给我看，又不时地给我开小灶，杨老师对我的用心之专不是可见一斑吗？

班里的同学看到杨老师对我情有独钟的偏爱羡慕不已，滋生出了忌妒，免不了会在背地里议论纷纷。杨老师知道后，立刻就在课堂上当众批评了那些不负责任的议论……恩泽着杨老师的涓涓浇灌与无私厚爱，不用多说，我对她的崇敬之情油然而生着。

　　然而，我与杨老师的反目，以至于到了水火不相容的地步，完全是源自史无前例的"文革"风暴。那时候，狂热得近乎利令智昏的红卫兵造反派，勒令每位老师必须触及灵魂，交代各自毒害学生的罪状。出身不好的杨老师竟然以大字报的形式交代了由于我的一再恳求导致了她没坚持原则，借邓拓的大毒草《燕山夜话》等书给我看的"毒害"学生的种种"罪行"。看到了大字报后，血气方刚头脑简单的我免不了要火气上升了：这些书明明是你要求我重点阅读的，并且还曾不止一次地指导我应该如何从中汲取精华，现在怎么可以把责任推得一干二净呢？在那时，我当然不知道杨老师被逼无奈的苦衷，于是在几个红卫兵同学要我"擦亮眼睛立场坚定地奋起反击"的怂恿下，头脑发热之人"义愤填膺"地写了一张"控诉杨××对我毒害"的大字报。听说杨老师看到后，气得发抖，当众撕掉了这张大字报。这下可激怒了红卫兵小将：这不是彻头彻尾的公开对抗革命的反革命行径吗？一下子声讨杨老师的大字报与大标语铺天盖地，杨老师自然也难逃被批斗的厄运。为此身心交瘁、不堪忍受折磨的杨老师重病了一场。后来，我从其他老师嘴里得知了杨老师当初被迫违心写下那张大字报的真相，真让我对自己的无知而懊悔莫及。不久，听说她调离了建平中学。一连20多年，我再也没见到过她。

　　在这漫长的岁月里，愧疚之情始终笼罩着我。尤其是在我本人也当了语文老师以后，这种"对不起老师"的折磨日甚一日，常想去找杨老师赔礼道歉，但又怕她将我拒之门外而令人难堪，所以一直犹豫着、拖延着。直到又一个教师节来临的时候，我在两位一直同我有来往老师的安排下，终算了却了向杨老师当面鞠躬致歉的心愿。

　　真没想到，满头白发、满脸皱纹的杨老师，竟然激动得瘪了瘪脱了门牙的嘴巴欣慰地说："我也有过错，过去的就让它过去吧……我很想知道你的近况怎么样?"

恭敬不如从命。我向她恭敬地奉上准备好的几本小说、散文集,并告诉她我已经加入了中国作家协会的消息。杨老师手抚着书,脸上立时绽开了一朵金丝菊花:"这说明我当年还是没有看错你!学生成了作家,也是老师的光荣。希望你继续努力,写出更多的好作品来!"

我顺从地点了头,下定了不辜负老师希望的决心。

闷声大发财

在乡下,结婚、生子、做寿、造房……凡逢喜事,都喜欢燃放鞭炮,以示庆贺之意。按我们浦东乡下的民俗:除夕送旧迎新,初五喜接财神,正月十五闹元宵。这几天可谓爆竹声声,彻夜不绝。如今的鞭炮,一年比一年燃放得多,这岂不是天下太平、国富民强的象征吗?我以为,这是人们对安居乐业满足心理的强烈表示!

不是吗?在旧时放炮仗,是鲁迅先生笔下"鲁四老爷"们的专利;而如今,则是家家户户可以享受的权利。旧时穷人吃不饱穿不暖,哪有钱去买鞭炮?现时手头宽裕了,谁不想凑个热闹、图个吉利呢?

照传统的习惯说来,燃放爆竹,具有"迎财神、驱邪气"的特殊神力。所以,发了财的,想燃放以期富上加富;未曾发财的,也想燃放以盼财神早日降临。在政策如此宽松之今日,渐渐形成了一股"越放越发财"的锐不可挡的潮流。

然而,凡事都有例外的。例外者,就是我的父亲。这几年,逐渐富了起来的乡亲们,几乎家家都染上了"大放炮仗"的瘾头,唯独我家一个炮仗都不放。有人奇怪地问我:"论经济实力你家不算差,可为什么一个鞭炮都不放?"

我苦笑笑说:"我们何尝不想放呀!苦就苦在我家老太爷,任我们小辈如何恳求,他老人家就是摇头不肯恩准!我们也弄不懂究竟是什么道理?"

难道我们几个小辈没向老太爷阐明过这个理吗?找了多少理由、编了多少办法,可我父亲这个老顽固偏偏固执得厉害!央求话说了几大筐、孙辈们哭过好几回,他老人家仍然丝毫不动一点恻隐之心。催急了,老头子才瓮声瓮气地说:"嗨嗨！'闷声大发财'，你们懂吗？"几个小孙子听得噘高了嘴,尽管手痒,但毕竟知道老太爷脾气的厉害而不敢轻易造次。

对于父亲如此不通人情的固执,小辈们只能在背地里无可奈何地嘀咕。除夕之夜,我们只有看文艺晚会的份,而无燃放炮仗的福。瞧着兄弟侄儿们敢怒不敢言的模样,我暗自琢磨着:老父亲不许子孙们放炮仗,不可能没有原因的,这个中定有奥秘！或许这里面有着一个令人伤心的故事呢！我想探索这个奥秘。

吃罢年夜饭,我跟进了老父亲的房间,天南海北地同他高谈阔论。由于多喝了一点老酒的缘故,老父亲的谈兴颇为浓烈。谈着扯着,我忽然将话题转到了"不许燃放炮仗"上。万万没想到,老父亲的脸色瞬间"晴转阴"了。只见他神情冷淡地耷下了头,"吧嗒吧嗒"地狠吸着香烟。

果真有奥秘！

我顾不及老父亲的情绪了,迫不及待地想探透谜底所在。

在我纠缠、催迫之下,老父亲终于缓缓地打开了话匣子:

"在我成亲那时,称'炮仗'为'高升',结婚不放高升,家里就一世不会'高升发财'。花轿将你妈抬来时,高升一个接着一个升空,煞是热闹。不想一个高升半哑,从高空坠落了下来;然而将要落地时,突然'啪啦'一声炸开了,站在近旁的保长的小孙子被爆出的火花弹痛了眼睛,痛得这个小囡边嚎边在地上打滚。没有办法,救人要紧,我也顾不上拜堂了,立即张罗着用花轿将小囡抬到十几里外的医院里诊治……结果呢？为了医眼睛,你爷爷只得忍痛卖掉了家里唯有的5亩水田。但是,没用啊！你爷爷气气闷闷地为人家打工度日,不久得了重病。咽气前,他流着泪立下了规矩:我家今后不许再放炮仗……"

老父亲的眼睛里噙满了泪花,他重新燃上了一支烟后说:"你看看,放了高升照样倒霉,而这些年来,我家不放高升了,反倒'发发禄禄'了。这不是'闷声大发财'吗？"

老父亲的话难道没有一点道理吗？

行文至此,已是初五零点了,屋外骤然间响起了震耳欲聋的鞭炮声。

人们,充满着美好希望的人们,又在争先恐后地迎接财神了。我情不自禁地搁下笔走到晒台上,凭栏四望,夜空里一片火树银花,真是五彩缤纷;爆竹声浪此起彼伏,一浪高过一浪。这景色可谓壮观极了!我赞叹之余心情却有点异样:乡亲们的手里虽然有点钱了,但是,我们的国家、我们的人民毕竟还穷呀!一村、一乡、一县、一市,乃至全国,恐怕要燃掉数亿万元计的鞭炮。这样,不仅要燃掉数亿万元计的钱财,而且还要造成数以万计的事故和火灾,这损失计算得清吗?

我不愿再欣赏天空中的壮观奇景了,心情沉重地踱进屋里,静静地思考着:人们表示"高升"的美好心愿,难道不能采用别种方式来表达吗?

我禁不住在心里高声大叫着:"还是'闷声大发财'好!"

"虎"赞

如同牡丹是花中之王、孔雀为鸟类之冠一般,老虎历来被尊为百兽之王。究其原因,还不是因为虎"性凶猛、力无穷"之缘故?虎吼一声,会令群兽不寒而栗,何况虎以捕食鸟兽为生呢!有时它还会伤害人,所以常令人们谈虎色变。

人类对虎的感情复杂,褒贬不一。由于虎皮可做毯子和椅垫,虎血和虎肉都可制药,尤其是虎骨酒,更具祛风、止痛的奇效,因而人们常谓"虎的一身都是宝"。然而,也由于老虎凶猛异常,伤兽、伤禽、伤人,所以人们常常畏而远之。自古就有"狐假虎威"的寓言故事。清朝时,统治者为了表示威严,在衙门前竖起了画有虎头的"老虎牌",用来威吓百姓。利用虎威、虎势来吓唬人,可见虎之厉害。难怪乎,唐朝大文豪柳宗元就有将"虎"与"苛政"等同的"苛政猛于虎"之名言。

在生活中,由于电在各行各业举足轻重的地位,所以形成了"电"的特殊地位。人们视"电"为虎,视管电人为"电老虎"。电,这种无形、无色的东西却能置人于死地,"电"与虎无异,于是,人们在骇怕之下替"电"披上了神秘的袈裟。再由于生产、生活一刻也离不开电,人们愁于用电之苦,唯恐得罪了"管电人"而造成生产的损失、生活的不便,因而更是畏之胜于畏虎。就这样,"电老虎"造成了自己的特殊地位,形成了自己独有的威势。

然而,也有人亲切地称"管电人"为"光明使者"的。确实,他们一年四季冒着寒暑,牺牲了节假日与亲人共享天伦之乐的机会,努力送光明、送温暖、送财富于社会。他们无畏的牺牲精神常被颂扬。

我对"电"滋生的特殊感情,不完全是由于我出生电工世家的缘故,而是在于我担任了副校长并兼任了校办厂厂长职务之后。面对着校办厂极不景气的局面,正在我束手无策之时,"电老虎"却向我伸出了救援之手。一个极其偶然的机会,我有幸结识了当时担任着上海电力工业局副总工程师的张继忠同志。那次,他是来找我那位颇有小名气的校医哥哥针灸的。闲聊之下,他知道了二幼师校办厂的困难境况后,立即深表同情地说:"为了教育事业,教书先生弃教经商,不容易啊!让我帮你们动动脑筋吧!"开始,我还以为他是出于同情而随口讲的安慰话,真没想到张总将这件"份外事"挂在心上了。几天之后,张总专程来找我,谈了要帮我们校办厂开发电气设备安装业务的设想。求之不得的事还会不同意吗?这是一桩劳务加技术型的业务,对于一无投资资金的校办厂来说,真是打着灯笼也难找的好业务呀!二无技术力量怎么办?正在我焦虑时,张总已替我们聘请了两位退休师傅来当指导了。开创阶段,他甚至放弃了好几个星期天,不厌其烦地亲自上门指导。如此的平易近人,如此的热情关心,自然令我们对这位在电业界赫赫有名的总工肃然起敬了。

之后,在原所长奚积培的安排下,浦东供电所的几位所长和工会主席等领导,也来关心、指导我们校办厂了。刘崎涛、姜福桃还为我们安装队取了个"浦宝"的名字。浦宝,浦宝,意为"浦东之宝"。这个既切合实际又蕴含着远见的名字,充分显示出了两位所长良好的文化素养。面临着浦东开发的黄金时机,"浦宝"的前景一定辉煌灿烂!刘宗辉这位生产所长,在我们安装市政府实事——新公房配套路灯时,不厌其烦地给予了指导。巧在几位所长对教师都怀有一种特殊的感情,所以他们对学校的支持是不遗余力的。他们说:"扶持校办厂,等于我们为教育事业尽了一点微力;支持二幼师,等于支援了启蒙教育。"在建立了厂校挂钩的关系后,新上任的所长沈志兴和工会主席任华培说:"现在我们是一家人了,今后,你们办学上有什么困难尽管开口,只要我们办得到的,一定尽力而为!"

我们确实尝到了与"电老虎"攀亲之后的甜蜜。

谁说老虎屁股摸不得?这显然是一种偏见!

谁说老虎胃口喂不饱?这显然是一种污蔑!

我要由衷地为"虎"唱赞歌……

落子无悔

我不会下棋,但喜欢看棋。由于我的家乡是有名的象棋之乡,所以观看精彩棋赛的机会很多。全国著名的象棋大师们每年都会来镇里角逐"广洋杯",去年旅游节摆在张杨路边的千人象棋大赛,组成了一道独特的风景线,更是吸引了众多的观看者。我一有空,也会去凑凑热闹,观看捉对厮杀的激烈场面。

但是,我最喜欢观看镇里的马书记同人对弈。他有个习惯,一摆好棋盘,总会声明在先:落子无悔。他是位出了名的象棋迷,闲暇时,喜欢拉人杀上几盘,过过棋瘾。用他的话来说,这是最好的休息,调节一下紧张的神经,以利于工作。我曾多次看他下棋,他棋路清晰,反应敏捷。在下棋的过程中,他是从来不悔棋的。即使输了,就投棋认输,推倒重来,直到体体面面地赢上两盘为止。所以,他的棋风在整个镇里是有口皆碑的。

接触多了,我同他自然成了谈缘很好的朋友。当然,话题还是离不开棋,不过,棋话的外延伸展了,常常会滔滔不绝地由棋言及"工作棋":"当领导的,要决策,如同下棋一般,一着不慎,弄不好,往往会导致全盘皆输。所以,下决策棋时,一定要慎之又慎。下棋可以有输赢,下决策棋,那就只能赢而不能输!一输,就会造成重大的经济损失。"这话说得深刻而富有哲理。

我的家乡位于杨浦大桥畔和罗山路立交桥的周边,大部分土地已被国家征用,日渐都市化了。原先的种田格局、乡镇企业的布局被完全打破,可全镇还有近两万的种田人等着要吃饭,这就要求镇领导重新布局,重新决策。正如马书记所说的:"必须带领全镇人民下出一副全新的棋局来!"于是,他们一帮镇干部,迫使自己棋艺日进,成为"一流"的棋手。他们重新构思新意浓浓的棋局:以杨浦大桥为依托,产业结构转向房地产、商业、娱乐业……结果,不是因为土地被征而使经济滑坡,而是使我家乡的经济年年上升,去年全镇的经济登上了新的高峰。

作为一个乡民,我自然难抑心中的激动,表示了深深的敬意:"祝贺你呀,书记,你果真成了'棋坛'高手了!"他听后笑了笑说:"棋艺无止境。山外青山楼外楼,我哪称得上'高手'?若要在激烈的市场竞争中下好这盘'棋',那只有促使自己的棋艺突飞猛进……何况'工作棋'毕竟有风险呀!"

我知道他后一句话,是指投资1.8亿元建造三星级标准的21层的仁和大厦和在六团买300亩地建工业园区的两步棋,如此大的手笔,自然招致了不少人的评头品足,质疑者有之,指责者有之,有些人甚至说:"这是两着臭棋。"真的是"臭棋"吗?马书记也反复地思考过、扪心自问过,最后他仍然坚持了"落子无悔"的原则,拒绝了"转让产权,甩掉包裹"的建议,想方设法使这步"棋"走活。所以在仁和大厦即将完工时,他们又及时补了一着棋,挑选了一位年富力强、责任心强的同志去担任总经理,以保证家乡的形象工程放射出应有的光芒来。

我盼望我家乡的棋坛高手,能下出更为精彩的棋局来。

牛年话"牛缘"

牛年说牛的文章特别多,我的"牛缘"也不错,所以也想来凑个热闹说说"牛"。

一家三口,妻子属牛,儿子也属牛。我呢?从小放过牛,与牛结下了不解之缘,母亲戏称我像半个属牛的。而我成家立业后,20多年如一日与"牛"为伴,自然而然地会被"牛"异化,妻子称我身上的"牛气"比他们属牛的还厉害。

我的一位大家都称他"阿大爷爷"的叔公,是队里唯一的养牛户。他养的是一头母黄牛,性情特别温顺。"阿大爷爷"也是个和蔼可亲的老长辈,他常常将我抱上牛背,带我去犁田、放牛。"阿大爷爷"说,牛也通人性。真的,时间一长,老黄牛一看见我,就会昂起头"哞哞"地叫两声,就会亲热地用牛鼻"啃啃"我的手。我对牛的感情也开始浓郁起来,常常给它喂草、刷身、拍蚊蝇。渐渐地,老黄牛成了我童年时代一个密不可分的伙伴。母亲要寻我吃饭,知道"牛在哪里,我准在哪里"。

说出来恐怕没人会相信,老黄牛还治好过我的病呢。我从小就有轻微的哮喘病,只要受了凉就会发作,所以母亲反对我整天围着牛转。但我顽皮得很,母亲的话只当耳边风,还是常常溜出去与牛为伴。我7岁那年冬天,哮喘病发作得特别厉害,吃了药仍然不见好。阿大爷爷见我几天没去他家,就来家看我,当知道了我的病情后,他笑嘻嘻地对母亲说:"小囡得哮喘病,只要将牛鼻绳烧茶给他喝,保证能治愈这种病。"母亲似信非信试着让我喝,没多久,我的哮喘病果真好了,而且一直没发作过。

不用说,我对牛的感情又加深了一层。

过了一段时间之后,队里耕田用上了"铁牛",队里决定将阿大爷爷养的这条老黄牛杀了分牛肉给社员们吃。杀牛场所设在远离村子的抽水机房前面的场地上。牛被几位身强力壮的小伙子牵来了。我听到消息逃学了,从小学校狂奔到抽水机房,只见几个小伙子正在做杀牛前的准备工作。怎么不见阿大爷爷?一问才知道阿大爷爷气得躺在床上,他怎么忍心看到饲养了多年的老黄牛被杀呢?老黄牛"哞哞"地仰首叫着,声音悲惨极了。我飞步跑上去搂住了老黄牛的头,央求着周围的叔叔伯伯们:"求求你们别杀了老黄牛……"有人在拉我的手:"小阿祥,你别傻,这是杀牲畜,老牛的历史使命完成了。"老牛也通人性似的,知道了自己的劫数难逃,竟然"唰唰"地滚出了泪水。几个小伙子抡起了18磅的大榔头,活活地将牛敲死了,然后剥皮宰割。我不忍心看着这种残忍的场面,一路哭一边跑回了家。晚上队长给我家送了几斤牛肉来,我听到了声音,从房间里奔出来,从妈妈手里夺过了牛肉,扔到了小河里。妈妈知晓我对老黄牛的感情,丝毫也没有责怪我。

到了婚配的年龄,老天爷像是有意成全我,妻子的生肖是属牛的,一年后生了个大胖儿子,恰巧也是属牛的。我想这大概是我的"牛缘"。属牛的大概是天生的勤奋,妻子一嫁来我家,侍奉公婆,爱护小叔姑,两只手勤快得人见人夸。恢复高考,我成了不带薪的"爸爸大学生",一家三口就凭妻子的15元预支维持生活,显然拮据得够呛。于是妻子就"日公夜私",托人觅来"踏花"的活夜夜踏,经常要忙到半夜以后,赚点外快补贴生活,也让我买几本参考书。时间长了,妻子眼眶变黑,人也瘦了,可她没有一点怨言,仍然"牛劲"十足地干着。

儿子的"牛劲"也十足。读高三时,由于迷恋于游戏机,成绩下降得厉害,高考前夕,我和妻子苦口婆心地劝说他要下定决心争取考上大学。儿子终于头脑清醒了,在临考前的两个月里,他"牛劲"大发,关在小楼上,天天温习到深夜。发榜,没想他金榜题名,被上海科技大学录取了。

我们常在饭后闲聊,当我夸起妻儿的牛劲,妻儿反夸我的"牛气"比他们属牛的还足时,我常常感到欣慰得很。值得我自傲的是,我抛却官位,打碎了铁饭碗下海之后的三年中,确实是凭着一股牛劲,白手起家,办起了一个公司。

赞牛、画牛的佳作不少。是的,牛是值得人们赞美的,"不用扬鞭自奋蹄",牛最为勤劳了。吃的是草,挤出来的是奶。牛啊,生前劳累一生,死后全身奉献。难怪鲁迅先生留下了"俯首甘为孺子牛"的名句。我想,如果每个人都具有甘为社会作"孺子牛"的精神的话,那么,我们蒸蒸日上的大业就会乘上千里马,发展的速度就会更上一层楼。

闲来陪父饮儿盅

岁月飞逝,25年弹指一挥间。在儿子悄声一句"我准备结婚了"的那一瞬间,我突然感觉到独苗儿子长大了,紧接着意识到我的名分也将随之升级。欣喜之余,亦糅进了一丝惆怅。

在我的心目中,峰峰还是个孩子。那张有棱有角而看上去仍然稚气十足的脸,流露着一种仍需父母呵护和督促的神态,怎么顷刻间就要独自展翅飞翔了?记得14岁那年,我带他去九华山旅游,"百岁宫"的当家主持看到他面目清秀、活泼可爱的模样,喜欢得提出要收他为徒,并为他取了个"根云"的法号。记忆中的这一幕至今仍是那样清晰,他的翅膀真的长硬了吗?日夜盼望着儿子长大成人的25个春秋,是那么的漫长!而他作出的举行婚礼的决定,又是如此快速、突然!其实,这是我的心态,朝夕生活相处,如今他要自立门户了,感情上的确不是那么容易割舍的。然而,男大当婚,这毕竟是不可抗拒的规律啊!

儿子的长相有点像我。有时父子出去做客,用不到介绍,别人总会一下子猜中我俩的血缘关系,进而免不了赞叹一番,恭维儿子的长相"青出于蓝而胜于蓝"。我听后,不仅一点不觉得尴尬,反而高兴不已,为父的哪有不希望儿子超越自己的?而他的犟脾气更是胜我一筹。犬子属牛,身上牛劲十足,性格刚强,常常牛气冲天。他想做的事,一旦认准了,连十头牛也拉不回。高中毕业时,班主任老师认为他报考本科希望渺茫,但他硬是不服气,将自己关在小房间里一个多月,认真温习,结果被重点大学金榜题名了。大学顺利毕业,先后进了两个单位,加起来没超过三个月,感到无法施展、出息不大,犟着要辞职下海,任凭旁人劝阻再三也难撼其志。他瞒着我们父母向单位递交了辞职报告,造成了木已成舟的事实。这一步,比我当年因工作环境和人际关系不称心而下海的那一步,走得还要干脆利索,一点也不拖泥带水。他风风火火地搞起了个小公司,印了经理名片,编织起了老板梦。几位熟悉的朋友在评价他的这一举动时,又忍不住发出了一阵"青出于蓝而胜于蓝"的赞叹。面对这么一个宝贝儿子,我在想,自从大张旗鼓、正正规规提倡计划生育以来,早期的独生子女们都逐渐长大了,正在步入婚龄,他们的性格、观念、追求和我们这些"老家伙"是有很大的不同了。他们憧憬未来,不安于现状,总体而观是向上的。我们不能压制他、勉强他,相反,应予以更多的信任。长江后浪推前浪,世界毕竟是属于他们的。就拿峰峰来说,随着他阅历的增加,少时独生子女的那种娇气几乎荡然无存,会思考,有主见,对他过多的担心是完全没有必要的。

　　让人有点看不懂的是,大大咧咧性格的人,几次三番告吹了热心人介绍的对象,而相中了一位与他性格反差颇大的姑娘。也许这就是刚柔相济吧。她叫佳佳,是独生女,斯文温和,在一所中学里当英语教师。儿子第一次向我透露"秘密"的时候,我问"是干什么的",他又认真又不太在乎地说,职业不是主要的,合得来最要紧,不过她所从事的倒是"太阳底下最崇高的职业"。看来,他是认准了,咬定了……

　　对儿子的选择,为父的我既满意又放心。当他们走进神圣的婚姻殿堂时,我一定举杯为他们祝福。然而一想到他即将成家自立门户,我心里又有些许惆怅。独生子啊,你的娇气不见了,反过来倒是让老夫撒点娇了——闲时多来坐坐,陪我饮几盅!

平凡中的不平凡

立冬那天,我从父亲的病榻边刚离开,就接到了老三要我立即去医院一趟的电话。口气慌乱,顿使我的心陡然间悬到了喉咙口:老人的病不是有了好转的迹象吗,难道一下子又风云突变了?我顾不上多想,赶紧踩大油门驱车赶去。仅仅是刻把钟的光景,待我奔进父亲病房时,被病魔折磨了半年的老人,已经安静地闭上了他那慈祥的眼睛。从此以后,我再也看不到慈父的音容笑貌、再也听不到他的谆谆教诲了!骤然间失去亲人的撕心裂胆,不禁令我潸然泪下。

家境贫寒上不起一天学的父亲,年仅13岁就因祖父被溅出的铁屑弹瞎了双眼,而被迫无奈地进厂当上了订木箱的童工,担起了养家糊口的责任。后来,经人介绍进入电灯公司成了一名外线电工。日晒雨淋地在那种风险极高的工作中摸爬滚打了40多年。所以说,我的父亲是一个再也平凡不过的人。然而,争强好胜的父亲却是在这种平凡的工作中,学就了一手过硬的技术、历练出了吃苦耐劳的意志、磨炼出了令人叹服的崇高境界,干出了许多让人瞩目的成绩与令人敬意顿生的闪光举止。

上海一解放就成了一名共产党员的父亲,满怀着光荣的责任感与炽热的报恩情怀,忘我地投身到了上海的电业建设中。为了满足水涨船高的用电需求,有关方面筹建了超高压输电公司,打造超高压输电线路大动脉。我父亲从一名班长被提拔到了负责所有高压铁塔输电线路建造的大组长岗位上。大字不识的他硬是凭着身先士卒、凭着惊人的超强记忆力,率领几个施工班圆满地完成了一条条从新安江、从望亭到上海的高压输电铁塔线路的架设任务。其间,他为了保质保量地完成黄浦江上高约90

多米的越江铁塔基础的浇注任务,日夜指挥大家翻转,连续奋战了七天七夜;为了保证每条输电线路按时送电,他与工程技术人员一起发挥着聪明才智,攻克了一个又一个无法想象的难关。有付出就有回报,得到了上下交口赞誉的父亲,新中国成立十周年之际应邀赴京参加"全国群英会",还得到了毛主席等党和国家领导人的亲切接见。可是父亲却很少在人前沾沾自喜这份荣誉,而是默默地将它化作成了新的动力。

在子女眼中,父亲是一个做事近乎刻板的人。由于解放前进的是外商公司,所以解放后还享受着保留工资。他看到国家困难,主动要求减去了保留工资。这对于多子女靠他一个人的工资养家糊口的人来说,自然是难能可贵的。三年自然灾害期间,副食品极其匮乏,父亲带领班组参加了安徽小三线输电线路的建设,每次回沪时,有人劝父亲买些肉类回去给家人开开荤。但父亲总是两手空空地回家。心疼孩子的母亲甚至与父亲呕了气,怪他不关心孩子。可父亲总会振振有词地解释:"我是个党员,国家有困难,我不能老是想着自己呀!"冷水泼不进一点,母亲只能是无可奈何地作罢。

我父亲对子女说得最多的一句话便是"凡事不要老是只想着自己"。仔细想想,这句朴实无华的话语中,其实蕴含着"凡事要多为别人着想"的境界。退休以后,他就是以自身的行动为我们做出了表率与榜样的。比如,他常会为村上缺衣少吃的人送衣物,分赠子孙孝敬他的吃食给其他老人分享;比如,他几次三番拒绝子孙为他装空调,说是现在电力紧张我摇摇扇子照样可以过日脚……当然,最让我难以忘怀的,则是我 20 年前摔得浑身不能动弹卧床两个多月的那件事:上班时候还是新修平展的德平路,待到我下班摸黑回家时,竟然被挖出了一条一米多宽的埋管沟,害得我刹车不及跌了进去。有关部门的领导上门来探望,主动提出要给予一定数量的赔偿,父亲却抢在我前面说:"反正我儿子有劳保,赔偿就算了。不过嘛,请你们以后在施工时及时设置警示标志,免得其他人也遭遇到同样的意外。"父亲的一席话让在场的人赞不绝口。

类似的闪光点在父亲的身上数不胜数,点点都可以让人清澈地窥到老人的一颗金子般的心。这就是生于党创立之年、有着与共和国同岁党龄的父亲平凡中透溢出的不平凡境界。现在,父亲虽已驾鹤西去,但他的这种从点点滴滴平凡细节中裂变出来的美德,必将成为我们子女汲取不尽的源泉。

固执中透溢出的美丽

自古以来，一直受人信奉着"人生七十古来稀"的至尊名言，早已成了过时的老皇历了。如今屈指数来"百岁寿星"比比皆是，七八十岁的老人在长寿者中只能算是小弟弟小妹妹了。这显然是盛世之年带给老百姓今非昔比的骄傲与安居乐业的福分。

我的父亲比上不足比下有余，今年已经年届九十了。他身板硬朗，眼不花耳不聋，思路清晰反应快。偶尔搓搓娱乐性的小麻将，比他年轻好几岁的搭子，都不是他的对手，故而熟悉他的人都会由衷地跷起大拇指夸他"骨子老"。邻里街坊碰到我们小辈时会说："老人身体好是小辈的福气，只要你们多关心他服侍得再周全些，你家老爷子成为百岁老寿星是不成问题的。"邻居们的善意提醒当然是金口玉言，作为子女的何尝不希望自己的父亲能够长命百岁呀？家有寿星，是一家人的荣耀啊！

在老邻居的眼里，我父亲子孙满堂确实是个有福气的老人：五个儿子一个女儿，五个儿子又各生了一个孙子，可算是双"五子登科"了。孙辈中已有四个结婚生子，已经有了三男两女五位重孙辈。在他居住的周边方圆里，是名不虚传的四世同堂了。子孙对老人家都能恪尽孝道，隔三岔五总有子孙带上老人家爱吃的点心与水果去看望他。逢年过节时，子孙孝敬的礼品更是堆得似小山，喜得老人家常常合不拢嘴但又会皱皱眉头说："我又不是猪身牛肚，一只嘴巴哪里吃得掉这么多？"于是父亲经常会将东西分给邻里街坊的孩子与老人们吃，有时候还会用马甲袋一装，带到活动室里去分给大家共享。倘若碰到有人因不好意思而不肯接受时，他就会不高兴地说："怎么？你是嫌我老人拿过的东西脏？看不起我老头子？"看到别人高高兴兴接受下来吃了，父亲才会满意地露出笑容。如果有小辈劝他"何必这样？你不会留着自己享用"时，父亲总会眼睛一瞪固执地说："给人家吃是名声你懂不懂？能听到别人夸我的小辈孝顺，比我一个人独吃更高兴。"素知老爷子爱面子秉性的小辈，只能任由他固执，反正只要他高兴就是了。

若是说起我父亲的固执，恐怕是令人难以置信的。在如今的生活越过越红火的太平盛世里，燃放鞭炮表达喜庆心理的习俗，呈现出了一年胜似一年的趋势。可是在我家父亲多年来一直立有一个不成文的规矩：任何时候都不许放鞭炮。慑于老长辈的威势，小辈中没有一个敢违背的。有一年我儿子开设的茶室开张，鞭炮都买好了，我父亲就是不许放，结果我儿子只能叽咕着作罢。至于不许燃放的缘由，我曾写过一篇《闷声大发财》的散文在《解放日报》的"朝花"上发表过。我父亲身上的固执，有时还真会令我们哭笑不得无法可想呢！现在的天气变化无常，极端的高温天越来越多，可说出来或许不少人不会相信，我父亲的房间里至今没装空调。如果说是子孙熟视无睹，那倒是天大的冤枉！几个子女争相要给父亲装空调，目的还不是想让老人家晚年生活得舒服点？可是固执透顶的父亲无论怎么劝说也不肯点头答应。问他原因，父亲也说不出个子丑寅卯来，只是瓮声瓮气地说："不要嘛就是不要！我一辈子靠着摇摇扇子活得不是蛮好吗？"我们知道父亲的固执性格：凡是他认准的理，即使用十辆大卡车也无法拉回，所以只能一次次地作罢。

今年遇上了百年一遇的高温天，超过40℃的极端高温，整天开着空调还嫌热。子孙们不约而同想到了已经九十高龄的老人家没有空调怎么受得了？于是纷纷上门老话重提，然而父亲仍然把门关得不留一丝缝隙。再三追问下，父亲才道出了原委："难道你们没看电视？电视里说上海的用电负荷已经创造了历史新高，部分地区采取了限电措施，我是电业退休的老职工，知道超负荷的危险性。假如大家都注意节约用电了，那么就可以减低这种危险性。我老了，火气小了，摇摇扇子不是照样过吗？"

我们禁不住对固执的老人家肃然起敬了：这就是一个原本在电业系统响当当老先进的襟怀，这也是一个有着60多年党龄的老党员的情操。

对照之下,我们不禁脸红了:如果每个人都能自觉地节约一度电,那么全市累积起来不是可以把超负荷的危险性降下来很多吗?

固执让人心烦头疼,但是,有时候固执中也会透溢出心灵的美丽。

雪里藏娇

金桂飘香的季节一过,便是千姿百态的菊花天下了,红色的、白色的、黄色的、紫色的、橘色的……可谓色彩纷呈;平瓣的、管瓣的、匙瓣的、小菊花头的、大菊花头的……可谓品种繁多。在我国,已有3000多年的养菊历史,经过长期精心培育,菊花已拥有了2000多个品种。相传在唐、宋时代,菊花已从朝鲜传到了日本;17世纪以后,菊花开始传至欧、美。从此,菊花便成为全世界名贵花卉之一。可以说,菊花是我们中华民族的"骄傲之花"。

"骄傲之花"不仅千姿百态清香四溢,而且傲霜挺立凌寒盛开。因此,自古以来文人骚客就将菊花比喻作有骨气之人不屈不挠精神的象征,颂菊的佳句数不胜数。

时下,随着生活水平与文化素养的提高,赏菊者日益增多。为此,几乎每年各大城市都要在深秋举行菊花展览,供广大爱菊者观赏。除此之外,菊花日渐走入家庭,或栽院中、廊下,或置室内书案、花几,以示清高、雅致,充分显示了主人的高雅情趣。更有甚者,专以觅名贵菊花为嗜好。

于是,在浦东排得上号的业余栽菊名手鞠华,便成了爱菊者心目中的"皇帝"。这位心灵手巧的菊花大王培育出了无数的菊花名贵品种:纽瓣菊、蜂窝菊、莲座形、托桂形、满天金星、龙爪环舞、垂形珠菊、金丝反卷……真是琳琅满目,令人目不暇接。花好自会引来蜂飞蝶舞,纷至沓来的寻觅者几乎踏破门槛。鞠华的身价与日俱增,连他的妻子玉芳也成了觅菊者追逐、奉承的对象。可是,若要在他手里觅盆好菊,比在老虎身上拔根毛还难。尽管他吝啬得出奇,而蜂拥而至者却日益增多。

市里一年一度的菊花展即将来临。鞠华为参展新培育的几个菊花品种更具诱人的魅力,使人有耳目一新之感。尤其是那盆取名"雪里藏娇"的菊花,造型奇特,六朵花蕾均匀地围聚在主茎周围,已吐絮露脸。无数雪白的花瓣抽蕊而出,呈半球形状,蕊心却露红色。它在菊展上独展风姿,吸引了无数游客。观者无不为这奇特的花序、花色叹服。在评选时,"雪里藏娇"独领风骚,一举夺魁。

菊展结束物归原主后,慕名而来一饱眼福的还大有人在。鞠华爱菊心切,怕人家一不小心损伤了宝贝,干脆在"雪里藏娇"上加了个铁笼子,并加了把锁。造访者中不免有颇有来历的慕名者,比如说已成了局长夫人的玉芳的老同学雪菊,也乘着轿车赶来凑热闹了。

一见"雪里藏娇",局长夫人立即露出了难抑的喜色,对着这盆称得上"稀世珍宝"的盆菊爱不释手。她缠住玉芳开锁让她尽兴地欣赏一番;到后来,干脆同玉芳扯起了老同学的情谊。异乎寻常的热乎,引起了玉芳的警觉:莫非她是项庄舞剑意在沛公?

果真,雪菊笑嘻嘻地说:"哎唷,老同学,这盆菊令人爱煞,能不能借给我观赏几天?"

"这……"玉芳为难地婉言拒绝,"恐怕鞠华……"

"哎,这有啥?借嘛!你瞧,这辆轿车不也是我瞒着老头借来的?"

看样子非借不可了!玉芳知道丈夫在它身上倾注了多少心血,借它出去一定会惹发他的雷公脾气。但是,如不借,那位局长夫人……左右为难,争斗到最后,她觉得是菩萨总得供着!于是,尽管勉强,但她到底是点了头。玉芳看着局长夫人抱菊进了轿车,霎时,她的嘴里涌满了苦涩。

丈夫回家了,他满脸通红、圆睁着眼睛,问:"'雪里藏娇'呢?"

从没见过他的这副吃人相,妻子毕竟害怕了,一五一十地说出了来龙去脉。

没想到鞠华更火了:"呸!借?说得好听,其实比偷还厉害!"他愤愤地拿出纸笔,伏案奋笔疾书。

"你要做啥?"玉芳意识到了什么,慌忙发问。

"向局长报个案!"

"你得罪得起吗？局长可是你的顶头上司呀！"

鞠华说："他在大会上表过态，要做廉洁奉公的模范，我倒要试试他，到底是真心，还是假意？"

王芳不以为然地说："现在的干部还不是当面一套，背后一套？假如局长报复你，那该怎么办？"

"报复也不怕！他若要报复，我偏不姑息养奸！"

望着丈夫坚毅的脸，妻子深感羞愧之余，不禁坦然心动："傲霜挺立、凌寒盛开"，不正是养菊人的品质吗？如果缺少了这种气质，岂能培育得出好菊?！

"硬毛桃"的菩萨心肠

浦东人有以"硬毛桃"喻人的习惯。倘若被人冠上了这个大号,那至少说明这个人是个颇为固执而不太近情理的人。专事花菜籽培育的沈加奇,在常人的眼中,就是一只又硬又涩的"硬毛桃"。

他长年沉迷在塑料薄膜大棚与玻璃温室内,细心地摆弄着他的花菜宝贝,陶醉在泥土的芳香中。正当其时,碰上了动迁拆村的开发浪潮。多少人为能因此告别种田命而欢欣鼓舞,而沈加奇却是为即将失去培育良种的舞台而苦恼。按规定,他是村里的干部,镇里意欲安排他去一个进出有车、待遇不错的公司担任领导。可是,谁也想不到快交知天命年限的沈加奇,犯上了"硬毛桃"的毛病:城里人不要做,要做乡下人。他谢绝了组织上的好意,任由家人与亲朋好友苦口婆心地劝说,执意去租赁了几十亩土地,搞起了他的花菜籽培育。

育种的四月间,是一个瞬现即逝的黄金时段。每年的这个时候,沈加奇都要招收许多女工来给雌性花菜人工授粉。这可是一个来不得半点马虎的细心活。如果雌花上没有授上雄性的花粉,那么这批花菜籽就会报销。在今年蜂拥而至的应聘者当中,沈老板发现有一位患有眼疾的中年妇女,任她怎样地请求,沈老板还是硬邦邦地拒绝了她。

也许是眼睛不好,也许是心神不定,她出门不远就被一辆大卡车撞倒了。交通警的裁断,是她本人全责。举目无亲的女人只得一拐一拐地重新踱回了种子场,找同乡想想办法,可刚出来打短工的同乡也是囊中羞涩。有人说:"哭有啥用?还是去找老板吧!"也有人说:"老板?你们没见他平常有人弄坏了一朵花时的凶相?他会发善心?"当时,沈老板的夫人走过来,了解了情况,立即打了手机给老公。在外面的沈老板二话不说,吩咐老婆马上拿上钱,叫两个同乡陪伤者去医院。

伤者的丈夫闻讯匆匆赶来,缠住沈老板要算账。沈加奇说:"我又没聘用你老婆,是她在外面被撞伤的,你找我算什么账?"汉子蛮横地说:"你想赖账?不是你的事,你会掏钱让她看病?"这下惹发了沈加奇的"硬毛桃"脾气,他桌子一拍,叫他滚蛋!汉子老婆在同乡的搀扶下回来了,她掏出看病余下来的几百元钱递还给沈老板,垂泪道:"谢谢你们夫妻好心人……"沈老板一见这个,心肠软了下来:"没事就好。这点钱你就拿着买点营养品吃吧。"这时候,粗鲁男子才连声对沈老板说"对不起"。

事后旁人说:"不搭界的事情,你钞票多啊?"

沈加奇的"硬毛桃"性子上来了:"救死扶伤,懂不懂?不搭界也要搭界!"

沈加奇痴迷于良种的现代培育,花费了多少心血,才形成多次杂交的优势,造就出了一个"沈加奇牌"花菜籽品牌。孕育出来的花菜果实,不仅色泽白里透亮、个头饱满产量高,而且口感特别香酥。全国许多地方的花菜种植户、种子经销商,每年都会上门来求购。每年的6月,沈老板就成了求购者的"围攻"对象。有一位来自湖北天门的老彭,妻子患了绝症,两个女儿还小,家里很穷。他看到沈加奇的花菜籽在当地很受欢迎,就借了车旅费到上海,想购买一些花菜籽回去赚点差价,可惜货色紧俏不能如愿。老彭失望地躲到塑料大棚里暗自落泪,沈加奇发现后觉得奇怪,询问之下了解了老彭家里的情况,毅然将自己准备栽种的20斤花菜籽用最低的优惠价全部售给了老彭。

没想到,老彭兴冲冲地背了几十斤种子回去,由于他大意让种子受了潮,再加上气候的异常变化,致使周边农民从老彭手上买回的种子栽下的花菜,不是不结果就是个头很小。农民找上了老彭家门,要求赔偿。走投无路的老彭跑到上海,一见面就跪倒在沈加奇面前。沈加奇又是心肠一软,拿了十几万元交给了老彭。

朋友知道后,觉得他实在有点不可理喻:"你的钞票也是风里雨里毒日头里苦出来的,不是天上掉下来的!"

"硬毛桃"的回答是:"那怎么办!看着人家家破人亡,我手缩在袖子管里呀?!"

老彭也是一条汉子,在沈加奇的帮助下,终于走出了困境,现在成了他的老客户。

真情付出

信访工作,常被人称之为"机关工作第一难"。就是在这样的情况下,施德麟领导的信访办公室能被评为上海市文明信访室,他本人能获上海市优秀共产党员的称号,真是不容易。

花木是浦东开发的重镇之一。大开发必定会带来大动迁,大动迁难免造成一些利益矛盾。随着开发进程的加快,随着动迁政策的不断完善,一些遗留的问题逐渐凸显出来,觉得自身利益受到了损害的群众,纷纷申诉,要求解决问题。于是乎,一批批的百姓形成了一波又一波的上访浪潮。常常被上访者围住反映情况的施德麟,除了耐心地说服要大家冷静之外,还认真听取了人们上访的缘由,分析着事态发生的前因后果,苦苦地找寻着解决矛盾的方法。

老施接手的一宗"30万平方米住房不能办理产权证"的上访案例,上访人数之多、群众意见之大、事情的复杂程度,都是空前的。老施同信访办的其他同志一起,认真了解情况、仔细分析原因,认为:这个问题确实影响到了4000多户1万多人的户口迁移、子女入学等许许多多切身利益。老施的态度相当明确:这个历史遗留问题一定要解决!

但是这么复杂的遗留问题,你解决得了吗?

事过境迁。几个当事单位,不是撤了,就是找不到影踪。老施带领着信访办的同志,费尽周折,一次次地找有关部门反映情况,用老施开玩笑的话来说,他们几乎成了不是上访的"上访者"了。尽管到处碰钉子,时时遇到扯皮推诿,但是老施凭着一股百折不挠的精神,凭着一颗为群众真情付出的心,先后走访了几十个单位和部门,牵头召开了百余次协调会,前后盖了160多个公章,终于在新区有关部门的支持下,妥善地解决了这一老大难问题,解决了4000多户居民多年来的"心病"。

对于上访群众反映的一些实际利益、实际困难问题,敷衍搪塞,当然可以省心省力不少。如果勇于承担,那必定是没有穷尽的"自寻麻烦"。碰到这种情况,老施总会情不自禁地选择后者。因为主持公道,同情弱者,老施义不容辞:群众把我们看作了希望,我们不能让群众失望。上任不久,他接手了36户动迁居民上访了8年没有结果的难题。问题出在开发商身上。8年了,问题还是得不到解决,上访者的火气十足,激昂之下,拍桌子、摔杯子、砸壁橱,不免有些过激行为。老施一边严正劝导,一边和颜悦色地分别同36户居民谈心,这样的工作前前后后累计起来有400多次,时间的累积有1000多个小时。

最后真情终于温暖了激愤的心。在老施的细心协调、耐心疏导下,最后达成了居民乐意接受的市场化操作方案,终于解决了36户居民8年的过渡之苦。不少居民纷纷上门感谢,对老施充满了感激之情。

这样的例子不胜枚举。像同禾村的22万伏超高线路问题、像花木老街改造集体上访事件等,老施总是逐户走访,挨家谈心,晓之以理、动之以情,并且切实帮群众解决了许许多多的实际问题。

感动之余,我萌发了结识这位信访办主任的愿望。没有想到老施竟然是一身的病态。过度的劳累、过度的紧张、过度的忧虑、过度的奔波,造成了老施的健康严重透支。为了信访工作,为了花木百姓的利益,无私的"真情付出"导致了老施的未老先衰。我对第一次见面的老施同志充满了深深的敬意。

"启蒙"无价

一触及"启蒙"这个字眼,恐怕不少人都有着深受其益的切身体会,自会油然升起对启蒙者的深深敬意。启蒙教育,对于每一个处于懵懂或是迷茫阶段的无知者来说,是有着至关重要的指引与导向作用的。一个婴儿呱呱坠地之后母亲的启蒙,一个儿童进入学堂之后老师的启蒙,一个人踏进某一个专业领域之后恩师的启蒙,都会对一个人日后的成长与发展产生不可磨灭的影响。

成长的过程中,谁都有可能会碰上"山重水复疑无路"的境地。当一个人处于彷徨而不知所措的时候,如果遇上高人指点迷津启蒙一下,那就很有可能会峰回路转、"柳暗花明又一村"的。所以,一个人有幸遇上一位及时雨般的启蒙者,就会使之受益匪浅甚至于一辈子受用。

在我的人生经历中,几次陷进迷茫而不得其所之时,福星高照幸运地获得过千金难买的点拨,宛如一次次地为我点亮了前行的孔明灯似的,让我及时地拨开了心中的迷雾,迎来了阳光明媚的春色一片。

在我初学写作时,凭着"初生牛犊不怕虎"的勇气,屡次向报刊投稿,但是屡投屡退。正当我丧失信心的时候,经朋友介绍结识了已经在报刊上发表了多篇作品的宗廷沼先生。真没想到这位为人热情、待人和蔼的同龄人,不厌其烦地为我看稿子,同我商量如何修改稿子,并苦口婆心地鼓励我不要泄气:"失败乃成功之母也,你的基础很好,坚持下去一定会成功。"他甚至还对我说了一句颇有分量的话,"你我都是党员,是不应该言败的。"就是这位已是我挚友的当年的启蒙者,使我信心倍增,让我在文学创作的道路上坚定不移地走了下去,有了一些收获。30多年过去了,在我的心目中,这位党员作家一直是我走上文学之路的启蒙老师,也一直是我学习的楷模。

我作为一名老三届回乡插队了 10 年，时来运转逢上恢复高考，不用说，当然是喜不自胜跃跃欲试的。然而毕竟荒芜了多年，对于所学过的东西生疏了，有不少已经遗忘，故而又使我优柔寡断了起来。这时候恰遇住同村不同宅的党员老师王善良，他得知了我的顾忌之后，一再开导鼓励我去报考。王老师怕我临时变卦错失了千载难逢的机会，甚至陪着我去报了名。既然报了名，那我就得设法请假一个月躲在家里复习复习。由于那时正巧参加了青年突击队奋战在浦东运河的开河工地上，所以大队领导一听我提出请假，马上严肃地说："开河任务这么重，你作为一位年轻的共产党员，不应该动摇军心，应该带领大家大干快上起到模范作用才对，怎么可以随便请假？你要参加考试，只能同意你考试的时候请两天假。"在当时的形势下，一个入党不久的新党员应有的党性原则，让我无条件地服从了。等到临考的隔天下午，浑身疲惫不堪而没有翻过一次课本的我，自然是完完全全丧失了参加高考的信心，虽然心犹不甘但还是准备放弃了。当我出于礼貌去向王老师打招呼时，一向温和可亲的王老师出乎意料地板起面孔说："我不许你悔考！这有什么可以多顾虑的？隔了 10 年恢复高考，我估计试题不会太难，你是六六届高中生，是可以一拼的。退后一步说，即使是落榜了，那也可以熟悉一下考试的氛围，积累点经验，准备明年东山再起呀！"看着我仍然摇着头皮顾虑重重的，王老师与他同为老师的爱人拉着我在他家吃了晚饭，如同兄嫂般地开导启发我，直至我重新燃起了去搏一搏的勇气，结果竟让我意想不到地金榜题名了。王大哥夫妇俩煞费苦心的启蒙，从此改变了我一生的人生轨迹。

至于启蒙我树立坚定不移的入党信仰的，则是我那位党龄与共和国同岁的老父亲——翻身当了主人饱含着对党深情厚谊的老父亲，从小就启蒙我们弟兄要热爱党，并向我们提出了"一定要争取入党"的要求。显然，孩童时的启蒙是刻骨铭心的，在一个老党员的子孙中，已有四个入了党。一家五个党员，都可以成立一个党支部了。

毋庸置疑，启蒙中蕴含着催人奋进的无穷力量，我深深地体会到了"启蒙"的无价。

护绿使者

时下,绿化已经成了申城的一个热门话题。素有"红花自要绿叶衬"一说,申城在变美、变气派,而绿化正在将上海这座国际大都市点缀得更加艳丽、更加楚楚动人。随着生活水平的提高,人们在重新选择新居时,绿化在小区内的覆盖率,也成了购房者考虑的首要条件之一,因为绿化可以净化空气,可以美化环境。能生活在绿荫红花丛中,自然是一种充满了诗情画意的享受。

我在重新选购新居时,挑来挑去,特意相中了坐落在川杨河边的一套公寓房。除了房型理想之外,小区里的绿化环境也深深地吸引了我。进入小区气势宏伟的欧式造型的门楼,迎面宽阔的水泥路两侧,是两条纵深感很强的绿化带,密密麻麻地种满了各种大树,使人立时产生了一种置身于森林之中的感觉。走过几百米长的林带左拐弯,闪进眼帘的便是一个尽显豪华的广场,中间三根旗杆的周围,被一圈圈瓜子黄杨和色彩鲜艳的草花簇拥着,广场周围被一排排的香樟树和桂花树护卫着。跨入小区的大门,一幢幢欧式建筑的中间,则是一个配有喷水池的种满了各种花草的大花园,每幢公寓楼的周围,又是一个个造型各异、匠心独具的小花坛。南侧的川杨河边,是几排笔直高耸的杉木树,青翠茂密,组成了一道亮丽的绿色屏障,大楼与杉木的中间地带,是一大片草地……如此优美的绿化环境,真是令人神往而陶醉啊!

清晨掩身于绿树丛中晨练,就会令人贪婪地呼吸着绿色的清新;晚饭后漫步其间,疲劳自会消失殆尽。疲劳了,烦闷了,我就会情不自禁地下楼,绿树红花自会让我调节一番、享受一阵。老实说,我真为自己选中了如此优美的环境而自鸣得意。但是,渐渐地,我发现小区内的有些树在枯萎,有些草皮在枯黄,我心焦之余不禁忧心忡忡了:优美的绿化,需要出色的护绿使者的精心养护呀!

好在小区的物业管理部门也已经意识到了这个问题。开始时我没在意,后来我发现有一位头发花白、背脊有点佝偻的老人,总是不停地在花园里、林带间转悠着,不停地摆弄着。我猜想,这恐怕是小区聘请来的园林师傅吧?在好奇心的驱动下,那天我看到老人蹲在草皮前沉思着,就径直朝他走去,想探究个明白,也想顺便向他讨教一些有关花木方面的知识。

在我亲热地叫了一声"师傅"后,他直起腰抬起了头,四目相视,我只觉得有点面熟。言谈之下,我果真认识他。老人名叫凌茂松,原是浦东著名的花乡凌家花园的人,祖辈都是颇有名气的种花好手,世代相传以种花卖木为生。在那"以粮为纲"的年代里,凌茂松是位年轻的党员队长,上级一声令下,凌茂松忍痛砍光了花木改种粮食,结果造成了"花在灶中泣,人在田头哭"的惨象,贫瘠的土地种不好粮食,又砍光了赖以为生的苗木,村邻们怨声载道,凌茂松被社员们视为败家子,他自己也觉得无颜以对江东父老。等到花木之乡重飘花香之时,凌茂松像是脱胎换骨了似的,带领群众日夜奋战,走南闯北,走深山进老林,到处觅林木;寻花农拜名师,刻苦钻研园艺知识。功夫不负有心人,没几年,新开的园艺场就已颇具规模了,凌茂松也成了远近闻名的摆弄花草的高手。我同他就是在那时采访他时认识的。

后来呢?从他的介绍中,我了解到:浦东开发,家乡的土地被国家征用后,他不愿去当征地工,仍想发挥种花育木的一技之长,同几个村邻一起搞了一个绿化养护公司,专门为一些单位养护花草林木。谈到公司的经营情况时,老凌点燃了一支烟,抑制不住兴奋地连声说好。他意味深长地说:"浦东开发,绿化肯定要起蓬头的。这一点真让我瞅准了。现在上头将绿化作为头等大事来抓了,这实在太好了!但是,好多单位将绿化工作只当完成上头要求的任务一样,只抓数量而不管养护,结果造成了不小的浪费,像你们这个小区,花了大代价,种植了大批名贵的苗木,但不懂养护，造成了不少花草苗木枯死，这多可惜呀！同志，你是搞写作的，应该写篇文章呼吁呼吁：让有些单位重视养护工作呀！"

是啊，我们在大抓绿化覆盖率的时候，更应重视绿化的质量啊！种植可以搞突击，而养护则是长期的任务！我想，若要上海更美、浦东更绿，那就需要许许多多的护绿使者啊！

学车遇知音

静心想想，在我走过的半个世纪的历程中，曾经有过不计其数的老师，在他们的辛勤教诲下，使我学到了许许多多的知识，真是称得上师恩浩荡，令人永世不敢忘怀。但是，授我技艺的名正言顺的师傅，我却只有一个，他就是传授给我驾驶技术的陆师傅。

说起来真会令人捧腹，徒弟的岁数竟然比师傅大了好几岁。去报到那天，我见到一位身材瘦高、长得精瘦、脸色黝黑、眼睛很小的人，拿了一张名单——对着号，我猜想这位一定是我们的师傅了。果真，他自我作了介绍后，便要我们相互认识一下。当陆师傅知道了我比他年长，而且还是一个副处级干部时，马上谦虚地对我说："你喊我'师傅'有点不好意思，还是叫我'小陆'好了。反正整个培训部里都是喊我'小陆子'的。"这怎么行？年龄再小，师傅毕竟是师傅呀！初次见面，陆师傅就给我留下了深刻的印象，觉得这个师傅是相当和蔼可亲的。

那时我摔伤才两个月，伤势还没有完全痊愈，走路摇摇晃晃的，脚力不足，左手有点麻木，没一点力气。照规矩，像我这样的伤员，是不适宜学驾驶的；但当时学驾驶的名额是非常紧张的，我怕浪费了可惜，所以涨紧了头皮就来报到了。可我连大通车的驾驶室也爬不进，非得有人托我一把不可。陆师傅见我这副模样，大感不解地问我原因。我怕师傅知道了实况后会辞退我，因而吞吞吐吐地找话搪塞着。但是，喇叭是铜的还是铁的，终归是要现颜色的。我见师傅面露不悦严肃得拉长了瘦脸，我只得忐忑不安地将跌伤的经过原原本本地相告，然后静观着师傅的反应，心想这下可得费上一番口舌了。万万没想到，陆师傅听后却是非常同情地问道："学驾车是很辛苦的，不知道你这位校长吃得起苦吗？"瞧着我坚定地点着头,他的脸上挂满了笑:"那好!"旋即,他对着大家说,"今后一部车上的人是一个整体,大家都要帮帮大师兄,考试时不许一个人掉队!"看着大家异口同声地响应着,陆师傅笑得眼睛更小了。他紧接着握起我的左手,要我使劲捏。老实说,我拼尽了吃奶力气,额上沁满了汗珠,但陆师傅还是皱紧了眉头,自言自语着:"真的没一点力气……"略一沉思,陆师傅安慰我说,"没关系,慢慢来,以后我会教你'怎样用右手帮左手借力'的诀窍的。"我的心顿时宽了不少,暗自庆幸遇到了一位善解人意的知音。

在陆师傅的特别关心和照顾下,我总算勉强跟上了进度,然而每次轮到我开时,总是累得汗流浃背,连衣衫都湿得像是从河里捞上来的一般。每每此时,陆师傅总会鼓励我:"坚持,再坚持开一会儿!"当我实在挺不住被换下来后,陆师傅就会满意地点燃一支烟递给我,勉励我几句。说真的,我的内心充满了对师傅的感激。"测方移位"考试,要将车在画好线的两个方格里驶进倒出,显然对手劲的要求特别高。考前练习时,陆师傅反复给我示范、反复给我讲解,教我什么时候省力、什么时候发力的窍门。轮到我考试时,我拉进拉出,倒进最后一格快要大功告成的时候,突然间我的左手乏力,碰到了红白标志杆。我只觉霉气,气得躲到一旁噙着泪水抽闷烟。陆师傅无声地拍了拍我的肩膀,去找考官说明了情况。师傅陪着考官来找我:"你是校长?你是作家?"我憷然地点点头。陆师傅在一旁帮腔:"能拉到这样,已经不容易了,就差一点点……"真没想到,考官了解了实情后竟然开恩了。我意外极了,当然也高兴得不得了。师傅提醒我:"你该谢谢人家。"

"嗯,对!不过,买什么东西好呢?"

"当然要送最珍贵的东西喽。"

陆师傅见我一副木头木脑的书呆子相,忍俊不禁笑了:"送书呀!你自己写的书送人家,比什么都珍贵!"

我真感激师傅,交谈之下才恍然大悟,原来陆师傅怕我手上没劲,即使补考恐怕也过不了关,所以去为我说明了情况。

培训部几乎有一个不成文的习惯,每次考试结束,每部车上的学员要拉师傅去找家馆子庆贺一下。我是大师兄,我也组织过几次,但陆师傅一次也没答应。我觉得他有点怪。大路考结束,我们车上的几位学员都过关了,大家高兴的心情简直无法形容。师弟们催促我,这一次一定要拉师傅去开心开心,聊表一下谢师之意。我同师傅说了,没想到师傅爽快地答应了:"不过,地方由我来安排。"地方谁安排都一样。我点着头,但我却疏忽了师傅眼里含着的狡黠的神色。真的没想到,师傅将我们领到了他家里,原来师娘早已准备好了一桌丰盛的菜肴。看着我们疑惑,陆师傅说:"每期结束都这样,这是我的习惯。"还能说什么呢?恭敬不如从命了。我们端起了酒杯,这酒真香!这酒真甜!这酒中蕴含着师傅的深厚情谊呀!

　　一个人遇上一个知音不容易,有的人一辈子也遇不到一个知音。有缘才能相会,有缘才会成为知音。当然,我一辈子也不能忘记师傅给予我的知遇之恩。

情深似海

生活是多彩的，宛似一只变幻莫测的魔方，可以变幻出丰富多彩的场景来：有回味无穷的甜蜜，也有意料之外的惊喜；有难以形容的苦涩，也有撕心裂胆的悲痛。由于每个人所处的环境各异，所经历的遭遇不同，因而生活给予每个人的馈赠也是不尽相同的。但是，人们对于生活的企盼和祈求，当然是希望美满和喜悦多多降临。

平心而论，生活给予我的恩赐应该说是宽宏大量的，常常给我带来成功的甜蜜和意外的惊喜。三十多年前我还没跨出校门时的一段学工的经历，却在我进入了知天命的年龄后，意外地享受到了深厚情谊的温暖。

那时，我被安排到煤气公司表具厂学工，分在全厂最吃香的模具组。原本听说这是正式分配工作的前奏曲，所以心里真感到高兴，暗暗地下定了要学上一门好手艺的决心。葛组长对我这个66届高中生是很满意的，特地指派了王和胡两个师傅带我这个徒弟。两位师傅认真地商量，精心地安排了培训的项目：学开一副五角星凹凸成型模。他们从选料、划线到开模，不厌其烦地给我讲解、指导。我学得非常认真，对师傅也相当尊重。在学工快要结束时，我就将这副成型模开好了。两位师傅领我到冲床间装上模具当场试冲。五角星冲下来后，两位师傅满意地点着头夸着我，同时还鼓励我：如果照这样努力下去，你一定能够成为一个出色的模具工。可惜，三个月之后，"上山下乡"的号令，使我只得告别了表具厂。

虽然只有短短的三个月，但我同师傅的相处是极其融洽的，师徒间已经产生了难分难舍的感情。分手之际，两位师傅将我的学工成果——两颗五角星去油漆间喷上了红漆，情真意深地让我珍藏留念。这是多么有意义的珍藏品啊！为了表示对两位师傅的感激之情，我送给师傅每人一个当时最时髦的礼物——小镜框的毛主席像章,并在镜框的背面签上了自己的名字。离厂后我只给两位师傅写了一封感谢信,从此以后就中断了联系。

老实说,三十年过去了,师傅的印象在我的脑海里已经淡薄了。可没想到,那天,一位鬓角花白的高个子闯进了我的办公室,我一时反应不过来,随意问道:"师傅,你找谁?"

"小倪,你不认识我了?"他两眼紧盯住我,情绪颇为激动地问我。

我凝视良久之后,记忆的闸门终于在一瞬间打开了。我急忙抢上前,紧握着他的大手,说:"你是我学工时的胡师傅吧?"

"哈,你还记得我,真高兴!"胡师傅的脸上一下子露出了宽慰的笑容。

在我的催问下,才知道了现住在康桥的胡庆昌师傅找我的缘由和找寻的难度:"也许是一种缘分吧!虽然当初只相处了三个月,并且已相隔了三十年,但我对你的印象却一直很深。我始终认准你是位勤奋好学的青年,日后一定会有出息的。最近我在《新民晚报》上偶尔读到介绍你的文章《沉重的飞翔》后,我就断定写的就是你。看到你这么有出息,我别提有多高兴了,并且萌发了想找到你的念头。于是,我翻出了三十年前你留给我的地址,可是你的老家已动迁,问了多少人也问不出个子丑寅卯来。后来,我情急生智,跑到了警署,才算问到了你的新地址,谁知你又搬场了……"

"谢谢师傅对我的一片深情,一片厚爱。"我听得心里激动不已。

胡师傅又从衣袋里掏出包裹得很好的东西,原来是我三十年前送给他的像章和写给他的信。真没想到师傅如此细心、如此真情!

我的眼睛有点潮湿了:三十年前的短暂相处,竟然得到了师傅如此深厚的情谊;而我呢,差点认不出师傅了……我觉得愧对师傅。

情义无价,胡师傅对我的情义,真是情深似海呀!

老父亲的心爱之物

人世间最为复杂、最为丰富、最为深奥的东西,恐怕莫过于感情了。有时候它表现为陶醉;有时候它表现为莫名的惆怅;有时候则以深沉的回忆出现,甚至凝结成不可触犯的怒气。感情这东西就是怪,常常使人捉摸不透。

我这里要说的,并非男女之间感情的纠葛,而是一种对心爱之物所倾注的令人无法理解的感情。我那年近80高龄的老父亲,视如宝贝的心爱之物,竟是一把老掉牙的老虎钳。老父亲对它简直痴迷到了令人张口结舌的地步,他老人家对孙辈的爱是深沉而不外露的,而对这把老虎钳的喜爱之情倒是常常溢于言表。

我父亲是个外线电工,在上海供电系统是一位排得上号的知名老前辈。退休那年,他将所有的东西都上交了,唯独向领导提出要留下一把伴随他40多年的破旧不堪的老虎钳。对于如此微不足道的要求,领导自然是满口允诺的,可我父亲却如获至宝,掩饰不住内心的喜悦,回到家里,在我面前炫耀个不停。"这有什么稀奇?"我有点不以为然。没想到他会沉下脸骂了我一句:"小赤佬,你懂啥!"随后,他仔细地将老虎钳擦洗干净,用一条新毛巾包裹停当放到了床边橱的抽屉里。当初,为什么老父亲对这把旧钳会如此厚爱,我显然是弄不懂的,也没有认真去思考过,根本没将它当作一回事。

过后不久,单位里组织退休工人去新安江旅游,老父亲兴致蛮高,参加了他平生第一次旅游。这期间,家中巧遇一场风雨,将挂在窗台上方的雨篷吹落悬于半空,我想用铅丝将雨篷固定住,没有工具不行,就想起了老父亲那把"宝贝",于是从床边橱里翻了出来。绞紧了铅丝后,我竟然忘了物归原处,而将它遗忘在窗台上了。等到老父亲旅游回家,发现老虎钳上已经生出了斑斑锈点,竟然火冒八丈地大吼道:"是谁把我的老虎钳放在这里的?"

我情知不妙,嗫嚅着:"是我……扎了雨篷忘了放好。"

"哼!忘了?弄丢了怎么办?"老父亲火得眼睛都瞪圆了。

"假如丢了,我去买一把新的赔你。"我随口而出,是想安慰他一下。

没想到等于火上浇油,老父亲火气更大了:"你赔我 100 把也不稀奇!"

不过是一把旧钳,值得你发这么大的火吗?我心里嘀咕着。但我看到老父亲激动地喘着粗气,脸孔涨得通红,怕他肝火太盛伤了身体,连忙拿了块破布擦掉上面的锈斑,用毛巾重新裹好准备放回原处。老父亲一把从我的手里夺了过去,扯掉毛巾,又仔细地用布擦洗了起来……

后来,我才慢慢弄清了老父亲如此钟情于这把旧钳的缘由。

原来,这老虎钳本是他师傅视为宝贝的工具。线路电工的手艺好坏主要靠一把老虎钳体现出来,师傅看到他勤恳好学,就将这把德国造的老虎钳送给了他,勉励他成为一个线路大师傅。老父亲没有辜负师傅的期望,终于成了一名颇有名气的线路大班长。他用这把钳,参加了进入上海的第一条 22 万伏超高压线路的修建,承担了当时黄浦江上高达 96 米的高压过江铁塔的安装施工任务,参加了全市几乎所有超高压输电线的会战。这把老虎钳伴随了老父亲几十个春秋。他靠它养家糊口,靠它练就了一手过硬的本领,靠它赢得了荣誉。他多次被评上劳模先进,1959 年还光荣地赴京参加了群英会,并参加了国庆 10 周年的观礼活动,受到了毛主席等党和国家领导人的接见……

这就是老父亲对这把老虎钳痴迷的原因。这把老虎钳上,融入了他老人家毕生的心血啊!多少年之后,我突然略有所思:无论是对人,还是对物,倾注上的只要是诚挚的感情,那么,这感情一定会浓郁得醉人,甚至终身无法割舍。

第三辑 热土豪情

情系母亲河

黄浦江是我引以为自豪的母亲河,我的心中还有一条属于自己出生地的魂牵梦萦的母亲河。多少年来的亲密接触,使我对广义与狭义意味上的两条母亲河同样充满了情真意切的感情,若以一个不很确切的比喻来形容,黄浦江尽显"大家闺秀"之美,而家乡的母亲河,透出来的却是楚楚动人的"小家碧玉"式的秀气。情之所系,我对无私造福于子孙、美不胜收的黄浦江倍感骄傲与感激,对伴随着我长大的家乡母亲河,充盈的却是挥之不去的绵长情思。

一方水土养育了一方人。我对于世世代代养育了父老乡亲的这条恩重如山的小河,自然是感激不尽的。她是坐落在浦东的一条黄浦江上的小支流,是一条同原先位于延安路现早已消失了的"洋泾浜"同名的小河浜。家乡人喜欢称不起眼的小河为浜,足见这条毫无显赫之处的小河浜的"人微言轻"。河宽不过10多米、河长仅数公里的洋泾浜,流淌不远便分别流入了狄柴浜、二塘浜、东溏浜等几条更为细窄、弯曲的小浜头,形成了洋泾地区的水系网络。它们毫不吝啬地浇灌着这方土地,形成了一方乡民赖以生存的生命之源。恩泽着"母亲"如此的大爱,叫人怎么能忘却得了她的恩德呢?

一条其貌不扬的洋泾浜,虽然平淡无奇,然而得益于地理位置的优越,使得她那代代呵护着的子孙日益认识到她的利用价值:一个夹浜而立在浦东一带屈指可数的古镇应运而生,一条运载生活用品、生产资料的黄金水道热闹非凡,小船厂、小泵站、小型装卸码头几乎是见缝插针地涌现在浜边……一条默默无闻的小河浜,在不知不觉之中逐渐演变成了一方几万乡亲的生活、生产与活动的中心,名声日渐响亮了起来。

近水楼台先得月,我这个在洋泾浜畔呱呱落地的人,从小就有着一种戏水的天性。在已经遥远的印象中,浜水馈赠予我的欢乐至今还记忆犹新:夏天父母抱着我坐在水桥边擦洗时,一双小脚尽情拍打水花四溅的情趣;稍大些,那种不是拎着小铅桶跟随着父兄到浜边摸鱼捞虾,就是在大人搀护下到水中"狗爬"一阵的快乐;当年置身于波光粼粼、鱼翔浅底的浜边抛钩垂钓时悠然自得的情景,每每记起依然滋味无穷。多少与我年龄相仿的玩伴,总会偷偷地溜到浜边,不约而同地从母亲河中寻觅着乐在其中的情趣,然而这种钻进"母亲"怀中的寻趣,毕竟是我童年与少年时代的单纯的亲近感而已。

当年龄合上青春节拍的时候,小河边往往是乡下年轻人首选的幽会场所,洋泾浜自然就是一方青年互诉衷情的不可替代的理想之地。仁爱的母亲河常会亮起歌喉低吟浅唱,仿佛是衷心地祝愿有情人终成眷属。这便是吾辈年轻人独享到的充满了野趣的诗情画意。沉浸在"母亲"的怀抱里乐享着甜蜜爱情的年轻人,怎么会不迸发出源自心底的感激?

我对母亲河怀有的另一种特殊自豪感,则在于她曾经为革命事业作出过无私贡献的光荣经历。渡江战役的第一船,就是由坐落在洋泾浜边的沈记船厂建造的。至于在白色恐怖的年代,她更是革命志士荡舟酝酿对敌斗争大计时的风水宝地,也更是逃避追捕时的天然避风港。一个个扣人心弦令人肃然起敬的动人故事,激励着几代洋泾浜儿女的茁壮成长。

到了乡镇企业蓬勃发展的年代,无节制蜂拥而起的各种污染严重的小工厂的随意排放,加上周边农田里过量农药残汁的不断流入,使得原本水清鱼欢的洋泾浜逐渐变成了一条黑气熏天的臭水浜。活蹦乱跳的鱼虾不见了踪影,致使许多我等对之充满了感情的世居者,因不堪忍受冲天的臭味而纷纷依依不舍地搬离。

时逢改革开放的盛世,母亲河不仅洗净了污垢,而且还被改造成了一条越来越美的景观河。原先各自占地为王的小厂小企业,全部关闭或是搬迁,取而代之的是接连成片的居住小区。两岸林立的高楼错落有致,两岸不仅全都筑起了齐腰高的防汛墙,而且还辟出了不少绿树与鲜花相映成趣的亲水平台,走近浜边,犹如置身于美不胜收的图画中一般。沿浜的新建住房,转眼间重新变成了炙手可热的抢手货。

　　智者乐水,傍水而居成了一种时尚。我同许多对洋泾浜情有独钟的人一样,在目睹了她那迷人的新姿后,便重新置房回归到了母亲河的怀抱。早晚踱向浜边与她亲密接触,几乎成了我的必修课,或是漫步,或是抛钩垂钓,或是坐在亲水平台的蘑菇伞下,聆听着容颜更加诱人的水姑娘柔情倾诉,欣赏着重新焕发了青春的母亲河悦耳动听的欢唱,着实让人心动神迷沉醉其中!每每此时,一种久违了的激情,总会在我的心中升腾着、浓郁着。

"长寿树"下的快乐

毗邻公园而居,成了不少人的时尚追求。踱进咫尺之遥的绿色之中活动活动筋骨、呼吸呼吸新鲜空气,是那些已跨进了老年行列者的期盼。对于他们来说,舒身健体的同时,与一些熟悉的或是陌生的同辈人拉拉家常交流交流情感,称得上是一种乐在其中的享受。于是乎,大凡公园周边的楼盘身价倍增。

由于出生于农村、长期习惯于田园生活的缘故,虽然动迁搬进了条件与以前不可同日而语的高楼,但它总让人感到一种无法摆脱的窒息感。随着年龄的增长,我也滋生出了换换环境陶冶身心而居的渴望。不经意中的流露,触发了小辈的孝顺之心。窥透了我心思的儿子、媳妇,不露声色地在泾南公园旁置换了一套公寓房给父母居住。梦想成真了,欣喜与宽慰当然是溢于言表的:因为泾南公园是属于我家乡的宝地,因为园中的那棵曾经留给我诸多美好记忆的千年银杏,又会赐予我无尽的欢乐。

傍依着南洋泾路、羽山路、苗圃路的泾南公园,只不过是一个毫不起眼的小公园而已。里面没有亭台楼阁,不见小桥流水,充其量是一块周围装上了铁栅栏的平淡无奇的绿地罢了。然而在我的心目中,它却是一块意蕴无穷的风水宝地。有道是:水不在深,有龙则灵。园中有了这棵洋泾乃至整个浦东地区名震遐迩的古银杏,就让这座小公园融进了灵气,产生出了独特的诱人魅力。感谢设计者匠心独运地将这棵周边群众充满了特殊感情并称之为"长寿树"的古木作为主题,使之鹤立鸡群于杉树、樟树、塔松、翠竹等品种繁多的常绿树之中,使之独领风骚于景台、草坪、小品之上,相映成趣地绘成了一道趣味无穷、亮点独到的风景线。令人感叹的是,这棵原本孤单地生长在野外的古银杏,历经了千百年的电闪雷鸣、风吹雨打,早已枝丫枯萎,呈现出了老态龙钟之状,给人一种奄奄一息、行将寿终正寝的感觉。然而,在园林专家与养护工人的精心呵护下,它重新焕发出了令人难以置信的青春活力。小公园里有了人们心目中的"长寿树"作为镇园之宝,怎么会不引得银发者们的蜂拥而至?谁不想在"长寿树"下沾点长寿的仙气呢?

只要不下雨,一清早就有众多早起的银发男女像赶集似的从四面八方涌来,小公园里常常是人头攒动,简直到了摩肩接踵人满为患的地步。打拳的、跳舞的、玩空竹的、遛鸟的、舞剑的……整个公园中,轻快的音乐声此起彼伏,欢声笑语更是不绝于耳,回声久久地荡漾在林木的上空。而那棵越来越生机勃勃的古银杏,更是吸引了无数老年人的牵挂,每天总有许多老年朋友百看不厌地欣赏着它那伟岸的雄姿,感慨万千地对之行着注目礼,也有不少人虔诚地对着它祈福……

凝视着这种崇拜至极的情景,我不由得心有灵犀一点通了:这些老人不是在祈盼返老还童的逢春古银杏能赐给健康长寿的福分吗?如此带有点迷信色彩的虔诚,虽让人感到有些可笑,但从中不是表达着老人们也能像"长寿树"一样越活越年轻的美好心愿吗?或许这就是一些老年人自得其乐地寻找快乐的方式。

但愿更多的人能来"长寿树"下放飞心情,品尝喜悦!

水边亲绿情

俗语说,人往高处走,水往低处流。

钱袋子鼓囊了以后,不少人考虑得最多的,就是想将已经改善了的居住条件再递升上一个档次,于是出现了两次改善、三次改善的热潮。居住条件窘迫时,只要求住得宽敞些;而现在,理想环境的选择,则成了不少购房者重点考虑的因素之一。亲水与亲绿之情,自然成了购房者的迫切愿望。

临水而居,加上优美的绿化环境,确实是别有情趣的。以前江南的镇,无论大小,几乎没有一个不是临江临河而筑的。究其原因,恐怕当时的交通主要是以水路为主之缘故。除此之外,临水而居,于生活的方便、于情绪的调节,也大有裨益。现时,临河边绿化环境优美的楼盘格外受人青睐,身价自会飙升。工作之余,水边亲绿,可以消除身上的浊气、晦气、燥气和浮气,也可以增添一种令人为之昂奋的清纯、充盈的正气。水边亲绿,可以开阔一种视野,领略一种喝彩,身临一种"宁静致远"的高境界。

我是临水而居的追逐者之一,在我的住房两次改善时,精心挑选了一处傍依浦东母亲河、绿化特别优美的住处。清晨,叽叽喳喳的小鸟的歌唱声总会将我从甜蜜的睡梦中唤醒。推开窗户,一阵阵湿润的清新空气便会迎面扑来。伫立在晒台上放眼眺望,碧波荡漾的河水,随风摇曳着的绿色,就会一览无遗地展现在我的眼前。每每此时,就会勾引起我无限的遐思:水是生命的倚靠,绿是生命的象征啊!

洗刷完毕,去河边的绿地里晨练,是一档必不可少的常规节目。清澈的河水缓缓地流动着,我不时会忍不住俯身捧起一掬清水,让它滋润着自己的双手。河中时有机船穿梭而过,这时候,急剧涌向石岸边的河水,常会飞溅起阵阵白色的浪花,倘若躲闪不及,常会被溅得全身都是水珠。这时候,没有丝毫的怨气,充盈的却是满腔的喜悦。这就是久违了的亲水之情呀!亲够了温馨的水情,钻进绿荫丛中,氤氲的绿雾就会迫不及待地弥漫过来,让你尽情地亲吻。渐渐地,从东方升起的晨阳的光辉,从树间、从叶缝中,一缕缕地透了进来,身边立时闪烁起了无数晶莹透亮的翡翠碧玉,让你尽情地观赏那种空灵剔透的、清幽绝俗的感觉,霎时就会不知不觉地涌满全身。心旷神怡之下,满眼都是数不清的绿光、绿彩、绿意。

晚饭后,重新踱向河边的绿地,水边的亲绿之情又有着不同的感受。落日的余晖,给河水抹上了金黄色,随着水面的波动,变幻出各种迷人的色彩。树、竹的枝叶上也罩上了金色的外衣,光线变得暗淡了起来。置身其间,白天的喧嚣变得静谧,一天的疲劳与烦躁得到了调节,心情在慢慢地陶醉中变得轻松起来。

月亮挂上苍穹的时候,我恋恋不舍地从黑蒙蒙的树林中钻出,告别了哗哗的流水声回家,心情舒畅,往往会涌起一种新的创作欲望。

扮靓"美女"的自豪

经过了25载春秋的精心巧扮,浦东这个原先并不惹人注目的"村姑",已经出落成了一位弹眼落睛的"美女"。爱美之心人皆有之,她那举世无双的靓丽,她那引人入胜的丰姿,她那别具一格的神韵,无不逗诱得众多的观赏者竞折腰,情不自禁地拜倒在"美女"的石榴裙下。

耳闻目睹着世人对"美女"痴迷而惊诧的由衷盛赞,作为一个土生土长几十年来从没离开过故土的浦东人,对于家乡日新月异的巨变,自会激情澎湃油然而生更胜于他人的感慨,那种无法形容的自豪感自然难以自抑。因为25年来,我跟随着潮流获得了直接为"村姑"扮靓的机缘,幸运地伴随着"美女"年胜一年的美不胜收。

在浦东开发开放的号角刚吹响之时,我按捺不住亢奋的心情,下海经商跨入了电力安装行业。由于所从事的行业有着"兵马未动,电力先行"的特殊性,致使我这个特殊"弄潮儿"的足迹踏遍了家乡的许多地方。最初从陆家嘴金融贸易区到金桥出口加工区,从外高桥保税区到张江高科园区,而后到世博园区。在南汇合并到浦东新区之后,又到临港新城、迪士尼乐园……我带领着公司的员工,为数不清的新建大楼、游乐场所与住宅小区等项目承担了施工临时用电与正式配电任务的工程,在为"村姑"梳妆打扮的同时,也得天独厚地见证了这几个城区展露出来的勃勃英姿。亲身经历的喜悦,怎么会不滋生出一种不亲历者无法拥有的自豪?

要说25年前,我还只是个刚进不惑之年风华正茂的"小浦东",弹指一挥间却已跨进了"老浦东"的行列。岁月不饶人,在我将公司交给后辈经营之后,仍然会时不时地涌起对历历在目往事的回顾,时不时地会有寻踪念头的闪现。故而,我一有空暇,或是独自,或是邀上一二同龄的"老浦东",常会驱车前往旧地重游,在寻踪的同时,一饱"美女"越来越靓身姿的眼福。每当此时,蕴含在心头的自豪感总会越来越强烈。

去得最多的地方,当属耸满了浦东标志性建筑、充满了现代化气息的陆家嘴地区。每当置身于这个世界上任何一座城市都无法媲美的地方,一种无法形容的自豪感自会溢于言表,因为我们公司参与了国际会议中心等多家标志性建筑的配电工程,参与了陆家嘴多条道路上路灯的安装。更为自豪的是,1997年在东方明珠塔下举办的香港回归庆典活动的临时供电的任务也是由我们公司承担的。为了确保照明用电的万无一失,我带领员工彻夜不眠的情景,始终磨灭不了。你说有着这样经历的"扮靓"者,怎么会不自豪呢?那次在参加假座国际会议中心的上海作家代表大会时,当我掩饰不住自豪向文友述说这段"扮靓"经历时,闻者无不向我跷起大拇指表示羡慕与敬佩。

重游意味最浓的地方,不外乎是属于本人宝地的大拇指广场。这个当年农田夹杂着河沟的地方,已摇身变成了一个集餐饮、购物、休闲为一体的具有异国风情的现代化广场。值得骄傲的是,这个广场建设时的施工用电以及落成后的所有配套用电工程,全部都是由我们公司承担的。我称得上是全方位地见证了这个广场的建成与开业。你说这样一个孕育着我公司成长的意味特殊的场所,怎么会不让我滋生出一种特殊的情感?

世博会虽已结束多年,但由于我们公司参与了阿联酋馆、韩国馆等多个场馆的配电安装及值班任务,尽管这些场馆已经拆除,但我仍然会禁不住激动地去旧地重游,以唤起当年"扮靓"时的难忘记忆。

作为正在举办着世界花样滑冰锦标赛训练场所的三林体育中心,也是自始至终由我们公司承担的配电工程。毋庸置疑,我的脚底又禁不住发痒,不止一次地去观赏那热闹非凡的场景。

凡是曾经留有我们公司"扮靓"踪迹的地方,无论是金桥、外高桥、张江、芦潮港,还是浦东国际机场、磁悬浮列车站头等我都想去旧地重游,想去美滋滋地自我陶醉一番,想去观赏一番各处益发美丽的芳姿。每一次重游,都会令我激动不已,倍增着心中的自豪,一方面是为自己曾经有过的"扮靓"经历自豪,另一方面更是为"美女"越来越靓丽而自豪不已。随着为"美女"扮靓任务的继续,我一定还会见证到"美女"更为引人神往的绝色。

"明月"照亮我的心

真是应了那句"水往低处流,人往高处走"的老话,自从世居的老宅动迁以后,我已搬了好几次家,从动迁房到公寓房,再到毗邻公园的高层景观房,最后搬进了"风景这边独好"的碧云国际社区内。几经搬迁,一路往高处走,可以说是到了令人心满意足的地步。

新的住宅坐落在明月路旁。我对这个地方的兴趣盎然,不仅因为它是浦东地区凤毛麟角的高端住宅区的原因,而且还是因为同我有着特殊的姻缘之故。新住宅的区域原本是我妻子娘家明星村最东边的地界,原先这里纵横交错的河沟将农田分割得七零八落,稀疏的宅落破陋不堪。尽管如此,但我在这冷落的田野河沟旁,却是拥抱到了"月上柳梢头,人约黄昏后"的独特情趣,一泻如银的月光照亮了我的心,无数次地饱享到了充满着野趣意味的恋爱甜蜜,明媚的月光终于催熟了一对有情人的瓜熟蒂落。一对当年从这荒郊陋屋里走出来的小情侣,在度过了银婚年限后,竟然重新回到了当年萌生了我与老伴爱意的这块土地上安享晚年了。像这种不可思议的巧合,难道不是一种老天爷眷恋恩赐的福分吗?

对于故土难以忘怀的热爱,显然是每一个人无法抹去的天性;而对于魂牵梦萦着的家乡故土已经发生了令人弹眼落睛的翻天覆地变化,无法形容的感慨毋庸置疑自会喷薄而出。如今已以"明月路"命名的这片故土,骤然间,从原先一个毫不起眼的村姑,出落成了一位美艳动人的时髦女郎,不由得不让人赞不绝口啊!

明月路南邻锦绣路,北倚碧云路,是一条东西走向的路;西起黑松路,东至金桥路,中间分别与白桦路、云山路、蓝桉路、黄杨路、红枫路相交,经我无数次的走步估摸,全长不过三公里许,可谓是一条标标准准的短路。

可就这么一条名不见经传的短路,却是一条与众不同的景观路,双向车道的中间设置了隔离的绿化带,除了栽种四季常绿的樟木树之外,还遍栽了各色的花草;路旁人行道的两边,分别植有两排整齐的樟木树或是法国梧桐,树与树之间还掺杂着樱花树与桂花树的点缀;宽阔的人行道,则由一块块褐色的地砖铺就,平坦又美观;靠围墙边甚至还辟有供晨练者跑步的淡红色塑胶跑道。这种令人耳目一新且诸多功能又如此健全的道路,在日新月异的浦东,显然也是属于屈指可数的。有一次与正在养护的园林工人闲谈,方知有关方面已规划要把这条明月路打造成特色更为鲜明的景观路。而明月路的两侧,一个个掩藏在浓荫中令人目不暇接的风格迥异的别墅群与之交相辉映,益发将美不胜收的明月路衬托得好似人间仙境了。

　　投身进了"仙境"怀抱中的有福之人,当然拥有了得天独厚的"近水楼台先得月"的福分。凡是风和日丽之时,老夫妻俩总要一天两次踱进"仙境"中陶冶一番情操。即使是酷日当空的暑天,但只要一掩身进遮天蔽日的绿荫丛中,自会享受到一种少有的清凉惬意。至于在明月当空的夜晚,尤其是十五月圆之时,从绿丛中泻漏而进的斑驳月光,立时会让人感受到一种特别温馨而柔美的诗情画意,情不自禁地逗诱起遐想无限。而每当漫步至十字路口时,由于没有了浓密树荫的遮掩,一泻如银的明媚月光立时就会令人不知不觉地"抬头望明月",随之自会难抑激动地"低头思故乡"了。改革开放的春风使得原本一穷二白的家乡,转眼间今非昔比,骤变成了人间天堂,激动之余难免会感慨万千:明月照亮了我的心,但愿"明月"能够照亮更多人的心。

自栽桃树芳自赏

每逢桃花节,当年我教过的一批南汇学生总会盛情相邀我前去观赏桃花,使我每年都会去饱享百看不厌而又美不胜收的"桃花盛宴"。

一进入桃乡,满眼尽是在青翠欲滴的绿叶映衬下桃花的盈盈笑靥,满眼尽是和煦春风吹拂起的桃花美女五彩缤纷的舞姿,简直令人醉不自胜。一次又一次地陶醉在"满树和娇烂漫红,万枝丹彩灼春融"的美景之中,怎么会不一次次地滋生出令人迷恋不已的"桃花情结"呢?而且在每一次依依不舍地回转时,又怎么会不令人滋生出意犹未尽的遗憾呢?

正因为在我的心灵深处弥结起了一年更胜一年浓郁的"桃花情结",所以在公司原先的所在地面临动迁的时候,在几处可供候选的地点中,我就心有灵犀一点通地选中了有着后起之秀桃乡之称的新场的一个工业园区,作为公司的新的落脚基地,因为我的潜意识里毕竟潜伏着在桃花盛开的季节便于去一睹桃花芳容的情结。新基地的中心有着一个面积不算小的绿化园圃,四周由瓜子黄杨环绕,里面植有几株塔松及一些花草。我见可利用的地方不少,便油然而生腾起了"何不种上几棵桃树"的念头,不是可以让桃红与绿树相映成趣得更加妙不可言吗?我把贸然冒出的想法同大家一说,立即博得了众人的赞同。巧在公司当地招聘的员工中,有一位因扩建申江南路遇上动迁的桃农,他遵照着我的意图,马上调整园圃中原先的布局,并去觅来了六棵桃树种上。在他的精心培育下,第二年枝头上就冒出了星星点点的花苞,不几天便露出了羞羞答答的笑脸。对于桃花早已情有独钟的我,自然会天天踱进花圃中去注目欣赏它们的芳容。虽然它们同样美得诱人心动,但到底还是缺少了一种千花竞放令人神往的情趣,使人难免产生丝丝美中不足的缺憾之感。意犹未尽之时,心中涌动着的"桃花情结",自会促使我前往不远处的"新场桃源",去弥补我满目生辉的缺憾,以满足我重新饱享一次视觉盛宴的迫切欲望。

然而两三年一过,郁积在心中的缺憾马上就烟消云散了。由于施肥勤、养分足的缘故,所以六棵桃树像是吃了发酵粉般地发开了。我也会时常跟随在那位桃农出身的员工的身后修剪摆弄,致使六棵桃树棵棵出落得似如大阳伞一般造型美观、粗壮茂盛,煞是惹人弹眼落睛了。待等春暖花开时节,每株桃树的枝枝丫丫上布满了密密匝匝的含苞花蕾,争相绽放着:有的单挂着搔首弄姿,有的三五成群紧挨着窃窃私语,有的勾肩搭背着斗奇竞美。令人目不暇接的千姿百态,虽说比不上大桃园里的恢宏气势,但麻雀虽小却是五脏俱全,由六棵桃树构成的小桃圃里,透溢出来的同样是令人神迷心醉的桃花美景啊!身边打造出了一个微型的桃圃,浓缩进了毫不逊色的桃花美景,岂不是我这个有着浓郁喜桃情结之人的得天独厚的福分吗?自此我就可以近水楼台先得月、烂漫桃红芳自赏了,一天内总要数次与桃花亲密为伴:清晨可品味到它们的笑脸上滚动着露珠的含情脉脉,中午可以观赏到它们的曼妙身姿在阳光下的烂漫生机,夕阳西下时分可领略到它们稍呈着的无精打采的倦意神态。抑或遇上细雨蒙蒙的天气,我也可撑着雨伞观赏到裹上了一层层湿漉漉晶莹雨珠的桃花带有忸怩的朦胧之美了,让人体会到了以前从未亲历过的"桃花复含宿雨,柳绿更带春烟"的绝妙意境。

待到桃花逐渐凋谢落英满地时,树上便会挂满了豆粒般的青色小果,一天天凝视着它们的"日日长、夜夜大",蕴含在心头的自然是另外一种盼望着早日品尝的喜悦。

自栽桃树,其乐悠悠,不仅有着尽情观赏桃花之眼福,而且还有着品尝醉人蜜桃之口福。难道这不是我独有的"孤芳自赏"之乐吗?

"筑巢引凤"攀一流

20多年前教过的两位学生,来电邀我去坐落在唐陆路上的"创艺中心"一聚。昔日的桃李不忘师恩,曾经的老师颇感欣慰之余,岂有不欣然赴约之理?

早已在大门口等候的小丁与小沈,一见我到达,立时像是迎接亲人似地飞步抢了上来,左右开弓,一人挽住我的一只胳膊,亲热地嘘寒问暖着,瞬息间让我暖意融融地享受到了只有当过教师者才能乐享得到的荣光与幸福。不过嘛,在我倍感欣慰的同时,不由得感慨不已了:当年风华正茂的学生脸上,也已悄然爬上了献身于教育事业的辛苦纹痕,真是岁月不饶人啊!

她们两人热情地把我挽拥上了北端那幢别墅的三楼。最东面一间屋里的小圆桌,茶水与果饼已摆放齐整,看来是万事俱备只欠东风了。小丁与小沈正欲拥将我进去时,我突然瞥见敞开着的边门外毗邻着一个宽阔的阳台,依稀可见外面的景色宜人,迎面还有着几幢造型别致的建筑在明媚阳光下诱人眼球。或许是人老心不老的好奇心在作祟的缘故吧,我竟然按捺不住地摔脱了两人正挽拥着的手,径直朝阳台上迈去,意欲满足自己一睹为快的心理。

手扶着东面的阳台围栏,沐浴在凉爽的习习夏风中左顾右盼,满目的绿色与错落有致的建筑,简直令人目不暇接:随着夏风的吹拂,眼前的一条岸清水洁的河面上,不时地漾起阵阵醉人的涟漪,不免令人心旷神怡;隔河而矗的几幢气派十足的新楼环拥着一个塑胶铺就的大操场,更是令我这个教师出身者心有灵犀一点通地称羡不已了!这分明就是一座新建的现代气息浓郁的学校嘛!小丁与小沈见我兴趣盎然地触景生情着,马上不无自豪地佐证了我的猜测:"外行看热闹,内行看门道,您老师的眼光依然犀利。对岸的新学校,是我们唐镇'筑巢引凤'招来的一只金凤凰——上海福山唐城外国语小学。"我听了之后,心头不禁涌满了由衷的敬佩之情:"'筑巢引凤',这显然是唐镇的明智之举,功德无量啊!"

两位学生见我迟迟不肯离开阳台,似乎是揣透了我的心思:"要不我们去把东西搬出来在阳台上品茗畅谈?"能够面对着美不胜收的景致放飞心情,不是妙在其中更富有情趣吗?

一个当年担任过她们班主任的老师,同已在唐镇幼、小教岗位上任教了20多年的学生促膝交谈,话题自然是万变不离其宗、三句不离教育本行的。而河对岸那只飞进了新巢的金凤凰,更是情不自禁地将我们的兴趣转移到"筑巢引凤"这个话题上来了。

两人一经触及这个话题,立时流露出了难抑兴奋而又不无自豪的神情。小丁抢先说:"对面的外国语小学,仅仅是我们唐镇筑的一只新巢、引来的一只金凤凰而已。像这样新筑的巢与扩建的巢还有着好几处呢!都已经引来了好几只金光闪闪的凤凰了,比如像东方幼儿园(诚礼部)、金爵幼儿园、王港中学(恒生校区)等等,引来的每一只都是称得上弹眼落睛的金凤凰。尤其是原本毫不起眼的唐镇中学,重视改善办学条件,注重优秀教育人才的引进,效果显著凸显,教学成绩突飞猛进,已被誉之为'西学东渐浦东第一校',成为一所具有艺术特色、心理健康达标的全方位提升的新老唐镇人家门口的学校。"似乎是不甘心让小丁独占了风头的小沈也急于发表高见了:"我们唐镇自从被定位为'打造成新型的国际化社区'之后,各种各样的高层次人才蜂拥而至,高学历者对子女的教育要求自然会水涨船高。原本相对落后的教育资源显然是相形见绌了。如果不解决他们的后顾之忧,势必会影响高端人才的纷至沓来,势必会拖唐镇进一步发展的后腿。而一些土生土长的唐镇居民,在腰包日渐鼓囊之后,谁不希望唐镇的学校能上一个档次呀!好在唐镇党委与政府两套班子的领导未雨绸缪,独具高瞻远瞩的眼光,作出了'筑巢引凤利用社会优质资源造福于新老唐镇人'的决策,旨在攀登一流教育的高峰。"

两位昔日高足出自肺腑的真情流露,在不知不觉之中深深地感染了我,情不自禁地引发出了我的感慨:筑巢引凤,一定会引来更多艳丽无比的金凤凰在唐镇的这块风水宝地上空自由翱翔。凤凰乃百鸟之王,是人们心目中的美丽神鸟。假以时日,引来的一只只耀眼的神鸟,一定会让唐镇的教育事业攀上顶峰而光彩夺目!

人与花心各自香

年进花甲,颇具孝心的儿子为父母寻觅了一个安享晚福的幽静优雅的新居所。带有小庭院的新居宽敞明亮,叫人欣喜不已。然而最为让人喜不自胜的是在遍植常绿之树的庭院中心,有着一株冠似太阳伞、高大粗壮的桂花树,简直给人一种鹤立鸡群的赏心悦目之感。搬进新居的时分正值桂花含苞之时,枝繁叶茂的枝枝丫丫上已是绽满了密密匝匝的嫩绿色的小花蕊,分外勾人眼球,诱得我这个对桂花喜爱有加的人,差点没手舞足蹈起来。于是乎,每天一起床,我总会泡上一杯茶,坐在门前的廊棚里,面对着桂树喜滋滋地凝视欣赏,盼望着满天星似的花蕊尽快抖展出优美的身姿一吐芳香。

我对于"清可绝尘,浓能远溢"的桂花的情有独钟,完全是源自母亲潜移默化的影响。小时候老宅前的小院子里,巧于治家的母亲既不种花又不栽草,而是将之收拾成了自吃菜蔬的聚宝盆。但没想到她独独植上了一株桂花树。此举不是溢露出了母亲独钟桂花情愫之一斑吗?每到仲秋桂花吐蕊怒放时分,母亲会一反常态地斟上一小盅酒,陪着父亲把酒赏桂。而赏赐给我们兄弟的,则是把飘落在地上的花瓣拾拢洗净之后,泡上一壶桂花茶给我们喝。一连几个晚上,欣赏着星罗棋布的小黄花镶嵌在浓郁的碧绿之中,呼吸着扑鼻而来的醉人的阵阵芳香,品味着弥漫在唇齿间的清香,沉浸在天伦之乐中的一家人,自然是欢声笑语一片。尤其是整年里里外外忙碌着的母亲,在每年金桂飘香的季节,心情也流露出了无法形容的舒畅。待到满树的桂花行将飘落之时,她就忙不迭地在桂树下铺上一条旧被单承接尽情飘洒下来的花瓣。收拢、洗净、阴干之后,一层桂花一层糖地腌制在一只大口瓶里。重阳节来临了,母亲就会用糖桂花来蒸重阳糕。母亲手上出笼的重阳糕，无法形容的软糯香甜，真令我们兄弟几个馋水直淌欲罢不能。而母亲却要限制我们吃，总要分出一些给隔壁邻居与村上的孤寡老人们尝尝。尝过的人都会跷起大拇指夸赞我母亲的心灵手巧。可是母亲总会谦虚地说："你们别夸我，其实这都是桂花的功劳。"除此之外，母亲还会将桂花拌在茶叶里、浸在父亲喝的酒里，土法自制桂花茶与桂花酒。毫不夸张地说，在我们家里长年飘逸着桂花的清香。稍大了些，我才领悟了母亲为啥特别喜欢桂花的缘由：因为在她的心目中，桂花不仅花形小巧美丽迷人，而且还是甘于为农家人献身的特殊宝贝。

无声的熏陶，使我对于桂花的喜爱之情年胜一年。以至于每当桂蕊飘香的季节，总会情不自禁地到植有大片桂树的地方去一饱眼福，尽情地流连忘返在满眼金黄或是银白的妙不可言的美姿与醇香之中。尤其是在上师大求学的那几年中，一有空闲，就会脚底发痒往不远处的桂林公园里钻，常会转悠到公园关门才依依不舍地离去。这几年中使我这个原本对桂树认识既朴素又肤浅的人，终于对终年常绿、秋季开花的桂树的认识，称得上有了质的飞跃：桂花在我国有着2500多年的栽培历史，况且有着木樨、仙客、秋香、九里香等众多的别称；桂花的品种有丹桂、金桂、银桂、四季桂之分，而每一品种中又有着状元红、金球桂、佛顶珠等多不胜数的分种；桂花不仅观赏性强，而且具有着特殊的实用价值；桂花的文化内涵更是极其深厚，历来就被喻之为崇高、吉祥、美好的象征，咏桂之诗、之词、之联可谓是琳琅满目……随着知识的增长，自然是日益增浓着我对它的依恋之情。

所以当老宅动迁失去了小院里那棵青翠欲滴的老桂陪伴时，不要说我母亲不舍之情溢于言表了，就连我也觉得若有所失、心疼了好长一段时间。事隔多年之后，让我意想不到地又拥有了与桂树朝夕相处的得天独厚，欣喜兴奋之情自然是无法形容的。若是我母亲还健在，那她老人家一定会笑得合不拢嘴；若她还健在，也肯定会天天盼望着它尽快露出笑脸、溢出清香的。可惜天公不作美，由于气温偏高的缘故，所以满冠的桂蕊就是羞答答地不肯展现出笑脸。焦盼了半月有余,直至凤凰台风过后,满冠的花蕊突然间竟相绽放了。团团簇簇金黄色的小花朵镶嵌在青翠碧绿之中,呈现出了一种"叶密千层绿,花开万点黄"的诗情画意,简直令人心旷神怡!一阵阵扑鼻而来的醉人芳香,仿佛令人置身到了"桂子月中落,天香云外飘"的唯美仙境。一连 10 多天,使我始终沉浸在"桂树腾芳"的美妙之中,不知不觉地涤荡着心中的俗气。国庆过后,我仍在意犹未尽地想着要去寻觅晚桂怒放的盛景。

陶醉在溢之不尽的醇香之中,不禁涌起了"人与桂花各自香"的古诗句,蕴藏在内心深处的暗香也竟然按捺不住地流动了起来:倘若每个人都能像桂蕊一样无私地奉献出各自的芳香,那我们的神州大地就会香飘不断了。

品茗雅趣唯景

我这个喜欢爬爬格子的人,说起来不怕贻笑大方:别无特殊嗜好,独钟情于品茶聊天从中自觅乐趣。三五知己围坐一桌,点上一壶品茗,沉浸在优雅的氛围之中,边品味着醇香,边谈天说地、道古论今,那种醉人情趣,自然是乐在其中无有穷尽矣。

茶中觅趣,除了有让人回味无穷的香茗、心灵相通的聊友之外,还需有一个典雅而舒适的场所相匹配。情趣独特的环境,有着特殊的迷人情调,自会增添茶客的愉悦与情趣,自会让茶客在不知不觉之中痴迷陶醉。品茗图盼的是一种气氛,讲究的是一种令人怡然自得的茶饮文化。比方说,好多特色鲜明的茶楼,装修与点缀往往是以仿古型的居多,置身其中,立时会让人领略到古风扑面的感觉。至于时尚气息浓郁的茶吧,立马又会给人以一种时风弥漫的激越。总之不同格调的茶饮之地,会馈赠于畅饮者情趣各异的享受。

名气再响、档次再高的茶楼茶吧去多了之后,那种新鲜、新奇的感觉也会悄然消退,总会喜新厌旧般地盼望着有另一种令人耳目一新的茶饮享受。

前不久,与我同庚且志趣相投的沈兄,邀请我去他们的佳友唯景大酒店喝茶聊天。毋庸置疑,在那种别具一格的高雅之地品茗会友情趣肯定非同寻常,所以原本就热衷于茶饮的人当然是要去开开眼界了!

作为按照五星级标准建造的宾馆,匠心独具的造型远远望去尽显尊贵与典雅。在被几幢高楼环抱中的小花园里,已在太阳伞下自得其乐着的沈兄一见我,马上起座紧握住我的手不乏幽默而又颇为风趣地说:"请作家喝茶聊天的地方,是应该要有点诗情画意的情调吧?"初夏时分,置身于画一般的美景中品茗神聊,自然会让人流露出了一种无法形容的惬意感。我忍不住脱口调侃:"还是侬的情调浓、腔调足!能在这美不胜收的环境中品茶,赛过小神仙啊!"

这个与周围几幢哥特式建筑相映成趣的小花园,浑然天成,颇具欧陆风情的精致。它是利用几幢楼宇之间的凹档匠心独运设计开辟出来的,麻雀虽小,却五脏俱全:周边爬满了青藤的竹木长廊连通了各幢大楼,园内曲径通幽、小桥流水、假山叠翠、奇花名木比比皆是。拐弯处还见缝插针恰到好处地放置了几张罩着太阳伞的小圆台,堪称神来之笔,因为它很快就会让客人悠然自得地陶醉在满目生辉的茶香美色之中。倘若把这座小巧玲珑的花园,比作是一件构思奇特、精雕细刻出来的袖珍艺术品,那显然是丝毫不为之过的。当我目光不知不觉地投向没有大楼遮挡的大门口一角时,闪入眼帘的则是一幢幢与之风格迥异的充满了现代气息的高楼大厦,这倒是衬托出了"唯此一景"的别有洞天。沐浴着徐徐清风,品茗赏景,这才真是叫人心旷神怡的享受!沈兄不无自豪地说:"下次有机会,请您这位大作家去里面体验体验生活吧!数百套客房配套设施一流,国家足球队在下榻我们酒店的时候,专职副主席还夸过'佳友唯景是足球界的福地'呢!"

在充满了独特情趣的"唯景"茶饮,虽说妙不可言,但毕竟是意犹未尽啊!我正中下怀地朝沈兄频频点头。

"大拇指"跷跷

家乡情结，是一种挥之不去的特殊情感，因为家乡是每一个人心目中至高无上的神圣宝地。

荣幸得很，举世瞩目的浦东是我的家乡。杨浦大桥南堍的洋泾，则是生我养我的衣胞之地。血浓于水，它当然是我引以为豪的风水宝地了。昔日家乡的一草一木、一砖一瓦，至今记忆犹新，依然历历在目。时逢改革开放的盛世，家乡翻天覆地的变化，更是令我欢欣鼓舞而感慨万千，增添着越来越浓郁的爱恋之情。

源深体育馆、世纪公园、新国际博览中心……旧貌换新颜，出现在我家乡这块热土上的新景观简直令人目不暇接了，常使我一次又一次情不自禁地跷起大拇指。如今，在高档的联洋社区又冒出了一个诱人眼球的寓意深远的"大拇指"广场，吸引着八方宾客蜂拥而至。

大拇指广场，对于我来说似乎有着一种特殊的缘分，在它雏形初成的时候，我的公司中标承担了为大拇指广场用电配套的任务。能为家乡的新景观添砖加瓦，别提有多高兴了。配电的要求非常高，时间的节点又非常紧迫，身为总经理自然不敢有丝毫怠慢，常常亲自上工地督战。由于当时广场处于建设之中，杂乱无章的，我也看不出这个广场究竟有多少特别的高明和与众不同之处。

一待工程验收合格送电之后，事务一忙碌，我对它的印象逐渐淡薄了下来。时过数月，几位原本相交甚笃的村邻来看望我，一见面就迫不及待地对大拇指广场赞不绝口，并问我去领教过它的英姿没有。他们见我摇头，便面露着遗憾的神色，怂恿我去一饱眼福。被乡邻们花好稻好地说痒了心，我立时兴趣十足地前去一睹其芳容了。

大拇指广场矗立在世纪公园的东北面,面向芳甸路、南倚迎春路、北靠丁香路,是一个颇具规模气势恢宏的新颖的广场。四周的建筑,形状各异、风格独特,每一幢匠心独运的建筑,都流溢出一种给人以美不胜收享受的感觉。广场面向芳甸路进口处,耸立着一尊形似巨人的不锈钢抽象雕像,左右跷起的大拇指上下重叠着,使人产生心有灵犀一点通的共鸣:这是值得跷起大拇指的地方,其中蕴含着环境一流、信赖一流、服务一流乃至于永远争一流的意思。

　　晚上的大拇指广场灯光流溢,五颜六色的霓虹灯交相辉映,将整个广场装点得晶莹剔透,格外的迷人。广场中心那个浅水与平台相间、造型别致的喷水池,喷射着几米高的水柱,层层水帘在灯光的照射下,折叠出了一圈圈迷人的光环。在广场边挑一处张着条纹太阳伞的桌子坐下,叫上一杯咖啡或是龙井茶,欣赏一番不断变幻着的光怪陆离的霓虹色彩,欣赏一阵翩翩起舞着的中老年健身者的舞姿与在广场上川流不息的溜冰小朋友的灵巧身姿,那才叫心旷神怡呢!

　　自此,大拇指广场成了我流连忘返的地方。碰巧的是经常会遇到过去的乡邻也在兴致勃勃地放飞心情,招呼之际,大家总会情不自禁地跷起大拇指,对"大拇指"夸赞一番。是啊,昔日在这块土地上面向黄土背朝天的农民兄弟,如今已成了现代化气派的享受者,难怪他们要心潮澎湃了!

洋媳妇"坐月子"

听说原先老宅上阿根婶的那位蓝眼睛、高鼻梁、黄头发的洋媳妇为她生了一个大胖孙子,妻子记挂着要去"望舍姆",几次催促等到"洋舍姆娘"出了院,我开车送她去了浦东阿根婶的家。妻子要我一起上去,可我宁可在车里等她。因为我懂得浦东男人"不望舍姆"的老规矩。我知道这位阿婶的老观念是蛮多的。

我坐在车里欣赏着音乐,没想到阿根婶下楼来执意相请了,非要我上去看看她的混血宝宝不可。我有点疑虑,然而就触动了阿根婶的心病:"规矩?现在还有什么规矩好讲?'舍姆娘'出了医院一回到家,生的冷的从来不忌口,还要跑到足浴店去做什么脚摩……我老太婆活到这把年纪听都没听说过世界上还有这等稀奇古怪的事情!我劝劝她,她就朝我挤眉弄眼'诺'(no)个不停。'舍姆娘'坐月子不是闹着玩的,落下了病灶要苦一生一世的!"

虽然我从小生在浦东,不过也算是个读书人,多少领悟得到她们婆媳之间的问题。一辈子生活在浦东农村接受了世代相传的世俗观念的老人,自然是无法接受突如其来的洋观念与洋文化的。

旧时,生儿育女在浦东人的眼里是一件大事,是香火得以延续的象征。因而,新娘子有了喜之后,就不许乱走乱动了,以避免损伤了胎气。对孕妇的饮食也有许多严格的禁忌:忌吃兔肉,以免胎儿破相长豁唇;忌食生姜,以免胎儿生六指;忌吃葡萄,以免胎儿出现葡萄胎,如此等等。

到了分娩,当时的婴儿大多数是由接生婆土法接生的,故而因缺乏相应的知识和技术造成大出血死于非命的事故也时常会发生。即使是顺利分娩的,因消毒不净或是放血过多而落下后遗症的也不在少数。这种让产妇受尽折磨死去活来的接生法,不用说,自然会造成许多"舍姆娘"的身体大伤元气导致极度的虚弱。在这样的情况下,如果没有一套圣旨般严格的坐月子规矩,那显然是不行的。浦东的民谚:"舍姆里厢不当心,苦头就要吃到老。"于是乎,"舍姆娘"必须包头扎耳朵,以免落下头痛病;手脚不能碰冷水,以免落下关节酸痛、手脚麻木之病症;月子里不许出房门,以免碰到不吉利的霉气;吃东西更是冷的、硬的、辣的、发的都不能碰,以免伤了脾胃……还有,除了自己的老公之外,任何男人即使是家里的公公也是不许进血房的,否则弄不好会给"舍姆娘"与婴儿带来霉气的;"舍姆娘"还得天天喝下几碗苦涩得难以下咽的"苦草茶",据说具有催生奶水的功效。

老阿婶仍在一旁愤愤地说:"老人闲话不听,吃苦头的日子在后头!"我不由得感慨着:时代变了,如果讲年轻人与老年人之间存在着代沟,那洋媳妇与老阿婶之间更是存在着一条鸿沟。这些被老阿婶奉若至宝的"坐月子"规矩,要原封不动地套在洋媳妇的头上,不发生冲突那才叫怪呢!

陈年的老规矩,毕竟是旧时落后的产物,随着社会的进步、科学的发展,许多老规矩肯定会被一些新观念逐渐代替的。从阿根婶拽着我的胳膊定要我上楼的举止中,她根深蒂固的老观念不是在渐渐地松动吗?!

情系花木

随着镇镇合并成为一名新的花木人之后,原本一向对邻镇的花木很是仰慕的我,对之感情日益浓烈了起来。

恐怕不少人都知道,在浦东有个闻名遐迩的花木之乡,常年绿树成荫,四季香飘不断,多少年来,吸引着四邻八方的游客花商蜂拥而至。而今,在飞速城市化的进程中,原先的花乡已经成了新区行政中心所在地的花木街道,使得原本的花木之乡地域更加宽广,景致更加美不胜收,迈上了一条前景似锦的康庄大道。

当年的花木之乡之所以会名声远扬,得益于有着三四百年种植花卉苗木的凌家花园。明末清初,有一位凌姓的商贾,在凌家木桥北堍兴建了一座凌大庵,广觅奇花异草、名贵苗木栽于庵中。久而久之,这座大庵变成了千姿百态的凌家花园。及至清朝咸丰年间,众人效仿,花木种植户由独家一户发展到了凌、罗、徐、金、沈五家大户,招募周边的农户为之种花养草,逐渐形成了花木一带远近闻名的"五大桂花园"。名贵珍稀花卉苗木得以迅猛增加,种植面积也随之水涨船高。以凌家花园为轴心的好几里方圆,成了标准的花乡,开始走上了一条以种花卖木为生的花木之路。

以"花木"为生,总得有个交易花木的平台。自清光绪年间,每逢农历二月十二"百花生日"之时,搞起了规模盛大的"花神会"活动。从季节上看,天气转暖,正是百花含苞欲放的时候,可谓是"春风又绿江南岸,鲜花重放送幽香"。花农们想出了花样繁多的喜庆形式。这一天,花农们要将红纸条包裹在花木上,以图吉利的口彩,盼望着鲜花永不凋谢,希冀着花乡的红火兴旺。此外,还要举办独具花乡特色的庆典活动。花农们用各色鲜花与松柏枝叶,结扎成琳琅满目造型奇特的飞禽走兽,高搭起花草牌楼，编织成各种别致的花船。小时候跟随父辈曾不止一次地欣赏过这种热闹非凡的场面，至今留下了隐藏在我心头难以忘怀的烙印。原本纯粹从中寻找欢乐的花乡人，在这一种单纯的风俗文化中窥探到了商机，让之衍生出了金元宝，演变成了花草苗木交易的盛会。远近的花农肩挑、车运、船载，将品种繁多的花木运到龙王庙前设摊销售，人声鼎沸、花香袭人，形成了一派"春镇无处不飞花"的红火景象。可惜后来极"左"思潮发展到了登峰造极地步的时候，遍地的花木竟然成了"封资修"而惨遭砍伐殆尽。断了生机的花农陷进了贫穷的深渊，"花在炉中泣，人在田头哭"，真是惨不忍睹啊！

　　世世代代赖以花草树木为生的花乡人，终于忍不住苦难的煎熬，开始偷偷地重操旧业，在自家宅前宅后的自留地上栽花种草，盼望着重新过上富足的生活。待到政策稍有松动，不少花农联手搞起了一个个园艺场。鲜花重放的喜讯引来了无数的爱花人，蜂拥而至观赏选购。记得那时我随同参加《上海文学》组织的粉碎"四人帮"后第一批文学创作学习班的学员，专程前往花木重睹美景。久违了的争奇斗艳的满园春色，令我们激动而欣喜，陶醉得不舍离去，因为它让我们看到了花乡人明天的希望。

　　历史的车轮驶进了改革开放的盛世，令花乡人心花怒放。花乡人舍小家建大家顾全大局，仅仅数年就旧颜换了新貌：一个个的居住小区，一处处的购物广场，一幢幢的办公大楼……哪一处不似一座座新建的花园？尤其是坐落在原花木镇范围中的硕大无比的世纪公园，更是让花乡人延续着他们世世代代的花木梦！花木变得越来越风姿绰约了，成了名副其实的花园式城区。更有意义的是，花木人将纵横贯穿在这一区域里的几十条马路，全部以富于诗情画意的花卉树木的名称命名。我想花开路上，这或许是一种难以割舍的花木情结？这或许是花乡人要让花木文化从狭义中脱颖而出从广义上得以发扬光大的美好心愿？

　　我能为自己有幸成为一个新花木人而快乐而自豪。

编织和谐新网格

　　随着浦东的开发向着纵深飞速发展,唐镇很快由远离城区的偏远乡镇,首当其冲地成了新一轮开发中的城乡结合部,整个格局发生了深刻的变化。伴随着新市镇的建设、大批大项目的涌入引发大动迁的来临,伴随着多不胜数的外来人员的蜂拥而至,许许多多意想不到的棘手问题接踵而至。镇党委、政府敏感地意识到旧有的管理模式已与飞速发展的新形势严重不相适应了,经过了深入调研,针对外来人员反客为主已数倍于本地居住人口的实际情况,决心重新整合管理资源,编织起一张不留一丝一毫空白的综合管理的网格,力图将矛盾解决于萌芽之中。"一横六纵"的六个综合网格管理站成立之后,信息掌握全面、处理问题迅速的综合管理的优势很快体现了出来,没过多久,诸如违章建筑、乱倒渣土等种种杂乱的丑陋现象得到了有效控制,邻里纠纷、刑事案件均呈大幅度的下降,环境也有了较为彻底的改观。老百姓满意了,无论是本地人还是外来人员,均感受到了一种少有的安全感与舒适感。

　　杂乱无章逐渐变成了井井有条,唐镇人并没有沾沾自喜地缓一口气、松一点劲。由镇党委书记与镇长分别兼任正副主任的镇综合管理委员会,立即对网格化综合管理提出了"必须把关心爱护老百姓的利益放在首位"的更高要求。

　　去年8月的一个傍晚,台风裹挟来了骇人听闻的狂风暴雨。各个网格综合管理站都安排了昼夜24小时不间断的巡逻,重点放在外来人员集聚的简陋住处。暮二综治队员老徐与其他两名队员,正在王港老街一带值勤,突然间听到了"轰隆"一声巨响。老徐他们心头陡然收紧,立即循着声音奔去,只见一间年久失修的陈旧危房,因狂风的吹打与暴雨的冲刷而导致了墙壁的倒塌,屋顶上的瓦片正在"噼里啪啦"地往下掉个不停。哎唷,这危房眼看就要坍塌下来!就在此时,屋里传来了惊骇而无奈的哭叫声。根据平时掌握的信息,他们知道里面住的是安徽来沪蒋姓的一家四口。转瞬间,屋顶的瓦片掉落得更加厉害了,几根大梁被狂风吹得急剧晃动着,眼看就要倒下。男主人不在家,女主人的额角上已被瓦片砸得鲜血淋淋,惊恐地护着两个惊吓得瑟瑟发抖的孩子,抱成了一团缩在一角。险情千钧一发!老徐一行全然不顾房屋随时会倒塌的危险,奋不顾身地相继冲了进去,分别抱起了一个7岁一个5岁的孩子、搀扶起已瘫软得四肢无力的年轻母亲往外跑。真是上上大吉啊,刚刚把母子三人救出危房,整幢房屋就随之轰然崩塌了下来,惊得老徐他们倒抽着冷气不由自主地后退了几步。得以让母子三人侥幸闯过了鬼门关的老徐他们三个队员深感欣慰,顾不上松一口气,又马不停蹄联系了综管站的领导与王港派出所汇报了情况。直至救护车把流着血的母子送往川沙人民医院后,这三个不想让蒋家的财物受到损失的综治队员仍旧坚守在塌房前。接到报告的镇领导,立即下令在全镇范围内排查可能会发生意外危情的险况,并要求做好善后工作。各综管站连夜行动,避免了类似事故的再次发生,并像待亲人似的安排好了外来困难户的住处与生活。

　　体会到了"新网格"带来的温暖,来自五湖四海的外来人员,自会滋生出对这方热土深深的眷恋之情。

宛如温馨的港湾

春节已过去好长时间了,但花木商会在节前组织的"迎新春年会"给予我的惊喜,却使我这个新花木人仍久久难以忘怀。没想到商会将一本"锦绣花木"的台历和我刚出版的长篇小说《桑梓恋歌》(《金浦三部曲》的第三部)作为人手一份的礼物分发给大家。好多人拿了书纷纷涌到我面前,向我表示祝贺并要求我为之签名。颇有些受宠若惊感觉的感动之余,真是让我深切地领略到了商会的关爱,体会到了"家"的隽永温馨。

好多人总会将家喻作为乐享温馨的港湾,可以说,多数人对家总是充盈着一种特殊的依恋之情的。而我同其他下海经商的弄潮儿一样,在饱受了颠簸漂泊之苦后,能够像孤舟似地驶进避风浪的港湾,心头的喜悦之情肯定是溢于言表的。所以,我一直把花木商会当成自己的另一个重享温暖的家。

尽管当初受动员加入商会时,是存在着"不过是摆摆样子、赶赶时髦"疑虑的,但是很快就烟消云散了。因为她让我同其他孤立无助的老板一样,充分享受到了久违的"家"的温暖感:有了苦恼,可以到"家"里倾诉;有了困难,自会得到"家人"的帮助;生日一到,总会喜出望外地收到暖心的贺卡与蕴含着深情的蛋糕……除此之外,"家"里还会不定期举办各种讲座,让老板们开阔眼界;还会经常组织大家到外头考察取经,让老板们拾掇可以"攻玉"的他山之石;还会开展不同形式的联谊活动,让老板们敞开心扉促膝交流互相间取长补短……天长日久之后,商会这个"家"越来越使我们这些各自打拼着的私营企业的老板,一下子产生了"忽如一夜春风来"的温暖感觉,对"家"的眷恋之情也在不知不觉之中日渐加浓。长期以来随波逐流着的弄潮儿,突然间被一种渴望已久的脉脉温情眷顾了,激动之情自然难以言表,促使我滋生出了不吐不快的冲动。于是,我按捺不住地提起笔,感情自然流露地写了一篇《有家的感觉真好》的散文(发表在《解放日报》2008年9月20日的"朝花"上),借以表达对花木商会这个特殊新"家"的感激之情。不少"家"里的成员读了之后,纷纷夸我说出了大家的心声。

"家和万事兴",这是一句经常挂在作为"家长"的康会长嘴边的一句名言。康忠同志是街道党工委副书记,又是综合党委书记,由他来兼任商会会长,不用说就足以证明了街道党政领导对商会这个特殊大家庭的重视。职务多、头绪纷杂、工作相当繁忙的老康,是个永远不知疲倦的人。他热情有加,千方百计地挤出时间关心着"家"人,足迹几乎遍及了每位成员的公司搞调研、了解情况,帮助每位"家"人解决着不同的困难,并与大家共商如何把各自的企业做大做强;他还把各个成员按行业性质来进行串联,组成了几个不同的行业小组,并为之创造活动的机会,以利于有关成员之间充分发挥出行业的优势,携手共进。作为"管家"的秘书长杨跃,更是不厌其烦地操持着家务,牵线搭桥,解决着各位"家"人的具体困难,并将各种活动安排得丰富多彩。至于专职干事小黄,始终是踏踏实实地为这个"家"无私地奉献着。

亲情诚可贵。感受到温暖、品尝到甜头的家庭成员,人人滋生出对"家"深厚的特殊感情,个个都自觉而主动地维护这个特殊之"家"的利益与荣誉。汶川大地震,街道下属的各个单位,捐款最早、捐款最多的就是商会这个"家"。每次公益捐,只要"家"里一发声音,有谁不是慷慨解囊的?每次公益活动,有谁不是争相参与的?大家都出自内心地把"家"的荣誉看成了自己的荣誉,因此都想着维护这个"家"的利益,心往一处想、劲往一处使了,才会迸发出令人耀眼的火花。几年来,花木商会正如康会长预言的那样,家和万事兴了,连续荣获了浦东新区与市工商联先进集体的光荣称号,不是充分体现出了这个温馨之家特有的凝聚力与向心力吗?

但愿属于我们这批弄潮儿"家"的港湾,越来越温馨,越来越兴旺。

感动是一种心灵的共鸣

人在生活中时常会遇到意想不到的惊喜而感动不已,也会获得意料之外的帮助而感激不尽。深受感动,其实就是一种心灵的共鸣。体育健儿勇夺了世界冠军,当五星红旗伴随着雄壮的国歌声冉冉升起的时候,那种令人倍感自豪、扬眉吐气的感动,不是会让人热血沸腾吗?人民子弟兵在灾区不顾安危宁可自己丧生也要把生还的希望留给素不相识的他人时,那种大爱无疆的场面,不是让人肃然起敬、热泪盈眶吗?可以说每一个有良知的人,面对着这般气吞山河的冲击波,不受到强烈的震撼显然是不可能的。然而,我们大多数人平时获得的大多数感动,并非来源于气势磅礴的大场面,而往往是在不经意之中产生的,有些事情看上去微不足道甚至于毫不起眼,其中却蕴含着不可低估的感人肺腑的魅力。

说白了,感动实际上是一个人的思想感情受到了感染之后的激动。一个人的心灵受到了震撼,自然会在无形之中产生一种敬佩的认同感,继而自会在感激之余衍生出许许多多效仿的冲动,使得让更多人感动的"感动之花"处处盛开。举世瞩目的世博盛会揭开了大幕以来,除了千姿百态的场馆、精美绝伦的展示、空前绝后的理念给予观博者以极大的视觉震撼之外,恐怕更多的体验就是无时不有、无处不在的感动了!园区内数以万计的工作人员与"小白菜"们的倾情服务与无私奉献,乃至于一个个热情的问候、一个个助人的举止、一个个暖人的关心……都会释放出一种种令人感动不已的热量,弥漫在整个园区,让人为之动容,让人深感温暖。

我去世博园区参观过,虽然因为人多故而在里面待的时间不长,但却让我领略到了时时扑面而来的感动。不过更多的感动是在其他场合间接领受到的,同样使我感动不已,共鸣强烈。不久前,我意想不到地接到了

20多年前任教过的一位学生的电话,邀请我这位作家老师担任浦东新区机关党工委举办的《辉煌浦东,精彩世博》比赛征文类的评委。当我得知这位在校时就以刻苦认真给人留有深刻印象的徐芳同学很有作为、并在负责这项有意义的活动时,欣慰之下当然是当仁不让了,而且还应之要求代邀了两位有着一定知名度的作家共同担当评委。现在的不少评奖活动,总有一些"情面的因素"在作祟,小徐邀我这位曾经的老师担任评委,会不会是……于是我便自作聪明地问她:"有没有需要照顾的?"可没想到小徐以毋庸置疑的口吻说:"没有一个需要照顾的,对于所有的参赛者都一视同仁。为了以示公正公平,所以我们邀请外面的作家来担任评委。"被她如此正色地一说,我不好意思之下却是有点感动了:作为比赛,是不应有猫腻发生,这样才有公信力。我当即就向她表示:请放心,我们一定做到公平,将最优秀的作品挑选出来。

征文稿件由具体负责操作的小沈送来了,竟然有280多篇之多,足足有半尺多厚,而且还附有一叠长长的目录。小沈告诉我们,画作、书法、摄影作品还要多好几倍。我不禁为机关干部们如此高涨的积极性感动了。但是,面对着这么多的稿子毕竟有些发憷:如果写得枯燥无味,那就会滋生出味同嚼蜡之感的。受人之托不敢怠慢,我一篇篇地读着,不仅没有一点嚼蜡之感,而是宛如阵阵春风拂面而来一般:一位位参与世博争当"小白菜"的热情,一个个亲身体验动人心弦的故事,一次次乐于无私奉献的感慨……哪一篇不是真情实感的真实流露?好多有血有肉、有感而发的佳作,读来感动之情不禁油然而生。比如那篇《世博年,我们一起结婚》,作者与男友同在世博园区当志愿者与站点医生,相约着去苏州买婚纱与拍摄结婚照,相继因乐于助人而失约了,结果造成了误会。故事真实故而相当感动人。又比如那篇《胡雯与她的生命阳光馆》,为我们展现出了一位身残志不残的姑娘乐于奉献世博会的动人形象,读来让人心潮起伏感动不已。再比如那篇《浦东赋》,作者倾注了极大的热情,将浦东的名人轶事、风土人情、翻天覆地的变化等值得称颂的事情一并入赋,读来又是另有一种感动在心中激荡。后两篇经推荐,已被《解放日报》"朝花"相中编发了。

　　感动人而让人产生共鸣的佳作真是太多了！其中还有不少作品具有远见地议及了后世博时代浦东"二次创业"的话题,真知灼见令人感动、令人敬佩。由此情不自禁地勾起了我的联想：一篇篇的征文好似一颗颗火热的心,有了区级机关众多党员干部超前的思考意识与身先士卒的示范引领作用,一石激起千层浪,定会激起更多的共鸣,浦东的辉煌一定会更加光彩夺目！

为了心中的那个心愿

日前,上海市作家协会文创中心和浦东新区文艺创作基地为我的《金浦三部曲》第二部《苦恋无果》举行了一次研讨会。消息在本市几大主要媒体刊出以后,许多亲朋好友乃至熟悉我的人纷纷来电,除了向我表示对新作问世的祝贺之外,有不少人困惑不解地问我:"你这个人有福不会享真是傻得可爱!现在上海滩上多少名气比你大得多的人都不写长篇了,可你为什么非要自讨苦吃去写什么长篇三部曲?你年龄也不小了,难道你不累吗?"

写一部七八十万字的长篇小说,而且我是手写的,要说不累,那肯定是言不由衷的假话。但是,再苦再累,我也要写,即使失败了我也不后悔,因为我的心中自始至终有着一个美好的心愿——想写一部由土生土长的浦东人创作的以浦东为题材的长篇小说,我觉得这是一件很有意思的事情。我的祖辈世世代代在浦东这块土地上生息繁衍,我出生在浦东,生活在浦东,工作在浦东,创作也在浦东,屈指算来,已经整整一个甲子了,我从没有离开过浦东一步。浦东熟悉的一草一木,浦东淳朴的风土人情,浦东得天独厚的创业机遇,孕育着我的情感,伴随着我的成熟,也提供着我搏击商海的机遇。人非草木,孰能无情?几十年来浦东哺育我的恩德,使我对之充满了无法形容的感恩之情。而浦东成了中国改革开放的前沿阵地后,更是由一颗"藏在深闺人未识"的蒙尘明珠演变成了令全球瞩目的闪亮明珠。近20年了,我亲历见证了浦东翻天覆地的变化,又分享了巨变带来的丰硕成果,由昔日的陋屋搬进了高楼大厦,而且还让我成了风光八面的有车一族。这种发自肺腑的感动之情和自豪感,我相信其他人也会有相同的感受。何况,在浦东日新月异的过程中,又有多少可歌可泣的事迹感动着我,又有多少值得尊敬的人的高风亮节激励着我,许久以来,一种无法名状的冲动时时在我的心中汹涌澎湃着,促使着我去为之颂唱,于是就斗胆提起了手中的笔,不知天高地厚地写起了"金浦三部曲",想记录下浦东六十年的风云变幻。因为我以为,如果不以一个土生土长的浦东作家的眼光去写写自己的家乡,那才是一种让人懊悔莫及的遗憾!

当然,对于自己笔力的斤两,我还是有自知之明的。我出生于一个父母亲都是文盲的家庭,由于贫穷,从小家里没有一本多余的课外读物,文学养分的不足就可略知一斑了。对于文学产生兴趣是从花一分钱看一本的连环画书摊开始的。读了中学,才从图书馆里如饥似渴地借阅了一些文学书籍。到了"文革"期间,精神上的饥渴就毋庸多言了。及至《上海文艺》复刊,我开始学习创作,才有机会读了一些书。到学校任教不久,我被莫名其妙地提拔当了党总支副书记、副校长,繁忙的事务性工作,使我根本没有时间系统地读一些书并进行创作。而后,因郁闷于人际关系的复杂毅然辞职下了海,铁饭碗打破了,首先要解决的当然是吃饭问题,白手起家办公司耗去了我大量的时间,又不能使我定下心来读书和写作了,只能见缝插针地挤点时间,忙里偷闲地读一点书;即使写也不过是写些短小的散文随笔而已,根本没时间去写小说,更不用说写长篇了。直到公司交给儿子经营后,有了空闲的时间,我就禁不住"蠢蠢欲动"了。尽管笔力有限,但我自恃有着对浦东的熟悉和土生土长的优势,自恃对家乡怀有炽热的特殊感情,毫无顾忌地写起了"金浦三部曲"。

反正我努力着。现在继《恋情密码》之后,第二部《苦恋无果》这个丑媳妇终于走出来见公婆了。至于质量如何,只有让"公婆"去评判了。虽然在研讨会上许多专家和同仁说了不少鼓励的话,但我自知这部小说还是不够成熟的,存有许多不足之处。这些意识到的问题,只能在动手写第三部《桑梓恋歌》的时候加以注意了。我知道,浦东改革开放,旧貌换新颜,所以这第三部应该是一部动人的恋歌,应该是整个"金浦三部曲"的重点。如果写好了,那这"金浦三部曲"就会相对丰满些。尽管水平有限,但我会用满腔的热情去弥补能力上的欠缺的,因为它毕竟是我的一个美好的心愿。

当了一次证婚人

　　证婚的仪式随着时代的变化,无论是内容还是形式,都已经发生了深刻的变化。以前在我们浦东乡下,花轿将新娘抬到男家,点燃了大红喜烛之后,在左邻右舍、亲朋好友的见证之下,是要举行一个拜堂仪式的。主持这个仪式的人一般是由八面玲珑的"茶担"担任的,步入婚姻殿堂的一对新人,在"茶担"的高声唱喏下,一拜天地,二拜高堂,三是夫妻对拜。然后由新郎新娘各牵着一件小棉袄的一只袖子进入洞房。我在想:这种传统的拜堂仪式恐怕就是当今的证婚仪式吧?等到吾辈结婚时,这种被视为旧风俗的仪式早已销声匿迹了,而新的仪式尚未诞生流传,所以婚礼的场面是非常简单的,只是办几桌酒款待一下至亲好友算是结婚了。自从改革开放以来,老百姓的钱袋子鼓囊了,婚礼的排场越来越大,场面也越来越隆重了。不知何时掀起了一个必须要举行一个时尚的婚礼仪式,而且程式也呈现出了越来越繁琐的趋势。

　　在婚礼进行当中,证婚人上台证婚是一档必不可少的节目。大凡被邀当证婚人的人,据说是要选择一位德高望重的长者,或是由新人单位的领导担任,或是由新人长辈中威望比较高的人担任。在大家的眼中,能够当上一对新人的证婚人是一件光荣的事。老实说,我每年都要参加无数对新人的婚礼,可是从没获得这份殊荣。最近却是意想不到地得到了一对新人的青睐,当了一回"德高望重"的人,真让我有点受宠若惊地尝到了当证婚人的滋味。

　　说实在的,称我为"德高望重",显然是领受不起这份抬举的,原本是想推却的,但从另外一个角度一想,我倒自认为是一个合适的人选了:因为我同新郎的父亲赵文光先生在30年前曾经在江浙一带做过超高压输电铁塔的油漆工,属于在同一只锅里吃过饭、在同一间屋里睡过觉的共过患难的兄弟;又因为我同新娘的父亲沈加奇先生相识15年来,已经成了"一日不见如隔三秋"的众人周知的形影不离的朋友。所以我就当仁不让地接受了他们的邀请。

当然,我乐意当这对新人证婚人的另一个原因,是因为这对新人称得上是郎才女貌的选择:一表人才的新郎赵欣勤奋好学,从小品学兼优,毕业于华东政法学院,读研于上海海事大学,在校期间就成了一名光荣的共产党员,现在洋山深水港参与管理工作。新娘沈芸芸不仅是个百里挑一的美女,而且聪明伶俐,她从上海第二工业大学毕业后,凭着出色的外语底子,进了一家德国人的外资公司从事船务工作。

能够见证这对我从小看着长大的新人走进温馨而浪漫的婚姻殿堂,高兴的程度绝不亚于我的子女结婚时所具有的特殊喜悦。

为这样一对知识型的优秀新人证婚,总不能老说"永结同心,早生贵子"之类的老套话吧?但是面对着济济一堂的宾客到底怎样说才好呢?说真的,一时我还真找不到切入点。好在婚礼前夕,两位新人的父母邀我去试菜时,双方的高堂欣慰地说:孩子结婚了,意味着我们家长的责任完成了。我捉摸着,觉得这句朴实的话语中,不是蕴含着长辈们对小辈望子成龙的期盼吗?突然间,我心有灵犀一点通了:结婚实际上是一个成人的标志,是一种责任的转移。成家立业了,原本无忧无虑的年轻人,是要负起更多的责任了。比如说:要承担起为社会多做贡献的责任,要承担起孝顺父母的责任,要承担起夫妻间一辈子互敬互爱的责任,也要承担起生了孩子之后的抚养责任了……思路一通,证婚词不是有了吗?我围绕着"责任"两个字,希望新人能够义不容辞地承担起应该承担的责任。这个效果果然不错,大家都说别开生面引起了满堂彩。

我想,婚礼的仪式在越来越追求时尚的同时,不能老是陷于老套,而是应该崇尚一些有新意的东西吧?

从小石桥到观景桥

原先,我家的西边有着一条流水缓缓的小河,宽约四五米。河面上涌满了水花生之类的水生植物,宛如铺就的一条厚厚实实的绿色长地毯。每当潮涨潮落之时,绿地毯就会随风飘摇着上下起伏,使人充分领略到小河诗情画意的浓郁,感到胸臆间爽快之极。河滩边,杂草丛生。堤岸旁,杂乱无章地栽满了杨树、桑树、野榆树等树木,自然而然地形成了一幅充满乡村野趣的画卷。

河面上架着一座小石桥。桥面是由四块宽约半米的青石相拼而成。桥两边的河面上,用竹竿扎成的架子支开着水面长势茂盛的浮萍。整条河面,只有走上了小石桥,方能看得见清澈、洁净的河水。倘若在桥上驻足片刻,还能欣赏到一群群在水中嬉游的小鱼。夏日时分下工,几乎每一位途经的菜农都会情不自禁地在青石桥上停留片刻,不是弯腰洗手,就是索性将草帽垫于屁股下,荡脚于水中,洗涤污垢,享受凉风,以消除劳作后的劳累。

待到夜幕降临,这座小桥便成了小伙姑娘们幽会的天地。关系趋于成熟的,干脆大方地占据着桥面,或是桥堍两边,或坐、或站,互倾着如糖似蜜的情话。乐了,女的"咯咯"地响着银铃,男的则会熬不住冲动,在心上人的笑脸上盖上无数个印章。初出茅庐的少男少女,毕竟还有点腼腆和胆怯,所以专挑远离小石桥的河边,躲在树影里,悄悄地说着情话。置身于如此纯净而温馨的境地中,唯有微风轻吟着陪伴他们。小河边弥漫着醉人的氛围,急剧地增浓着一对对情侣的甜蜜度,催化着一对对恋人的瓜熟蒂落。

小桥流水,无私地奉献着它独特的无穷魅力,让村里人尽情地享受着它那朴实无华而诱人迷醉的恩赐。陪伴我生活了几十年的小桥流水,一直被我视作为家乡的一道特殊的风景线。

10年前,适逢我老家动迁,我只能与乡亲们一起,恋恋不舍地告别了曾给我们增添了无限乐趣的小桥流水,原以为小桥流水的朴实身姿从此就会从我们的视线中消失。记得临搬迁前夕,我久久地徘徊在小石桥上,实在难以割断对小石桥眷恋的情丝。

搬至新居之后,对于居住了几十年旧居的浓浓乡情毕竟是轻易淡薄不了的,小桥流水的音容笑貌,经常情不自禁地在我的眼前浮现。好几次,我被强烈的思念之情所驱,特意弯过去想瞧一瞧原住地的变化,苦于被一块"施工重地,闲人莫入"的牌子挡住了去路。直到一幢幢高楼拔地而起、一个高档而优美的住宅小区渐趋完成时,方算了却我重睹老宅基地"旧貌换新颜"的夙愿。

进入小区,闪入眼帘的尽是错落有致造型漂亮的建筑群,尽是一块块楼宇空阔地带的花园绿地,令我的眼睛为之一亮,真正称得上是满目生辉了。这翻天覆地的变化实在太大了,真让人激动不已啊,哪里还有昔日的旧踪旧影?唯一让人依稀可辨的是那条流经小区中央的小河,根据位置辨别,可能就是原先的那条令人魂牵梦萦的小河。找人询问之下,得到了证实。我高兴得差点手舞足蹈了起来。

不过,小河早已是面目全非了。小河已被拓展至七八米宽,河两边砌上了石驳岸,岸边辟成了两个宽阔的临河小花园。两边绿树成荫,园内建有亭台楼阁。两岸边还辟有健身区装满了各种健身器材。当年的那座小石桥早已消失殆尽,取而代之的是一座造型精致的四曲桥。桥上岸边,装有一排排三叉式的乳白色的球形庭院灯。站在桥上,极目西眺,踮起脚尖,隐约可见东方明珠与金茂大厦的顶端;朝西北方向望去,杨浦大桥的高大的桥塔与一排排的斜拉索尽展眼前;转身东望,则是金桥出口加工区的一幢幢大厦,叫人眼花缭乱;往南凝视,则是成片的新建住宅小区,真叫人惊喜不已呀!感慨之下,我不禁心有灵犀一点通了:这楼、这园、这树、这花,本身就是一个勾人眼球的景观;而这桥,更成了名副其实的观景桥。

昔日的小石桥,给予人的是一种乡村情趣的享受;而现在的四曲桥,给予人的则是现代都市气息的享受。从小石桥到观景桥,不是正好印证着我家乡日新月异的变化吗？明天,浦东的明天一定会更加美丽、更加美好！

嫁妆

女儿出嫁,当父母的为之准备一份陪嫁,是古已有之的习俗,也是世代沿袭的一种规矩。这种不约而俗成的做法,在许多地方都是非常流行的。原先在我们浦东,乡下人是相当看重嫁妆的,视嫁妆的丰厚为人生中一件极其光彩的事。既是父母颜面的体现、家道殷实的炫耀,同时也蕴含着父母亲对女儿的拳拳爱心,为的是让女儿过门之后不被婆家人小觑。为了替女儿备一份像样点的嫁妆,多少处于贫穷中的家庭,被折磨得透不过气来,勒紧了裤带,从牙缝里省出来,积沙成塔,一点点地积攒而成。

20世纪50年代,记得我叔叔姑妈那辈人结婚的时候,旧时遗留下来的结婚场面颇为讲究。新娘子进婆家,有钱人家要坐花轿,一般人家要坐蓝轿。拿嫁妆需要男方雇轿杠来抬,女方发嫁妆时,村上几乎所有老老小小的女人和孩子都会拥去看热闹。一只只装满嫁妆的轿杠越多,就会越引发村邻和亲友们羡慕不已的赞叹。现在回忆起来,那时候长辈们衡量嫁妆多寡的标准,不外乎两条:一看新被头有多少条,二看脚马桶的箍是铜的还是铁的。不过那时的新被头是只讲数量而不太讲究质量的,新被头中的被面是以土布和花洋布居多。而脚盆、马桶上的箍如果清一色是铜箍,那么立时会引起围观者们的一片喝彩声。由此可见那时生活水平的低下。有些子女多的人家,吃饭都成问题,女大当嫁,即使是为女儿准备一份不像样的嫁妆,也要"标会"或是借贷,很是艰难呀!婚事办罢,甚至于要还几年债。怪不得村邻们看到谁家的陪嫁稍微像样点的话,就会齐崭崭地发出一阵羡慕声。

60年代,先是自然灾害,物资匮乏极了;后是"文化大革命",提倡举行革命化的婚礼。像我的哥姐们那拨人结婚时,在艰苦的条件下,显然是相当苦恼的。有女出嫁,陪嫁最为简单,一副脚马桶,一些日用品,再加上几条新被头,如果有六条新被头的话,已经称得上是像样的嫁妆了。那时候,也没有女方发嫁妆的仪式,些许可怜的嫁妆都是由新郎倌利用间隙时间一点点用自行车装回家的。

  70年代,到了同我差不多年龄的一辈人结婚时,父母亲为女儿置办嫁妆较之以前有了不少讲究。虽然嫁妆的品种没有多大的变化,但对新被头的质量重视了起来。真丝的、缎子的,被面质量要求高了,颜色的搭配也要经过精心的挑选。而日常生活用品也丰富多彩了,经济条件好一点的人家,也开始增添大橱、五斗橱之类的嫁妆了。这在当时说来已经算得上是令人眼红的嫁妆了。

  进入80年代以后,比我小上10岁左右的弟妹们结婚时,嫁妆的档次有了长足的提高。除了花花绿绿的高档的新被头、羊毛毯之外,诸多的家用电器如电冰箱、电视机、洗衣机等,纷纷粉墨登场到嫁妆的行列中了。男方拉嫁妆的工具,也开始由60、70年代的劳动车、手扶拖拉机升级为汽车了。这体现了老百姓的生活水平有了不小的提高。

  及至跨进了90年代,当我的侄辈们结婚的时候,多数人家嫁女的陪嫁,已经丰厚得有点奢侈了。林林总总的嫁妆中,又添进了新的门类,像助动车,甚至是摩托车也开始成了陪嫁。真是美不胜收啊!让人看在眼里喜在心头,感激着改革开放带来的不尽的富裕。

  新世纪到了,嫁妆的升级换代,开始向全新的方向发展了。尽管我家已动迁变成了城里人,但在浦东乡下生活了40多年的经历,使我难以割舍浓浓的乡村情结和怀旧的情愫。尚未动迁的一位表姐发来了喜柬,邀我去喝她女儿的喜酒。别有情趣的乡下喜宴好久没参加了,所以我偕同家人欣然前往。表姐家宽敞的栽满了果树的庭院里,停放着一辆贴了大红"囍"字的崭新的赛欧轿车,旁边挤满了围观的人群,叽叽喳喳地议论着、赞叹着。正当我凑过去想探个究竟的时候,表姐看见我们赶紧迎上来招呼。我指着围观者好奇地问道:"他们在做啥?"表姐不无自豪地说:"这是我们做爷娘的给女儿的陪嫁。"这下轮到我吃惊了:"嫁女儿以轿车作为嫁妆了,真是一大新闻啊!"表姐摆摆手谦虚地说:"买辆轿车作为嫁妆,已经不是啥新闻了,至少在我们村里不是新娘娘吃糖圆——头一趟了。反正现在条件好,手头宽裕了,也可以让女儿、女婿风光风光。生逢其时,这是小辈们的福气。"

显然,是我的眼光滞后了。从我同表姐一家人的言谈中得知,当今乡下人为女儿备嫁妆的传统习惯没有变,但是老的观念在改变,一些崭新的观念在逐渐融进"嫁妆"的传统中。

今非昔比呀!我感慨着:从"嫁妆"这个侧面,不也折射出了当今农村翻天覆地的变化吗?生逢盛世,农民们的生活正在芝麻开花节节高啊!

老阿奶搬新居

久有去姑苏寒山寺撞击新年晨钟的愿望,一睹辞旧迎新的壮观场景,聆听悠扬激越的钟声,以求沐浴在新年降临之际的好运之中。然而,无巧不成书,一件意想不到的喜事,促成我毅然打消了苏州之行的念头。

原来与我同村的老阿奶托人捎信来,元旦邀请我去帮她搬迁新居。这倒使我左右为难了:老阿奶是我原先居住地的长辈,虽然不是我的亲阿奶,但她对我却恩重如山。小时候,我同几个小朋友一起玩"泥家家",玩毕上河边的水桥上洗手,不想被一个小朋友的屁股一撅,将我撅到了河中。幸亏被过路的她发现,奋不顾身地跳进河中把我救了起来。看到我灌饱了河水不省人事了,她急得顾不上换掉湿淋淋的衣裤,倒背着我颠跑着,硬将我满肚子的河水颠了出来。倘若没有她的鼎力相救,那么,就不会有我今天的"辉煌"。所以,几十年来,我对她的感情丝毫不比自己的亲祖母差多少。如今,老阿奶热情相邀,岂有让她扫兴之理?

乔迁之喜,送礼相贺,聊表心意,这是人之常情。可是在考虑选择礼品的时候,倒是难住了我。老阿奶是位"面对黄土背朝天"一辈子的种田人,况且目不识丁,若是送上书画匾额之类的礼品,显然是不适用的。思索了半天,仍然想不出一个令人满意的路数来。好在妻子为我出了一个好主意:"选一个手托仙桃的老寿星工艺品,再买些补品送去。冬令进补,我们祝愿老阿奶健康长寿。我们先将礼品送去,顺便还可以问问老阿奶元旦要我们帮什么忙?"

寻到原址,老阿奶家的老房子已经拆了,夷为了平地。咦?这就怪了,老阿奶不是说好元旦要我帮她搬场吗?我纳闷着,有点百思不得其解。同妻一商量,决定按照老人家捎来的新居地址去寻寻看。敲开了门,老阿奶健步迎了出来。我问了先搬的原因,老阿奶说:"房产公司催着搬,我想想房子已装好了,搬就搬吧!""那我们元旦就用不着来了?"老阿奶着急地说:"怎么不来? 搬了新居,我阿奶想请你们大家喝顿喜酒呀! 酒席都订好了。你们不来就是看不起我老阿奶!"见我点头答应了,老阿奶兴冲冲地拉着我们的手,领我们参观她的新居。这是底楼的两室一厅,宽敞明亮,装修也蛮考究。里面的家具全是新置的,老阿奶的房间里还装了空调。这房子比新婚小夫妻的新房毫不逊色,怪不得老阿奶一边领我们看,一边笑得合不拢嘴,掩饰不住小辈对她孝顺的满意。"不错,不错。您老阿奶好好地享几年福吧!"我祝贺道:"原本想放在元旦搬,是想图个吉利讨个好口彩——新年新势,搬进新房子,图个发新财。"

  妻子瞧着老阿奶开心得像是得到了笑佛爷,随手拿出礼品说:"老阿奶,希望您长命百岁!"老阿奶捧着"老寿星",如同喝了蜜糖一般,笑得更甜了:"如今日脚这么好过,寿命哪能会不长?"

在"舞蹈角"里起舞

早就听说在我原来的居住地有一个自发形成的"舞蹈角",坐落在德平路栖山路口西北面的角子上。每天晚上,只要不下大雨,不少人就会蜂拥而至,伴随着录音机里的乐曲声,一对对男女舞伴总会兴致盎然地翩翩起舞。这样的一个露天舞池,倒是吸引了无数的围观者。由于我已经搬迁至新居,所以苦于没有机会去一饱眼福。初夏时分,我儿子选中了德平路上的一处商业门面房,开设了一爿"德福茶室"。茶室装饰得颇为高雅,儿子不无得意地要求我常去走走喝喝茶。自然,我这个当父亲的再忙也不便推托了,一下班就往茶室里钻,借以消除一天的烦闷和疲劳。因为茶室距"舞蹈角"不过才200米,所以让我自然而然地有了亲临"舞蹈角"一饱眼福的机会。

每当夜幕降临之际,"舞蹈角"便开始热闹起来,一群群衣着齐整的男女从四处集拢而来,其中有天天光临的老常客,也有偶尔光顾的新客人;有舞姿优雅的舞场高手,也有还没入门的初学者。但是,无论是熟客还是新面孔,无论是"强将"还是"弱兵",只要一踏进这个"舞蹈角",都会被这里的热情所感染,情绪自会高涨起来。舞场高手自会热情而不厌其烦地教授新手,从"一二一"走步开始。

悠扬的音乐声传来,吸引着我情不自禁地朝"舞蹈角"走去。借着路灯的光线,露天舞场里拥满了人。一对对舞伴相拥着跳的不少,而围观者更多。我选择了一个不易被人发现的角落,躲在围观人群的后面,兴趣浓郁地欣赏了起来。当我仔细地环顾了一阵之后,像是发现新大陆似地发现,翩翩起舞者中竟然有许多熟面孔;我又惊奇地发现,这些熟面孔几乎都是我务农时的农友,年龄都已经进入了中老年行列的人!我禁不住心热,分开围观的人群,急切地往里面钻了。

那个满头白发的、已是两个孙子爷爷的"老扁头",舞步熟练地搂住了一个头发同样已经花白的老太婆旋转着;那个浑身肥肉的"胖大嫂",正在专心致志地跟着戴眼镜的"老秀才"搬着脚步;那个当年大队文艺小分队的"阿花头",正在为几个老年的男女做着示范动作……显然是这些当年的难兄难妹们发现了我,纷纷同我招呼着。那个原本是我家隔壁邻居的"阿富娘子"甚至跑过来拉我进去跳舞。我望着眼前这位当年挑粪桶长得粗头粗脑的五十开外的女人,如今却成了"舞蹈角"里的积极分子,让我这个早就脱离了农村当过教师的人,感到自叹弗如了。我摇着手示意她我不会跳舞,没想到她竟然大大咧咧地说:"不会嘛没啥关系,我教你。我本来也不会的,跟着人家学学嘛就会了。"在她的大声嚷嚷下,过去的那些邻居熟人也闻声拥过来,将我拉进了露天舞池里,争着要教我跳舞……在众目睽睽之下,我被弄得面红耳赤了,但毕竟难拂他们的热情,只好情不自禁地跟着他们移起了脚步。

自此,昔日的农友们经常拥到茶室里来邀我去跳舞。平心而论,我这个人对跳舞确实是没有半点兴趣,故而常常借故推托。但没想到我的托词竟会惹怒了他们,说我是当了老板看不起他们这些当年的穷朋友了。他们自然是误解错怪了我。当然最好的辩解方式,便是涨紧了头皮跟他们走。

一连几天的相处接触,慢慢地使我了解了他们这种自得其乐的方式,也使我对这个充满了生气的"舞蹈角"渐渐地喜欢了起来。因为这个"舞蹈角",让不少手头较为拮据的中老年人有了娱乐的场所,有了健身的场所,也有了交友互倾烦闷的场所。可以说,"舞蹈角"真成了白头发们的乐园。

但愿这样的"乐园"多一些,也希望有关街道、居委的领导能多多关心这样的"乐园"。

桥缘

桥与浦东人是有着特殊缘分的。

浦东不过是江南水乡中的东边一隅,但它却一脉相承了江南水乡的特点:江、泾、塘纵横交错,河流沟汊星罗棋布。水系的丰富,孕育了水乡风景的特色,养育了鱼米之乡的富饶。有河就有桥,浦东的桥又同江南其他地方一样,大桥小桥、竹桥木桥、石桥水泥桥,桥桥交汇成通衢大道,可以说,浦东的桥多如牛毛。浦东又同江南其他地方一样,许多地名就是直接以桥名代替的,在乡镇、街道一级的地名中,就有七个以桥命名的:高桥、凌桥、张桥、金桥、严桥、孙桥、塘桥。而以桥名替代的村名、宅名,那就多得无法计算了。浦东人对桥的喜爱和感情,由此不是可见一斑吗?如今,三座大桥飞架在黄浦江上之后,浦东的名声也随着名震遐迩的大桥而更加名扬四海了。

许多地方的桥总是有着一个来历、一个典故、一个故事,或是一个美丽而动人的传说的,总是蕴含着当地群众强烈的感情色彩的。我曾周游过江南不少地方,欣赏到不少桥各自的独特风采,赞叹过不少桥独具匠心的造型,聆听过不少有关桥的曲折经历。杭州西部在通往瓶窑、临安的途中,有个小镇长命桥就是以桥名命名的。相传南宋皇帝在逃避金兵追杀的时候,仓皇之中马失前蹄跌进了深沟里面逃过一劫。后来皇帝老儿就在他逃过一命的地方造了一座气势恢宏的圆形拱桥,并钦定为"长命桥"。江苏昆山有个小镇名叫歇马桥,桥名就是因为相传乾隆皇帝在南巡时,曾在这座小桥上让跑累了的马歇过脚,从此以后,当地人就将此桥改名为"歇马桥"了。各式各样关于桥名的故事传说是举不胜举的。

在浦东的桥中,也有不少动人的传说故事。比方说钱桥镇吧,是个俗称"钱郎中桥"的小镇。相传明代中叶有位钱姓的郎中，医术高明，求医者蜂拥，收入颇丰。后他以治病所得造福乡里，在曹家沟上建了一座大石桥，并在桥墩上镌刻了"钱郎中桥"四个大字。后来小镇就以桥为名了。不少老浦东至今还能娓娓讲述这个传说故事。又比如金桥，如今已成为有名的出口加工区了。金桥原名为金家桥。金家桥建于1925年，为了修建上川轻便铁路在西沟港上架设的铁路桥而得名；桥名又以在明代做过大官的金氏家族后裔居住地的名称而得名。而现在，金桥已成为上海乃至全国闻名的地名了。听说有的外国人还将金桥译为 Golden Bridge（意译为"黄金之桥"），又给金桥平添了几分富贵祥和的气派。当地人都引以为豪地说：一个好的桥名给他们带来了好运。而在南浦和杨浦大桥建成以后以"大桥"命名的企业、集团、商店、酒家等遍地皆是，目的当然是不言而喻的，想让大桥给经营者带来好运气。

  浦东人与桥是有缘的，以桥名作为镇名、村名、队名的地方很多。我弄不清浦东人为什么与桥如此有缘，但我相信，每一方的老百姓，都希望桥能给自己居住的一方带来好运气。可什么龙桥啊元宝桥啊发财桥啊等等，都没有给满怀希望的一方群众带来太多的好运。只有喜逢了改革开放的盛世之后，浦东的小桥越来越少，一条条大马路上、一条条河流上出现了越来越多气派宏伟的大桥。尤其是三座横跨黄浦江的大桥通车后，车轮滚滚，将越来越多的财气带进了浦东。浦东人因桥而得福，对桥的感情自然会日益浓郁。

相约在"五一"

五月一日，是全世界劳动人民的节日。五月，是春意盎然、欣欣向荣的季节。和煦的春风，吹拂得人们充满了青春的朝气。

红五月，对于年轻人来说，是一个陌生的概念；而对于一批道路曲折、经历丰富的老三届人来说，是一个备感亲切、富有特殊感情的名词。学生时代，以实际行动迎接红五月的活动，形式多样、内容生动，各种情景仍然历历在目；高歌颂唱"红五月"的歌声，仍然萦绕在耳边。红五月，曾经激励过多少年轻人奋发向上的热情啊！

时光飞逝，虽然岁月无情，但是我与几位鬓发开始斑白的老三届人，每年总会不约而同地相约在"五一"节，舒心地畅言，尽情地抒发：回忆着对艰苦奋斗经历的感慨，倾诉着对取得骄人业绩的喜悦，表达着对逝去岁月的不尽留念，憧憬着对未来前景的美好希望。相聚的欢愉，鼓励的力量，总会使我们激情四溢，在不知不觉中产生出新的动力。

苦难能够磨炼意志，激情可以催发智慧。每位相约者在每次"五一"相聚时，总会带来令人羡慕的硕果，让大家共同分享成功的喜悦。顽强的奋斗，不懈的追求，使我们这批相约者中，涌现出了许多不同凡响的成功者，所拥有的头衔令人赞叹不已："五一劳动奖章"获得者、国务院津贴享受者、科技进步奖获得者、著作颇丰的作家……辉煌的成绩中包含着常人难以想象的汗水和心血啊！所以，每一次"五一"相约时，都会有一个新的话题，都会有一个新的祝福方法，都会有一种新的欢聚形式。

那年"五一"，那位已被无情的风雨吹打得满脸黝黑、脸上布满了刀刻似皱纹的老张，凭着自己日夜的辛苦，凭着自己呕心沥血为浦东用电解决了无数难题的贡献，凭着自己匠心独运的照亮浦东新外滩的金点子,荣获了"上海市劳动模范"的称号,成了全国"五一劳动奖章"的获奖者。大家在得知了这一喜讯后,个个像是自己获得了勋章似的,纷纷去电向他表示祝贺,并要他做东请客。憨厚的老张连声答应。晚上,老张别出心裁地将相聚的地点安排在东方明珠,领着我们浏览他倾注了心血的彩灯。置身于五光十色、五彩缤纷的灯光里,我们陶醉得几乎无法自持了。

又一年的"五一",我们相约在金茂大厦,从88层上俯瞰浦东的新貌。那位担负着基因研究课题的谭兄,一反平时文质彬彬、沉默寡言的常态,抑制不住内心的兴奋,推了推架在鼻梁上的金边眼镜,向大家报告着"基因研究"获得了重大突破的消息。他感慨地诉说着所经历的无数次失败,诉说着绞尽脑汁的苦恼,同时也情绪激动地倾诉着"科学技术是第一生产力"的体会。大家沉浸在谭兄的成功喜悦中,激奋地放眼远眺,一种前所未有的充满了希望的感觉,不禁从心中油然生起:浦东的明天必将更加光辉灿烂!激动之下,我们一个个争相伸出双手,紧紧地握住谭兄的手,因为我们要从他的手上汲取着自己也要拼搏一番的动力,为浦东日新月异的面貌添一块砖、加一片瓦。

去年的"五一",那位几次放弃跳出农门的机会、始终战斗在农业第一线的沈老弟,如今早已是一位名声在外的育种土专家了。他盛情邀约大家去他担任场长的种子场作客。一踏进场里,一种浓郁的生机勃勃的田园风光立即吸引了我们:一棚棚名贵的奇花异草,令我们大饱了眼福。正在我们感叹不已时,沈老弟却在催促去领略他的花菜育种基地了。一只只尼龙大棚里,满眼的小白花挂满了茎枝,一个个花蝴蝶似的姑娘掩身在齐胸的花菜丛中,紧张地人工授粉着。这是我们从来没有见过的满园春色啊!中午,在场里的食堂里,沈场长用满桌新鲜得无法形容的绿色来招待我们。吃多了鱼肉油水的人,吃着这种分外清爽可口的"绿色",是何等的惬意呀!"风景这边独好!"这是我们由衷的赞语。人逢喜事心舒畅,我们频频举杯,向360行中的这位"种田状元"表达着敬意。

今年的"五一",我们几位老朋友早就相约好了,大家要上门去看望那位刚刚下岗的姚君,为他分忧解难,让他重新燃起创业的信心,安慰他、鼓励他,让他深信"天无绝人之路"的道理,因为党和政府的民心工程——"4050"工程正在向他招手呢!

相约在"五一",其乐无穷;相聚于"五一",让我们充满了春天的希望。

趣从"德福"来

茶文化在我国源远流长。自古以来，多少文人雅士留下了无数脍炙人口的吟茶名句，如梅尧臣的"小石冷泉留翠味，紫泥新品泛春光"，郑板桥的"坐，请坐，请上坐；茶，敬茶，敬香茶"等，多不胜数。又如《金瓶梅》中也有"闲是闲非休要管，喝饮清泉闷煮茶"之类的茶句。时下，茶室如雨后春笋般地在到处涌现着，似乎有一股以品茶为时髦的休闲风气在悄然形成，为茶文化增添了又一抹绚丽的亮色。洽谈生意的，会朋约友的，谈情说爱的，即使是纯粹消磨时光的，都喜欢朝茶室里钻。尤其是装饰高雅、环境幽静的茶室，更加让人钟情让人爱。有人是这样形容茶室的：来不请，去不辞，无束无拘方便地；烟自抽，茶自酌，说长说短自由天。如此概括，不是形象生动地道明了人们之所以喜欢茶室的缘由吗？

孵茶馆，是我国人民最为喜闻乐见的消遣方式之一。古时，许多文人雅士视饮茶为一大乐趣，信奉"官为七品不如一壶可品，才高八斗怎抵一池万斗"，常常相聚茶馆之中边品香茗边高谈阔论，或是吟诗作乐。"味为甘露胜醍醐，服之顿觉沉疴苏""茶香高山云雾质，水甜幽泉霜当魂"，生动地道出了茶汤的醉人，也写出了文人们以茶为乐的情趣。而如今的茶室，其规模、其环境、其神韵，以前的茶馆是远远不能与之同日而语的。我记得在过去乡下的茶馆里，茶室是以老年人为主的，现在则是以男女青年居多，茶室的消费档次令不少老茶客望而生畏了。

在我家，喜茶者已经涉及三代。我父亲曾是个出名的老茶客，每天清晨，无论风和日丽，还是刮风下雨，都会去镇上的茶馆里喝早茶。据老人家说，一天不去，浑身的筋骨就会不舒服。我从小喜欢跟着父亲去茶馆里轧闹猛，久而久之养成了我嗜茶的习惯。而我的儿子烟酒不沾，对茶倒是特别迷恋,收集了各种各样的茶具,搜集了不少有关茶类的书籍;到后来,竟然痴迷到了要开茶室的地步,甚至以"饭热汤热八方客常热,茶好汤好四季店如春"来说服我支持他开茶室。

茶室选址在德平路,取名为"德福茶室"。有人以为这个名字太土气太俗气,应取个时髦点的。我也劝他再斟酌斟酌,取个高雅点的名号。可他却反问我:"德从宽处积,福向俭中求。这个名字是从这副对联中得来的,有德有福不是蛮好吗?名字不过是个符号而已,何必太讲究呢?关键是茶室里的内在因素要吸引人。"一席话反将我说得哑口无言了。

当父亲的自然素知儿子固执的秉性,所以茶室装修时任由他主张,我也乐得清闲。从装修的设想,到选材用料,及至装饰摆设等,一应由他去张罗。在装修过程中,我都不去看一下。直到装修完毕,儿子才邀我去检验他的"作品"效果。一到茶室,眼睛顿时为之一亮:布局合理,风格简洁,情调高雅,既能让人体会到现代的气息,又能让人领受到茶室的特殊氛围。尤其是玻璃大门上的一副"客至心常热,人走茶不凉"的对联,更让我感慨不已:真是士别三日当刮目相看了。茶室开张后,有不少文人朋友来相聚,没有一个不对茶室的装修不跷大拇指的。

茶室采用的是一种自助式的经营方式,又令人耳目一新。选用的茶都是上等的,而茶点小吃多达20多种,任由客人选用,桌上的小牌上还有各种各样的特点介绍。当我空闲时就喜欢往茶室里钻笃悠悠坐着品茶时,总会想到在这里品茶聊天该是何等的舒适啊!我凝视着小牌上的"茶字草木人人茶茶人,品者三口德德品品德"这行字时,不由得灵犀一点通了:这难道不是"德福茶室"的经营宗旨吗?我终于明白了儿子的良苦用心,他是想让茶客们从"德福"得到一种舒适的享受,得到一种高雅的情趣啊!

醉人的桃花盛宴

在许多人的心目中,一年一度的南汇桃花节,是魅力独具的"桃花生日"的盛会,那一望无际令人心醉的姹紫嫣红,就是一席诱人百看不厌而又美不胜收的视觉盛宴。

蒋大为的一曲《在那桃花盛开的地方》,唱得多少人激情澎湃?一场南汇的"桃花盛会",迷恋得多少人心花怒放?也许是我对挂满枝头的"粉红"情有独钟的缘故,或许是我南汇的那些学生与文友相邀的盛情难却,几乎每年在"人间四月芳菲尽,山寺桃花始盛开"的时候,我都会禁不住心痒难抑去一饱"满树和娇烂漫红,万枝丹彩灼春融"的眼福,每一次都会让我陶醉得沉湎在其中。

南汇的桃花园遍地皆是,一路上时时会有神态迥异、千姿百态的桃红闪入眼帘。浮光掠影般地浏览,仿佛是从天而降的片片朝霞在眼前一晃而过似的,使人在不知不觉之中,滋生出一种意犹未尽的感觉。待到下车,满目的桃花,立时使我领悟到了名句"忽如一夜春风来,千树万树梨花开"的意境之妙,当然,诗中的"梨花"衍化成了我眼中美不可言的"桃花"。随着人流走进桃园,宛似坠入了花的海洋、粉红色的世界,真让人产生了如诗如画、如梦如幻、如入世外桃源般的感觉。

在明媚的春光里赏花,简直令人心旷神怡。放眼展望,数不尽的桃树上盛缀着满天星般的花朵,在阳光下波动出了如织云锦一般的迷人与秀美。驻足细观,粉红中略显深红或是浅紫的色彩,在青翠欲滴的绿叶映衬下,益发显得娇美无比,鲜艳诱人。有的花朵单挂枝头,仪态优雅,笑靥盈盈;有的则是数朵紧挨在一起窃窃私语着,形态各异,引人神往。展开的花瓣,一丝丝的花蕊在粉红花片的簇拥下,顶着嫩黄色的小尖尖,调皮地眨着眼睛；含苞欲放的花蕾，鼓胀饱满，咧开着美丽的小嘴，争欲抖展出靓丽的芳容。随着轻拂而来的微微春风，一树树的桃花瞬息间变成了打扮妖娆、身姿各异的美女翩翩起舞了起来。目不暇接之下，真是"桃花又见一年春"好不令人神迷心醉啊！

　　至于碰巧遇上了细雨蒙蒙的天气，在烟雨中观赏桃花，那扑面而来的则是另一番独特的情趣。撑着花花绿绿的雨伞，隔着伞沿垂落的细密雨丝，眼里的桃花裹上了一层层的湿漉，晶莹的雨珠在花蕊中蕴积、在桃叶上滚动，似是含进了羞涩地忸怩了起来，或是几颗小水珠相碰融合成了大水滴，或是顺着花瓣、叶片飘落入泥。在雨水凝成的雾气下，桃花原本的争奇斗艳之美，一下子变成了羞羞答答的朦胧之美。此时此刻，给人的感觉不再是艳阳下光彩夺目的赏心悦目，而是多愁善感的脉脉含情了，颇有一些"桃红复含宿雨，柳绿更带春烟"的绝妙意境。

　　在桃花节开幕的时候，穿梭于粉浪翻滚之中的桃花小姐，更会给人一种"人面桃花相映红"的视觉享受。她们掩身于花团锦簇之中，艳若桃花，殷勤地为桃花园增光添彩，给人留下难以忘怀的印象；即使是"人面不知何处去"了，但依旧会让人感觉到"桃花"仍然在欢笑着把热情与喜悦传导给游客，那斑斓的桃花韵味，简直迷醉得人们乐不可支。畅享着这份精妙绝伦的美，我不由得感慨万分了：桃花美，创造了"桃花盛宴"的桃花人不是更美吗？

龙凤呈祥

马年之于我来说,喜事特别多。当我沉浸在被批准成为中国作家协会会员的喜悦之中时,又传来了我当爷爷的喜讯。

也许是应了"三年不鸣,一鸣惊人"这句至真名言,儿子结婚三年一直稳坐钓鱼台;三年后却是一鸣惊人,儿媳妇生了一对双胞胎,而且还是相对而言概率极低的龙凤胎。真是喜从天降啊!我一接到妻子打来的报喜电话,简直不相信自己的耳朵,立时高兴得合不拢嘴了。"炒虾等不及弯",我马上搁下手头的工作,兴冲冲地朝医院赶去,急欲看到孙子孙女的可爱模样。

当我欣喜地走进产房的时候,两个小宝宝已经安稳地睡在妈妈旁边的两只并排着的小床上。裹在蜡烛包里的小宝宝静静地睡着,我迫不及待地左一个右一个地仔细端详着,只觉得小眼睛、小鼻子、小嘴巴灵巧诱人,红彤彤的小脸上洋溢着他们的幸福和满足。我越瞧越欣喜,心里充满了当爷爷的幸福感。

"你猜猜看,哪个是孙子? 哪个是孙女?"妻子在一旁轻声而甜蜜地说。

刚从娘肚里分娩出来的婴儿,是很难分辨出男女性别的;但是激动之下,我凭着直觉,认真地猜测着:"这个圆脸蛋的是孙女,那个双眼皮高鼻梁的是孙子……"

话音刚落,妻子和儿子就会心地发出了笑声:"爷爷的眼光还是蛮准足的。"

心有灵犀一点通嘛,我抑制不住兴奋地大笑了起来。比我还要兴奋的妻子告诉我:"孙女早出生几分钟,是姐;孙子晚出世虽然只有几分钟,但只能屈就'弟'位了。"

取名为"欢乐屋"的产房里的人越来越多,闻讯而来贺喜的亲朋好友陆续赶来了。其他产房里的产妇们有的挺着大肚子,有的拖着产后虚弱的身体蜂拥而至,争相目睹"龙凤宝贝"的芳容。祝贺声、赞美声、羡慕声此起彼伏,"欢乐屋"充满了不尽的欢乐。面对着如此热烈的气氛,最为洋洋得意者,当数我这个初当爷爷的人了!甜蜜之极,兴奋难抑,一阵从没有过的幸福感涌上心头,我感到浑身的热血也有点沸腾了。嗨,当爷爷的感觉真是妙不可言!

陶醉在"龙凤"给家庭带来的喜悦之中,不知是疏忽还是兴奋过度,竟然顾不上给宝贝取名字了。宝宝出生之前,我们曾多次酝酿过未来宝宝的名字,然而始终没有达成一致的共识。现在得给两位小宝宝开出生证报户口了,取名到了刻不容缓的地步,容不得再迟疑不决了。感谢老天爷的慷慨恩赐,使得我们家得到了四世同堂的圆满结局,家里人个个都是处于极度的欣喜和安慰之中,这不是一种千金难买、千载难逢的欣慰吗?于是我就情不自禁地冒出了以"欣慰"两字为基础的取名框架。而当寻找与之搭配之字时,我又对一个"益"字情有独钟起来。谁不想自己的下一代成为社会的有益之才呢?而且"益"字作动词时,还有"益加""益发"的意思,希望宝宝在成长的道路上能给我们带来"益加"多的欣慰。"孙子叫'益欣',孙女叫'益慰'吧!"当我将想法征求家人意见时,没想到大家异口同声地拍手叫好。

自古就有"龙凤呈祥"一说。"龙凤"降临,带来的是吉祥如意,恩惠于我们的是好运、是福分。龙孙子凤孙女出生之后,伴随而至的另一件喜事,是我们公司的施工资质获得了递升,预示着我们的公司将更加兴旺发达。马年中两匹"龙凤"小马驹的诞生,带给了我们连连的吉祥如意的喜事,给我家增添了无穷的喜气,使我们格外地"人逢喜事精神爽"。

我想,时逢太平盛世,一个家庭的兴旺,不正是国富民强的缩影吗?!

重尝农家菜

人的口味就是怪,吃多了油腻荤腥以后,总想换换花头,尝尝清淡点的菜肴了。尤其是那些经常围着圆台面转的肚子里油水严重超标之人,不少莫名其妙地吃出了富贵病,岂不令人烦恼?我这个浦东出生并长期生活在农家的人,随着动迁变成了城里人,再则因为下海经商,应酬自然是急剧增加了。长期下来,肚子圆滚了起来,"三高"指标常常居高不下,但仍是免不了要出去应酬。在这种营养过剩的情况下,当然是要顾惜自己的身体,大鱼大肉山珍海味再也不敢大吃大喝,倒是特别怀念起农家菜来了。好在不少精明的酒家老板,瞅准了顾客们的口味变化,纷纷推出了许多品种的农家菜,诸如咸菜发芽豆、黄豆芽油豆腐、青咸菜毛豆、清炖土鸡汤等,深受不少顾客的喜欢。但是,酒家里煮出来的农家菜,吃起来我总觉得有点美中不足,无论在选料还是在煮法上,还缺乏真正农家菜的本色和纯正。

在我看来,农家菜基本的特点就是菜蔬新鲜、煮法单纯,因而显得特别清淡。菜蔬都是在自留地里现摘现炒的,即使有客人来了,从鸡窝里摸几颗鸡蛋一炒,捉只鸡一杀炖锅纯鸡汤,一顿饭吃下来真够舒服的。在我的记忆中,农家人也是相当心灵手巧的,常常会变着法子弄出些有特色的菜肴来:将莴笋刨了皮浸在咸菜卤里,然后捞出来当菜吃,脆生生的自有一种妙不可言的"臭里鲜"味道;早晨将青菜放在缸里撮上一把盐搓烂了,晚上洗净切碎了炒了吃,一股纯正的清香自会溢满嘴里;把茄子切成丝用盐捏瘪了,然后加上酱油拌着吃,爽口得令人筷不释手;将萝卜切片浸在酱油里制成酱萝卜,吃起来清脆而味浓……在我的记忆中,这种才是真正的原汁原味的农家菜。除此之外,还有特殊的农家点心,诸如南瓜塌饼、韭菜面饼、菜泡饭等,实在得没有一点花巧,但是吃起来喷香可口。俗话说:冬瓜草里大。我就是从小吃着这样的农家粗茶淡饭长大的,体质却是好得出奇。

现在,对于"病从口入"这句话,我是深有体会和感触了。农家人向来有一句名言:毛病是吃出来的,这句话是很有道理的。放纵的吃喝,过剩的营养,造成了生活节奏的混乱,故而使得心血管的负担过重,代谢也会随之紊乱不堪。长期如此下去,身体哪有不每况愈下的道理?去医院就医,医生多次提醒我注意饮食,并嘱咐我选择一个清静的地方合理地调节一下。这一建议倒是勾起了去重享一番农家乐的念头。

巧在桃花盛开的季节,南汇的一位相交甚笃的朋友力邀我去玩几天,这次我竟是毫不犹豫地一口应允了。这个偏远的村子掩藏在满目的桃花丛中,显得特别美丽和清净。置身其中,真让人产生一种置身于世外桃源之中的感觉。迎着晨曦在桃花丛中散步赏花,沐着煦日在池塘边抛钩垂钓,跟着农妇去自留地里采摘菜蔬,好一种久违了的农家生活,重温之下,真让人心旷神怡啊!但是,最让人欢喜不尽的,是让我重新有了品尝农家菜的机会,也让我有了跟着主人一起烹调农家菜的机会,满足了我享受新鲜和清淡的口福。一到朋友家,我就同好朋友约法三章,不许他买大鱼大肉海鲜虾蟹之类来招待我,而要多吃些农家的特色菜。用不到多解释,善解人意的好朋友果真满足了我的心愿,他动足了脑筋,弄农家菜给我吃,时鲜的蔬菜不用说了,他还将家里自制的干货翻出来,以农家传统的吃法烧给我吃。什么红烧菜干、煸萝卜干、炖黄豆等等,顿顿换花样,朴实无华而又丰富多彩的农家菜,真是吃得我心满意足。除此之外,老朋友还叫妻女去摘来了枸杞藤、挑来了马兰头、采来了香椿头,想方设法地弄来各种野菜,又是炒,又是拌,又是蒸,以求让我吃得满意。这种特别清香但又略带有苦味的野菜,吃起来滋味特别好。

山珍海味吃多了也会有吃腻讨厌的时候。记得小时候读冯德英的《苦菜花》时,里面的一个细节一直让我难忘:地主老财吃腻了大鱼大肉、全鸡全鸭后,也想弄顿苦菜尝尝。当时正是三年自然灾害时期,副食品奇缺,正处于发育的人就馋鱼肉荤腥,那时天天盼望着能吃上鱼肉的我,真的搞不懂地主老财为什么放着好东西不吃,偏要吃又苦又涩的苦菜。现在我的口福好,油水吃多了,自然而然地明白了个中的道理。重享农家菜,让我重享了农家乐。

梦圆时分

可以说，每个人都有属于他自己的梦，每个人也都盼望着圆他自己的梦。当然这里所说的梦，不同于梦境中的梦，而是指一个人心中的秘密或是一种美好的心愿。时代跨进了新世纪以后，中国人申奥成功圆了国人的奥运梦，中国足球队冲进世界杯圆了几代人为之梦寐以求的梦。梦圆时分举国欢腾的喜庆场面，至今仍然令人难以忘怀。梦圆时分的激动，以及由这种激动而产生出来的精神力量，恐怕是无法估量的。

那些面朝黄土背朝天了一辈子的农民，曾经无数次地编织过"做个城市人"的美梦。当这种美好的愿望梦想成真的时候，那股激动、那股兴奋，自然是难以形容的。但是，梦圆时分，那种对故土的眷恋，又是情真意切地难以割舍；那种牵涉到赔偿的切身利益时所演绎出来的矛盾，也是现实得无法避免的。

春节期间，我接到了好几位适逢动迁的亲戚盛情邀约，一定要我去喝顿告别旧居的喜酒，尤其是那位年已七十的表叔，更是热情如火。对我来说，自然是恭敬不如从命了。我偕家人兴冲冲地前往，没想到场面真令人吃惊：表叔请了厨师摆了18桌酒，将亲朋好友都请来赴宴了。从没听说他家有什么喜事呀，为什么要如此大排场？穿得山青水绿、精神抖擞的表叔见我纳闷，顿时张开掉了门牙的嘴巴喜滋滋地说："春节一过，我们这里就要拆房子了，在世代居住的老屋里摆一次动迁酒招待大家，是值得留念的……"种田人即将要离开相依为命的土地和老宅搬进高楼里住了，心情肯定是极其复杂的，既有高兴，又有不舍。表叔向来看重我，入席时，硬拉我坐在他旁边。席间，他流露了将要搬进新居的欢乐，也掩饰不住对于故居的深深留恋；同时，还同我谈起了动迁中的种种歪门邪道："有的人明知要拆迁了还在抢时间装修,有的拼命找关系想在评估时评得高些……花样经多着呢!不过,我是再三关照儿女们了,不许他们做出任何坍台不光彩的事情来。"对于动迁中的花样经,我是有所耳闻的,听了表叔的这番话,我不禁对他肃然起敬了。我激动地端起酒杯,真诚地敬了他一杯酒。

那天隔夜,我突然接到一位老同学的电话,邀我全家第二天喝他儿子的喜酒。我有点疑惑地问道:"你儿子结婚了,怎么事先不告诉一声?"老同学神秘兮兮地说:"不瞒你老兄说,我们也是临时决定的。结了婚,媳妇的户口可以早点过来,听说动迁时多一个人可以多进账好几万呢……所以嘛,我们就兵贵神速了。儿子还有点不情愿,我也不管那么多了!"我听了心里总有点不自在。

第二天,我与家人准时去赴宴,终于看到了意想不到的尴尬事。扎满了鲜花的彩车开来了,可是新郎倌说什么也不肯上车去接新娘。这下急煞了老同学夫妻俩,横劝竖劝仍不见效,最后无法可想之下,公婆大人只好亲自出马去接新娘子了,这一做法简直是创下了方圆十里从没有过的奇闻。令人啼笑皆非、无法收场的事情还在后头呢!新娘子接来了,新郎倌却是不见了踪影。原来喜庆的场面竟然变成了一出大哭小喊的闹剧,真正令众多宾客目瞪口呆了。我从别人的议论中方才知道:为了多得点动迁费,老同学夫妇俩竟然上演了一出"拉郎配"式的婚姻闹剧,全然不顾儿子同意不同意,自作主张定下了这门亲,前后才两个星期,双方家长就匆匆忙忙擅自给他们成婚了。为了眼前的蝇头小利,不顾子女的幸福,岂不可悲?我的心口禁不住阵阵作疼了起来。

动迁是喜事,是梦圆时分一支动人的乐曲。在盼望已久的动迁乐曲奏响起的时候,出现了像我表叔那样许许多多通情达理的人,自觉地为乐曲增添着美丽而动人的音符;然而,也出现了一些不协调的音符,令人遗憾。

重新找回温暖

在我最近出版的长篇小说《钱途》中,私企老板尹渊文在激烈而残酷的商业竞争中,遭受到了难以想象的挫折甚至于被人陷害,在真相大白之后,尹老板真切地喊出了"要成立党支部"的呼声。私企老板的这种强烈愿望,并非是我在塑造尹渊文这个人物时的故意炒作,而是许多私企老板发自内心的真实。

一个私营企业,麻雀虽小,但五脏俱全。它本身就是一个小社会。从业务的洽谈到企业的经营管理,从员工的生活到处理各种矛盾,常常搅得老板心烦意乱,使得老板滋生出一种孤孤单单的没依靠的感觉,渴望着有一种强有力的力量来支撑自己。这种愿望是不在其位的人无法感觉的。我也是一个私企老板,下海经商已届10年,在尝遍了酸甜苦辣、历尽了艰难险阻之后,我急切地想着找回依靠组织的温暖。当我将这一美好的愿望向花木镇新经济组织党总支与党委组织科表达了之后,马上得到了上级党组织的全力支持。在他们热情的关心与指导下,我们公司终于在年初成立了党支部。宛如一个孤单的孩子重新投进了母亲的怀抱一般,让我们重新找回了久盼的温暖。

当然,也有人表示了无法理解:私营企业的老板是无冕之王,乐得自由自在的,何必要往自己头上套紧箍咒呢?然而,我的理解与之恰恰相反:一个私营企业建立了党组织后,就能及时地得到党组织给予的支持,享受到党组织带来的温暖。以前,我在一所师范学校工作时曾担任过党总支副书记,充分体会过一个党组织在单位中特殊的核心作用和特殊的魅力。现在,重新建立了党支部后,又使我们重新享受到了一种言之不尽的温暖。镇新经济组织经常组织党支部书记与私企的老板们一起商讨私营企业如何发展之类的问题,这就使我们能够及时地汲取别人的经验,从而得到启发;同时,当私营企业遇到困难时,就可以找上级组织倾诉,寻求帮助,比如说我们公司的所在地面临着动迁,当上级党组织了解了情况后,立即帮我们一起寻找新的场所;再则,党支部成立后,党员的积极性得到了充分的发挥。许多党员不仅处处以身作则起到了模范表率作用,而且还起到了老板与员工之间的纽带作用,他们常会将员工的一些想法、意见与建议及时地反映给老板,作为老板决策时的参考。比如,几位党员将员工对一些工程估工承包方面的意见反映上来后,及时作了调整,员工满意了,工作积极性有了很大的提高。再如,党员同志对群众的生活也较前关心了不少,对较为困难的职工给予补助。员工们对公司主动关心困难职工很满意,对党员同志都很尊敬。显然,榜样的力量是无穷的,很快就有五六位同志向党支部递交了入党申请书。

  党支部成立后,上级党委决定由我担任支部书记。这就意味着我面临了一个新课题:如何找准老板与支部书记之间的平衡点?也就是说,既要成为一个称职的党支部书记,又要成为一个奋发有为的私企老板。一个企业的发展,显然是离不开全体员工支持的,所以党支部开展了一系列的"讲诚信"活动:公司要对客户讲诚信,真诚相待了,整个公司的精神面貌当然是焕然一新了。作为我来说,在形成一个决策前,尽可能地听听大家的意见;而在决策形成思路时,先在支部大会上同党员同志见面,请他们挑剔一番之后再来贯彻执行。这样就彻底改变了以往闭门造车的习惯,避免了一些不合理的内容,操作起来就顺畅多了。由于我这个既是书记又是老板的当家人对支部里的同志坦诚以待,一个决策下来马上就会产生良好的效果,让我充分享受到了公司上下齐心协力的温暖。

  公司党支部成立的时间不长,但已形成了一种"讲诚信"的良性循环,体现出了支部的特殊魅力。表面上看来,我增加了一份支部的工作,似乎是更忙了;其实恰恰相反,由于党员同志的积极性提高了,反而让我得以从以往的事务堆中脱身,能够腾出更多的时间来考虑公司的发展了。另外,由于我还是中国作家协会会员,酷爱文学创作,所以,也使我有了更为充裕的写作时间,争取写出更多的作品,为精神文明建设事业贡献一份菲薄的力量。

品茗新悟

茶叶,是中国人最为喜爱的饮品,饮茶的习惯几乎遍及大江南北的每一个角落。据传,我们国家自远古时代起就已发现和利用茶叶了。自从茶圣陆羽所著的世界上第一部茶叶专著《茶经》问世后,便"天下益知饮茶矣";而"客来敬茶"则是从南北朝流传至今的一种习俗。有客上门,泡上一壶茶,汤色清亮,香气馥郁,友情就会缓缓流动,谈兴自会徐徐舒张。"喜孵茶馆",则是被许许多多人视作为一大乐事,手捧茶壶,边呷边聊,尽情地高谈阔论,尽兴地交流各种信息。

说出来恐怕让人难以置信,我从小就有饮茶的习惯。究其缘由,因为我父亲有孵茶馆的习惯,所以我经常跟随着父亲上茶馆。茶馆里茶叶的质地自然是比较差的,故而茶水留给我的最初感觉是苦味的、涩口的。随着时间的推移,这种苦涩变成了清香,致使我养成了饮茶的习惯。后来,交际广泛了,每当朋友来访,我总会捧出平时舍不得泡饮的好茶,学起了古人"寒夜客来茶当酒"的儒雅之风,泡上一杯好茶,细品着鲜爽清醇的滋味,回味着香气幽馥的甘甜,话语自会稠密,情谊益显深笃,夜深了仍然不肯分手。

得益于经常外出旅游的机会,使得我有了遍尝各地名茶的福分。我去过杭州虎跑细啜过龙井茶的清醇,我去过无锡惠山品尝过洞庭碧螺春的芬芳,我去过长兴顾渚金沙泉浅呷过紫笋茶的幽香,我去过黄山云谷寺亲尝过真正生长在云海雾天中的黄山毛峰的甜美,我去过福建九曲溪畔领略过武夷山"大红袍"的韵味……在遍游名胜观赏青山秀水的同时,品尝过无数当地山水孕育出来的佳茗,每次都是迷恋忘返,令人回味良久。当然,也一次次地加深了对各地名茶的迷醉程度。

自从我的老家动迁搬进了喧嚣繁华的城区以后,不大习惯临近马路边住房的喧闹,加上一天的疲劳和紧张下来,总喜欢借茶来消除烦躁和郁闷,安静地沏上一壶茶,或静静地临窗独啜,或偕家人共饮,品味茶香,品味人生的真谛。茶水真有潜移默化的刺激作用,在不知不觉中疲劳自会消除,紧张自会松弛。而当我辞职下海涉足于险风恶浪里经商后,激烈的竞争不免加重着心理压力,这时候,泡上一杯香茗,慢条斯理地喝着,思路就能从纷杂中理出个头绪来,气氛就能从紧张中得到平和。商场如战场,茶香确实能够调节精神,使得棘手的谈判取得圆满的结果。

　　如今,茶叶的特殊功效,已经被越来越多的人认识了。养成饮茶的习惯有百利而无一弊,当然会被更多的人迷恋了。而传统的茶文化,更是被越来越多的人所重视、所津津乐道了。有些人更是借茶做足了文章,在传统的茶文化基础上挖掘、利用、发展,推陈出新,开设了众多的茶餐厅和茶室。尤其是茶室,如雨后春笋般地在各地涌现着,给人们提供着舒适的休闲场所,给经商者提供着谈生意的方便。有道是"酒韵美如兰,茶神清如竹"啊,更多的人已从崇尚嗜酒转到欣赏起茶道来了。

　　有人曾经盛赞过日本的茶道,其实茶道也是源自我们国家。在古人眼里的茶道,就饮茶而言,除了日常的喝饮之外,还有分外雅致、相当讲究的一面。这种讲究,有方法技艺的掌握,有情感礼仪的寄托,有人生哲理的参悟……其中蕴含着博大精深的学问。这种学问,除了喝饮享受之外,还陶冶着人们的情操。现在,有不少人提倡茶道,这是值得高兴的,可惜的是有些茶室里所谓的"茶道"却是有点走味的,有点不伦不类的东西。

　　由于我喜欢品茗,所以经常邀上三两知己去泡茶室;也由于我在生意场上跌打滚爬,所以不时会随客户进出茶楼。接触一多,见识自然广泛。有一些装饰古朴雅致的茶室,令人难以忘怀;有一些冲泡茶叶时讲究的技巧程序,令人耳目一新;有一些对茶文化颇有研究的主人的一番传授,令人获益匪浅。然而,有些地方的茶室,所谓的茶道,不过是随意招了几个小姐,也没经过正规的培训,只不过是装模作样地摆弄一番而已。有的地方甚至弄上几个妖艳小姐,名为冲泡茶水,实为对客人进行挤眉弄眼的诱惑。可笑至极的是,她们中有的人连茶叶的名称都叫不上;更有甚者,有的茶室竟然将高雅的休闲地方变成了色情的场所。真正地令人感到恶心和悲哀。

品茗,是一种乐趣,是一种既可清神益智、又可修身养性的享受。但愿所有的茶室都向茶客们提供健康而高雅的享受。

新茶室

在江南水乡，几乎每镇必有茶馆。以前，为了采风搜集素材，我曾经进过不少地方的茶馆，同老茶客们攀谈，倒是别有一番情趣。多数地方的茶馆是临河而筑的，往往是老虎灶旁边摆上几张木桌，放上几条长凳，就成了茶馆。但是，尽管设施如此简陋，而茶客却是常常盈门的。有些地方，茶馆是泥匠木工揽活的场所；有些地方，茶馆又是青年男女的婚姻介绍所；多数地方的茶馆，则是老年人谈谈山海经、安度晚年的"天堂"。

我那当了几十年队长的叔伯爷叔土根，独特的嗜好就是上茶馆，他就是一位视上茶馆为"天堂"的典型人物。一年四季，无论刮风下雨，还是逢年过节，都要跑上三里多路，去镇上的茶馆里喝早茶。现在已经年近80岁了，仍然保持着这个必不可少的生活习惯。平时，只要一提起"茶馆"这个话题，老头子总会眯缝着眼睛，笑嘻嘻地说："我身板硬朗，心情舒畅，主要得益于喝早茶。在茶馆里，会会茶客老朋友，谈谈山海经，增加些见识，这才叫开心呢！"

自从队里的土地被国家征用，原动迁居民搬进了新公房之后，土根叔去镇上茶馆的老习惯还是没有变。小辈们怕他年纪大了出去不安全，反复劝说他，并买了好茶叶，叫他在家里喝早茶。可他就是不肯听从劝告，固执地说："你们不懂，家里的茶不香，到茶馆里喝才有味道。"但是，随着浦东开发的深入发展，我家乡的变化日新月异。几家老茶馆随着老镇改造，已消失得无影无踪了。多年养成的自得其乐的习惯得不到满足了，土根叔像是掉了魂似的，整天是一副闷闷不乐的样子。老阿婶看在眼里急在心里，见到我忍不住要唠叨："茶馆拆了等于要了老头子的命！这几天，老头子闷闷不乐的，饭吃得少了，脾气也暴躁了……老阿侄，你说怎么办?"我知道,对于老年人来说,多年养成的习惯一旦改变,弄不好会导致疾病缠身。我对她说:"老阿婶,你别急,我来领土根叔去新茶馆。"土根叔刚巧听见,急忙冲过来抓住我的手说:"快说,新茶馆在哪里?"我朝他神秘地笑笑说:"阿叔,不要急,明天我领你去。"但是,老头子炒虾等不及弯了,拖着我要立即领他去见识。

　　我领着他到了原来的老宅基上,指着一幢新建的仁和大厦说:"新茶馆就在里面。"老阿叔惊讶地说:"真是眼睛一眨,老母鸡变鸭!没多少辰光,老宅基上怎么建起了这么气派的大宾馆?"我点点头说:"老阿叔,你以前是茶馆、家里两点一线,见识少了。你老人家以前种过地的地方,这段时间变化大了!"土根叔频频地点着头。

　　一会儿,老阿叔又疑惑地问:"这么高级的地方也有茶馆?"我忍不住笑了,我知道"茶馆"的概念在老头子的脑子里还是破房子、旧台子的老套套。我拉着老阿叔走进了大宾馆,想让他早点开开眼界。

　　乘了电梯上了十二层。我领老阿叔进了新茶室,只见老头惊讶得张大了嘴说:"这么漂亮、这么宽敞的茶室,我是头一次见识呀!"我要了两杯茶,与老阿叔面对面地饮着。老阿叔张开掉了门牙的嘴巴说:"在这种地方喝喝茶、聊聊天,肯定可以长寿……明天,我要去将茶客老朋友都叫到这里来喝茶……"

　　老年人赶上了"好日脚"的末班车,他们是该好好享受新生活的呵!

醇香的浦东方言

浦东人外出,如不开口,人家尚难辨清你是何方人士;但只要一开口,带着浓重乡土味的浦东话,就像是你的身份证似的,让人一眼就能识别你的"庐山真面貌"。以前年轻时,有一次我陪同邻居老阿奶去看病,医生问她什么地方不舒服,老阿奶说:"伲算盘珠痛煞。"医生懵然地眨巴眼睛望着我。我知道医生不理解这句浦东方言的意思,在我的翻译下,医生方才恍然大悟,理解了"算盘珠"就是"脊柱"的方言代名词。老阿奶塌开嘴巴笑着说:"伲格闲话,像一杯老白酒,奈侬醉倒了。"医生显然是在慢慢品尝着这杯"老白酒"中的特殊味道。

这种特殊的味道,其实是浦东人自成一体发音特点的体现,更是一种淳朴而浓郁乡情的流露。浦东的方言闲话中,自然而然地糅进了一方民众浓浓的感情色彩,也融进了一方民众约定俗成的生活习惯,形成了特点鲜明的方言习惯。比方说,"大老倌"这一称呼,原来是对兄长或是对年长男性平辈的称呼,到后来,逐渐演变成了对人的尊称,假如你到浦东,常常会被一些素不相识或是不太熟悉的人尊之为"大老倌";而被尊称者,当然会感到一种意外的亲切,也会领受到特殊的温馨。再比方说,浦东人将南瓜习惯地唤作为"饭瓜"。听上去似乎是不符合常规的叫法。然而细究下来,"饭瓜"的来历却是存在着一定道理的。原先的浦东是个穷地方,老百姓经常吃不起白米饭,为了填饱肚皮,常常会煮上几个南瓜充饥当饭吃。久而久之,在浦东人的嘴里就形成了将南瓜叫作"饭瓜"的习惯。类似的例子自然是多不胜数的。

由于我是一个大部分时间生活在农村乡下的浦东人,饮惯了"老白酒"的特殊滋味,所以感觉到这种老白酒式的乡音特别悦耳动听。自从动迁变成城里人之后，小区里仅我家是浦东人，故而痛饮"老白酒"的机会少之又少了。时间一长，常有如隔三秋般地嘴馋。每当此时，我总会去看望一下已是九十高龄的老阿奶，听一番诸如"伲迭个阿因待吾赛过自家嫡亲伲子（你这个小辈对我胜过自己的亲儿子）"之类纯正的浦东方言话时，真会回味到"老白酒"的醇香。同老阿奶这般年事已高的长辈攀谈，她们嘴里说出的浦东方言，真是面广量多，从天文气象到地理方位，从农事耕作到身体疾病，从人称代词到亲属之间的称呼，从时间量词到形容修饰，都有着独到的表达方式，让人深深体会到浦东方言的变化无穷，也会让人体会到它的奇妙与深奥。

随着时代的发展，浦东方言这杯"老白酒"的浓度，渐渐地显现出了降低的趋势。尤其是浦东成了全球瞩目的现代化开发区后，这种浓度下降的速度更快了。以前属于老阿奶时代的浦东人中间，文盲者居多；及至我辈文化程度的普遍提高，语言表达习惯已有了明显的变化，基本上是以夹杂着浦东话语调的普通话表达为主了。而我辈的子女，语言的表达上连浦东话的语调也在逐渐消失。浦东开发这么多年来，随着国内外大批高层次人才的涌入，浦东话的生存空间正在急剧缩小。终有一天，浦东话会像不登大雅之堂的"老白酒"一样，被各种各样正规的瓶装酒代替。

一个地方流行的方言，可以说是一方民众的生活样式，也可以说是一方民众的群体文化。传统的浦东话这种文化模式，必将会被一种新的文化模式所替代。"老白酒"的逐渐消失，正是社会快速进步的体现。

无价的身价

当了几年官衔为"副处级"的师范学校副校长之后,在不少人眼里,已视我是个颇有"身价"的人了。有一次,跟随《人民警察》社的宗廷沼先生去江西某地采访,接待人无意中知道了我的"官衔"之后,马上肃然起敬地恭维:"您在我们县里可是副县长级别啊!"晚上招待,一改中午四菜一汤的标准,规格有了令人瞠目结舌的提高,不仅名酒、名烟、名菜摆满了圆台面,而且还请来了一位副县长作陪。席间,尽是悦耳动听的恭维话和殷勤的劝酒词。我在酒精的作用下似乎有点飘飘然了,朦胧间体会到了"身价"的提高。

也许是因为多读了几年书的缘故,所以迂腐气很重,我渐渐地越来越不满一些"有身价"者的钩心斗角,竟然跟随起潮流的时尚,毅然递交了"辞去官职、辞去公职"的辞职书。这一不近情理的举止,招致了无数人的不可思议:据说处级校长辞职,在市教育局范围内,我还是第一个。因此,有不少领导、同事、朋友竭力劝说我三思而行:一个人努力到了这样的身份,一辞职,原本受人尊敬的"身价"就会烟消云散。人们的劝说不是没有道理,如今的势利气渐浓,无端抛却了"身价",确实会带来许许多多的不利因素。然而,我却是"鬼迷心窍"似的,偏偏铁了心不肯收回"辞职书"。

辞了职,我凭着一股勇气,不知天高地厚地"下海"了,一心想去试试"自身的价值"。但是,官职没了,饭碗敲了,这是真正抛却了所有依托的"下海",一切的风险,要靠自己承担;一切的一切,要靠自己去重新挣扎,重新起步!

一介书生,下海游泳谈何容易?说白了,你凭什么"身价"去同人家在商品经济中竞争？在大海里挣扎了一阵子后，我才深深地感受到了"身价"的重要性：当官的"身价"，在前呼后拥中就已经显示了出来；经商办公司的，身裹名牌，手拎大哥大，亦足以炫耀着身价。而我呢？几年的粉笔灰吃下来，岂不是两手空空？在势利人眼里，我的"身价"低得不能再低了，于是乎，有人讥笑我说："如此想发财，不淹死在大海里才怪哩！"

这话不是没道理。在奢侈风越刮越烈的当今，"身价"确实显示出了重要。据说有的地方老板出去谈生意，对方先要从"三样"上衡量你的身价：衣着名牌、手戴钻戒，三跟小情人（或曰小秘书），缺一样即意味着你的"身价"不够。一谈业务，就要上高档的饭店。酒足饭饱烟过瘾之后，紧跟着的一档节目，就是去KTV包房或舞厅所谓"放松放松"。几个人一个晚上的开销即为数千上万，说是花费越多，做东老板的"身价"就越高。如此这般的"身价"，岂不令我这样的穷书生不寒而栗？难道下海了还要重新上岸？

不过，我却瞧不起这样的"身价"！这样的"身价"，是庸俗的，是肤浅的，是无聊的。我以为人的气质、文化素养、渊博的知识等，才是真正的身价！

事实毕竟如此，竞争毕竟需要靠真正的实力！所幸我下海之后，接触到的多数人是鄙视那种摆阔的"身价"的，而是崇尚知识的身价。经营过程中，当我递上一张印有"上海市作家协会会员"的名片，赠上一本签上"请斧正"字样的小说集或散文集时，对方立时会露出异样的目光，尊敬之下，业务谈判立时显得微不足道了起来。

我意识到了这种身价的无价。

驱散迷雾

初冬,雾霭常会不期而至,由着性子肆虐嬉闹,给人们带来始料不及的不尽烦恼与诸多不便。飘忽不定的雾气,是那么的神秘,又是那么的缥缈,变幻莫测起来简直让人目瞪口呆!有时候它会像轻纱似的轻盈飘逸,令人遐想而神迷;有时候它会像烟幕似的蒸腾喷涌,令人迷惑而凝重;有时候它又会像恶魔似的狂怒发威,令人惧怕而憎恨。所以雾给予人们的美妙享受少之又少,而带给人们的麻烦甚至于危害却是数不胜数。倘若遇上大雾弥漫的天气,那么有谁不期盼着太阳早点露出笑脸驱散阴霾的雾气呢?

人们对于雾的感情,毋庸置疑,肯定是厌烦远胜于喜爱。然而,随着季节的变换,雾魔这个不速之客总会不请自来尽情表演一番的,而且常会弄得人们哭笑不得。大雾弥漫,笼罩住了原本应有的能见度,致使人们迷失了前进的方向,以至于造成无数的惨痛!如此之下,人们对于大自然中这种特殊的现象还有多少好感可言,心中不由自主地升腾起厌恶之情自然是在情理之中了。而在我们的日常生活中,不少人也会在心头莫名其妙地夹进迷雾一般的迷惘,往往会害人苦恼得不知所措。在我熟识的老板当中,有许多人的心中仿佛存有着各种各样的迷雾:有面临着老产品必须淘汰的转型期苦恼的;有面对着激烈竞争无计可施的;也有着小富即安不思上进的。花木商会看到了被"迷雾"笼罩得心理黯然失色的状况,不失时机地组织了20多位属下老板,到福州、蒲田、泉州等几个私营企业发展红火的地区走了一趟,意在让大家在一种愉悦的氛围中开阔眼界、放松心情,以求达到驱散心中"迷雾"的目的。

由于是在多雾的季节出行,所以让我们不可避免地避逅了几场雾景。那种悠悠拂面、奔泻不止的雾帘,那种时淡时密、变化多端的雾气,实在使我们捉摸不透它隐秘而神奇的灵魂。最让我叹为观止的是，在前往永泰青云山观赏瀑布时深山里千变万化的雾景，是那样的壮观奇妙，又是那样的不可思议。

那天从福州乘车出发时，萦绕在上空的仅仅是一层层依稀的薄雾，仿佛是披在四周高楼大厦上的一件件薄如蝉翼的轻纱。当大巴盘旋在蜿蜒的山路上时，车窗外的雾气明显地浓重了起来：重重叠叠的山峰变得模糊了，苍翠的山树、青绿的竹林纷纷躲进了浓雾之中，似是与一双双贪婪的眼睛捉起了迷藏；陡然弯过了一个山头，顿时峰回路转，浓重的雾气变得轻飘稀疏，山峰、林木、翠竹清晰，霎时抖展出了动人的身姿；又一个转弯进了山背后，雾气如千军万马、排山倒海地聚拢了过来，似要淹没整个世界似的，遮没了我们的视线，车在云雾中穿行，顿使人产生出一种腾云驾雾之感。过了九曲十八弯之后，眼前忽然开朗了起来，流速很快的浓雾竟然不知去向，变幻成了一层层薄薄的轻纱轻柔了起来，依稀的雾气与隐约可见的密不通风的竹林，勾勒出了一幅深邃莫测、引人神往的水彩画；至于置身于我们身边流动不息的雾气中观赏那飞流直下的瀑布，总让我感觉到心情沉重，有那么一丝丝美中不足的感觉。

深山之中雾霭的瞬息万变，一会儿温柔撩人，一会儿深沉凝重，一会儿撕扯吞噬，使得我们一车人时而啧啧称羡、时而提心吊胆、时而惊呼不已。老实说，车行了不知道多少个九曲十八弯的峻峭山路，在变化莫测的雾气的笼罩下，我的心情同大多数同伴一样，绝大部分时间是沉重压抑的，淹没了我们原本应该有的浓郁游兴。那时候，我同大家一样，是多么盼望着太阳快点出来，驱散那阴霾得惹人心厌的迷雾，还大家一个游山玩水的好心情啊！我想，假如能在明媚的阳光下观看情趣独特的青云山瀑布，那一定会令我们心旷神怡乐而忘返的。同样，生活当中也时常会有"迷雾"伴随，如果囿于目光短浅而固执己见，那么心中的迷雾就会让一个人眼前皆黑而不思进取。我们这批各自为战的私企老板心头不经意中时会飘进迷雾一片，如果不及时驱除，那肯定也会惘然无措的。但愿花木商会能永远成为驱散老板们心中迷雾的阳光。

我陪奶奶游大桥

我奶奶称得上是村里的老寿星了。她出生于清朝义和团运动风起云涌的年代,今年已跨入了96岁的门槛,可是仍然眼明耳聪,拿针补衣用不着老花眼镜,真令村邻们惊叹不已。膝下一儿一女均已退休多年,十个孙辈外孙个个有了下一代,可谓是儿孙满堂的标准老祖宗了。由于奶奶的那位出了名的孝子身教重于言教,所以小辈们个个敬她如神。逢年过节,月饼、水果、人参补药,吃得发霉发烂。村邻们谁不夸她四世同堂福气好?大伙一致认为老寿星活过百岁不成问题。

然而,毕竟是年岁不饶人。奶奶只图吃饱穿暖别无他求了,年轻时的火爆脾气消失得无影无踪了,脾气变得出奇的温顺。平时不是在家静坐,就是在庭院里散散步,从不肯轻易离开家门一步,简直成了一名令盗窃者心寒的守门神。每天晚饭后,总爱眯缝着眼睛静听儿孙们谈新闻。杨浦大桥建成通车那阵子,饭后茶余谈得最多的自然是离不开大桥喽!对桥的兴趣特别浓郁的奶奶,听到从杨浦大桥参观回来的74岁的儿子喋喋不休地夸着大桥,竟然一反常态地插嘴发问了:"你说的这桥,难道比外什么的那座铁架子桥还大?"我知道奶奶指的是外白渡桥。在她七十大寿的那天,全家去市里拍张"全家福",途经外滩时,奶奶望着外白渡桥,显然是被铁桥的雄伟气势所迷恋了,忍不住啧啧赞叹了一阵。小辈们听奶奶这么一问,禁不住哈哈大笑了。已在读科技大学的玄孙说:"这两座桥根本不能攀比!杨浦大桥比外白渡桥大几十倍还不止呢!"奶奶惊异得瞪圆了眼睛,说:"这桥介厉害?嗨!听你们说得花好稻好,我也想去开开眼界,看看黄浦江上的大桥。"奶奶的这一要求顿使小辈们为难了:96岁高龄的小脚老太,要去看大桥,走得动、挤得上公共汽车吗?但是,一辈子连市中心也没去过几趟的老人,既然兴致勃勃地提出了要求,那么,做小辈的岂能浇灭她难得有的兴趣呢?几个孙子、孙媳个个赞成,七嘴八舌地表示一定要满足奶奶的这一美好的心愿。作为二孙的我,更是起劲,因为奶奶常常说我的长相特别像爷爷,所以从小就格外宠爱我。此时,我当然要多尽点孝心了,于是就毫不谦虚地揽过了"陪同奶奶游大桥"的任务。

趁着杨浦大桥开放的那几天,挑选了一个风和日丽的暖和天,我扶奶奶坐进了借来的面包车里。一路急驶,很快弯进了罗山路立交桥北面的进口处。奶奶一看到高耸的塔楼就失声喊了起来:"哟!这桥哪能介高呀!造桥人的本事哪能介大呀!"难怪老奶奶要吃惊万分了,就连我这个走南闯北、见多识广的人,也禁不住眼望着雄伟的塔楼赞叹不已了!当面包车驶上可并排行驶六辆大客车的宽阔的引桥车道时,奶奶竟然童心大发,高兴得手舞足蹈起来:"快停车!我要边走边看……"

恭敬不如从命。我扶着奶奶下了车,阵阵西北风拂拥着奶奶的满头银丝,但她丝毫不感到寒冷和疲乏,一副神采奕奕的样子。我不禁暗暗称奇:"不知道为什么奶奶一看到桥精神会这么好?"

奶奶一会儿走到东边摸摸栏杆,一会儿走到西边凝神远眺。突然,她像哥伦布发现新大陆似地惊呼:"哇!怪了,这桥中怎么还会有桥呢?"

"奶奶,这是引桥。由于主桥不能妨碍下面的轮船通过,因而造得特别高。主桥太高太陡汽车下不了桥,所以只能将桥面引长……"我一时也解释不清楚。

"喔,喔……"不知是理解了还是兴奋的缘故,奶奶依然扶在桥栏杆上,像鸡啄米似的点着头,满脸的皱纹,宛似盛开了一朵金丝菊花。

"奶奶,你老人家累不累?"

"不累!今天我要从桥这头走到那头,我要将大桥看个够!"奶奶一边说着,一边出人意料地甩开我的手,健步如飞地向桥心走去。我惊呆之余惊异地发现,奶奶仿佛年轻了许多岁。但我毕竟担心着她老人家的一双小脚,怕她走急了会摔跤,因此我疾步奔去,陪随在她的周围。

奶奶抬头望着一根根蜘蛛网似的斜拉索,好奇地问:"桥上为啥要装这么多铁棒棒?"

"这是斜拉索……"我回答不上它究竟有什么作用,就只是说,"这种形状的桥在世界上是第三座。"

"喔,喔。"奶奶不求甚解地点着头。

一会儿,奶奶又走到桥北面扶住栏杆,凝望着江中川流不息的船只,凝望着两岸一幢幢高楼大厦,激动得浑身颤抖起来。我偶然中发现奶奶的眼里噙满着泪花。许久,她才缓过神说:"大桥真了不起啊!这世道真变模样了……真的……"

处于极度兴奋中的奶奶,忽然神色黯淡变得伤感起来,到后来,竟然伏在栏杆上,两肩耸动着悲切地抽泣了起来。我一时猜不透奶奶情绪变化这么快的原因,急忙扶住奶奶安慰着、询问着。

许久,奶奶才抬起满是泪珠的脸,撩起老蓝布束腰边擦着泪花边说:"这桥太好了,太叫人高兴了!心里一高兴,倒使我想起了村西的小桥害得我家破人亡的事……"

一定是触景生情了,奶奶不管我要听不要听,又唠唠叨叨给我讲起了我早已听厌了的往事:

我家的西边有一条南北走向的河,宽约十几米。在我嫁给你爷爷的时候,河上横着一根锯成四方的木头,算是一座连接东西的独木桥。我娘家在河西,结婚那天,非得走独木桥不可,否则到不了婆家。一到河边,我一看到那座窄的独木桥,心里就发慌。那时乡里的规矩是,没拜过堂,新郎是不准牵新娘的。于是,我在媒人的鼓励下,只得壮胆走上了独木桥。走到桥心,下面潺潺的流水声使我慌了神,缠过的小脚竟然不听使唤了,脚下一滑,掉进了河里。新娘掉进了河里是犯了大忌的。按照乡规,要在河边跪三天谢了罪之后才许拜堂的。就这样,我泪汪汪地在河边跪了三天,跪破了膝盖皮……

过了几年,这座该死的独木桥,又一次使我寒心,使我痛不欲生。

村里的女人们不敢走使人胆战心惊的独木桥,可是孩子们却常常喜欢聚集在桥边比胆量。我那7岁的大儿也不例外,不肯听从我不许他去桥边玩的忠告,偏偏要逞能走独木桥。不料走到独木桥的当中,湍急的流水害得他双脚发颤,心一惊掉进河里淹死了。我伤心极了,哭得死去活来,可你那爷爷还要对我拳打脚踢,怪我没有带好孩子……

接连有三个小孩被独木桥夺去了生命。这时候,村里人再也按捺不住了,大家一致想搬掉这座"害人桥"了。穷乡亲们省吃俭用凑出了钱,将独木桥改建成了小竹桥。小竹桥是由五根大毛竹拼搭而成的,约一尺半宽,比起独木桥来好走多了。为此,小竹桥搭成时,村人们还齐集桥边,放鞭炮喜庆了一场。但是,竹头有弹性,尤其是挑了担子上竹桥,走得越快,弹性就越足,加上毛竹滑,你爷爷脚下一滑,连担带人跌进了河里。等到人们发现将他救起,他肚里已喝饱了河水,人冻得瑟瑟发抖。不久,发了伤寒症就一病不起,丢下我们孤儿寡母去了……

直到大跃进后,小竹桥改成了水泥桥。那时,无法形容心里有多高兴,我就天天为造桥人烧茶送水。

……

夕阳西下了,可奶奶仍然滔滔不绝地翻着陈年老账,兴致勃勃地不肯上车回家。任你怎么催,她仍然说:"我还想多看看、还想多看看……"

独轮车·自行车·轿车

不同时期有不同的交通工具。如今,轿车已开始进入家庭,这显然是经济发展、人民生活水平迅速提高的象征;而我家里"交通工具"变化的过程,可以说是这个深刻变化的缩影。尤其是我母亲对不同交通工具的体验,真是感慨万千。

母亲年轻的时候,农村的交通工具是独轮车的天下。独轮车的功绩当然是不能否定的,它曾作为支前大军的"滚滚车轮",为解放全中国做出了无法估量的贡献;它也为世世代代农民的生存默默地奉献着自己。可是,独轮车上毕竟镌刻着生产力低下、农村落后的痕迹,它给人们留下的遗憾也是令人心颤的。它使得多少推夫累弯了腰甚至于累死,从而造成了多少家庭的苦难。那时候,我们浦东的乡间尽是弯弯曲曲的羊肠小道,独轮车是村里唯一的交通工具。当时若有人生病去镇上的诊所看病,或是新媳妇回娘家,坐的都是独轮车。而它使得不少人因延误了时间,或是加重了病情或是不治身亡;它使得多少新媳妇因颠簸,或是流产或是得了月子病。我母亲曾不止一次地跟我们唠叨独轮车的苦痛。那时,母亲怀上第一个孩子时,因为经常坐独轮车摇晃在高低不平小道上的缘故,所以没足月产下了一个男孩就夭折了。这一打击用不着多说让母亲和家里人有多伤心了。从此,只要一提起独轮车,她就会泪水涟涟,宁可步行再也不肯坐独轮车了。

后来,村里修起了条条机耕路,家家户户陆续买起了自行车。从独轮车到自行车,称得上是一个飞跃的发展。那时,若是谁家购买了一辆崭新的自行车,立即会引来邻居们羡慕不已的眼光,常常会围着自行车赞叹不已。物以稀为贵嘛,那时代自行车常作为送给女方的重要聘礼,村里逢上哪位年轻人结婚,自行车更是迎娶新娘子的交通工具,一溜长10多辆自行车驶在机耕路上,倒也是很风光的。可是,我母亲却是对自行车"谈虎色变"的。有一次母亲去舅舅家,离家约有10里路,我怕母亲步行去太辛苦,就自告奋勇地用自行车送她去。由于我当时会骑自行车不久,所以在过一座小石桥时,心一慌,竟然连车带人翻进了小河里。虽然我和母亲都没受伤,但是经此一惊吓,害得母亲一连发了几天寒热,大病卧床了好几天。从此,不管路途再远,母亲说啥也不敢坐自行车了。

自从浦东开发以来,大片大片的自然村落在消失,一幢幢高楼拔地而起,一条条宽阔的大马路笔直伸展。这一翻天覆地的变化,自然令老年人出门会迷路。年近八十的母亲得了帕金森氏症后,两脚常会无缘无故地颤抖得厉害,自此以后,她轻易不敢出门了,可嘴里常常自言自语地唠叨着,想去看看老兄妹。记得那天,我将新买的桑塔纳轿车开回家时,母亲惊讶得睁大了眼睛,反复地问我:"这真是你买的?"当她从我脸上得到了肯定的答复时,立即按捺不住心中的喜悦,伸出抖颤颤的手,边亲昵地抚摸着锃亮的车身,边张开掉落了门牙的嘴巴喋喋不休。从此以后,每当我开车回家停在门口时,母亲总会搬张小竹椅,坐在车边守护着儿子的轿车。只要有小孩摸弄车身,母亲就会大声喊叫加以制止。而当有人问起这辆车时,母亲就会自豪地晃着头说:"这是我儿子新买的!"有时候我回家晚,第二天起床后总会发现母亲拎了水桶,在轻轻地擦洗着车子……

对于一个坐独轮车出生的农村老太太来说,看着自己家里开进了耀眼的轿车,这心情怎么会不激动?她自然要对儿子的轿车倍加爱惜了。做儿子的理解母亲的心情,总想开车带着母亲去兜兜风。母亲高兴得瘪着嘴,笑嘻嘻地说:"好!好!你带我去兜兜,浦东的变化使得我连娘家的路也不认得了……你一定要让我好好开开眼界。"

恭敬不如从命,我带着母亲去开眼界了,一路上,母亲兴奋得像小孩似地手舞足蹈。傍晚回家,她游兴未尽地向我提出了要求:"等你有空,再带我出去兜兜……唉,假如我年轻十岁就好了!"

流淌在笔端的浦东情结

每个人的心头,恐怕都会有名目不同的情结。然而在诸多难以释怀的情结中,几乎人皆有之的家乡情结,无疑是一种浓郁得令人无法化解的特殊感情,甚至于会让人一辈子都挥之不去。对于我这个一生从没离开过家乡半步的土生土长的浦东人来说,蕴含郁积在心底的对家乡的浓厚感情,自然是浓之又浓的。

当一个人对家乡的情感炽烈到一定程度的时候,激情自会难以自抑地汹涌澎湃。家乡的一草一木、淳朴而醇香的风俗习惯、浦东人勤劳厚道善良的传统美德,都融进了我的骨髓里。像这种刻骨铭心的、让人难以割舍的情怀,当然会时不时地引发起我的冲动,正如以前有一首极易引人共鸣的歌曲《谁不说俺家乡好》一样,忍不住要为自己家乡夸说颂唱了。一开始学习创作,我提笔写的第一篇小说,就是写我在出生地洋泾乡当菜农时的熟悉生活。小说主人公的原型是我的一位发小,是位种番茄的能手。我据此塑造了一位敢于冲破世俗的新青年的形象:上门吃"通脚酒",他一反常态地连通行的孝敬未来丈人的香烟老酒也不拎,只拎了两篮他自己培育的番茄作为礼物。结果未来丈人怨小气又不懂规矩的毛脚女婿在众多长辈面前坍了他的台而发生了新旧观念的冲突。当时我颇有点初生牛犊不怕虎地把这篇稚嫩的稿子投寄给了复刊不久的《上海文艺》。没想到运气好得不得了,仅过了几天,我就意外地接到了编辑部邀我去参加创作学习班的通知。会议休息时分,一位操着标准普通话的中年女编辑把我叫进了她的办公室,自我介绍了她叫"彭新琪"之后,就拿出我的那篇《两篮番茄》的习作稿说:"你的这篇小说很有基础,颇具生活气息,所塑造的人物也有一定的新意,但还存在着一些不足。提了几点修改意见想请你修改。"突如其来的欣喜,我当然是言听计从了。谈完了稿子的修改,彭老师告诉我:"这次请来参加学习班的人员,选自于来稿中一些有写作基础的青年业余作者,旨在重点培养。我们发现你各方面的基础比较扎实,所以选你作为郊县的作者来培养。希望你以后锲而不舍地多写些自己熟悉的农村生活。"彭新琪是我平生遇到的第一位编辑老师,她对我在创作上的启蒙与引领作用,显然是不言而喻的。后来走动多熟悉了之后,小说组的其他几位德高望重的老师,如赵自、于炳坤、费礼文、张斤夫等,都鼓励我多注重于家乡农村题材的写作。老师们的金玉良言,当然被我奉若金科玉律,从此专注于"浦东故事"的讲述了。

然而,编辑老师们对年轻作者的要求是很高的,我的那篇《两篮番茄》,连续修改了4稿,最终还是没有得以发表。后来或许是彭老师他们怕挫伤我的积极性,在鼓励我另写的几篇中选了一篇《开心嫂》发表在《上海文艺》的内刊《写作参考》上,另一篇《大治河畔》发表在1978年的7月号上。而后又在1981年《上海文艺》的"上海青年作家专辑"中发表了我的《芝麻绿豆官》,这篇小说还被中央电视台《红楼梦》的总导演王扶林相中亲手改编成了上下两集的单本电视剧,并寄来了剧本请我审定。遗憾的是当时送审没通过而夭折了,但它却更是坚定了我始终不渝于创作家乡题材作品的决心。在这段时间里,我有幸连续三年在暑假参加了每次为期一个月的学习班,有幸与在当今上海文坛上声名遐迩的一批老作家如陈村、赵丽宏、赵长天、宗福先、彭瑞高、王小鹰、沈善增、程乃珊等成了同期学员,他们鼓励我多从自己得天独厚的乡土题材中觅取宝藏。当然,编辑老师与文友们的鼓励,使我的家乡情结也越来越重,笔端自然要流淌出浓浓的浦东情怀了。

具有浦东味道的作品写得多了,有些编辑老师与作家朋友就将我归进了乡土作家的行列,"至味在农家",《解放日报》"朝花"的原主编徐姓民,《东方城乡报》的副刊部主任孙仲哲,就一再鼓励我要"咬定青山不放松",定能烧出更为浓油赤酱的农家菜来的。徐老师约请我写过一组浦东风土人情的散文随笔作品,如《浦东三日头排场》《大娘子风俗》《高桥爷叔》等；孙老师则邀我在《东方城乡报》的副刊上开设过时达将近两年的着墨于"浦东"的专栏。老一辈的文学大家峻青老师，在为我的一本散文集作序的时候，就说过很喜欢我质朴无华且生活气息浓郁的散文；他甚至还送了一幅他擅长画的牡丹图给我以资鼓励。在众多老师的鼓励下，我的笔触怎么还能离开"浦东情结"而移情别恋呢？

　　丰富多彩的浦东故事、多滋多味的风土人情，成了我取之不尽的创作素材，促使着我几十年来创作的欲罢不能与乐此不疲，也让我收获着成功。自从踏上文学之路以来的40年中，我已有四五百万的文字变成了铅字；先后出版了《金浦三部曲》等5部长篇小说、《七彩情缘》等3部中短篇小说集、《心韵》等8本散文集，使我相继成了浦东第一位土生土长的上海市作协会员与中国作协会员。当然这会在无形之中不断地增浓着我的家乡情结，何况在浦东成了一颗全球瞩目的耀眼明珠后，翻天覆地的变化、层出不穷的新故事、新人物、新风尚，更是丰富着我的笔端。尽管我已经由当年的"小浦东"变成了今天的"老浦东"进入了古稀之年，但是，永远挥之不去的家乡情结，肯定会在自己的笔端流淌出更为浓郁的浦东情怀来。

附 录

朴实自然　真实之美

峻　青

辉祥的散文,在此之前,我已陆续从报刊上读到过一些,也读过了他赠送给我的两本散文集《漂浮者的梦》《苦涩的喜悦》,现在又读了这一本《知秋的红叶》,印象就更深了,感受也更深了。一个最明显的感受,可以概括为四个字,那就是"文如其人"。"文如其人"这句话,是我们在谈论一些作品时常常使用的一个成语。但是,实际情况却是:文如其人,未必尽然;人如其文,谈何容易! 文品与人品能够确实统一的人,是并不那么多的。从与辉祥的接触中,从他的作品中,我认为:辉祥是具备此种素质的。而我从与辉祥相熟相知的一些朋友的交谈中和他们写到辉祥的文章中,也都有着与我同样的感受和论断。

辉祥是一个质朴无华的人。他给我的印象,完全像一个淳朴厚道老实善良的农民。事实上,他也确实是出生于浦东农村的一个淳朴善良的普通农民家庭。他从小就在农村长大,他的身上有着十分鲜明的浦东农村泥土味儿。他憨厚诚恳,坦率朴实,善良正直,重友情,讲信义。他的散文作品,也无不具有他的这些鲜明的特色。

辉祥散文最大的特色之一就是质朴无华。

人们常把散文冠以美文之称。可什么才是美文呢? 堆砌华丽辞藻、搬弄甚至造一些佶屈聱牙怪异不通的所谓"时髦"词语是美吗? 矫揉造作扭捏作态是美吗? 空空洞洞枯燥无味是美吗? 装腔作势故弄玄虚是美吗?

都不是。

朴实无华、自然真实才是美。

辉祥的散文，就具备此种朴实自然真实之美的。所以我给他画的一幅《墨梅图》中，又赋诗一首于其上，诗中有这样两句：

不施铅华重本色，
每因风雨见精神。

这不仅喻其为人，也状其为文。

辉祥的散文，确如其为人一样，朴素自然，不事雕琢，不假揉饰，是其发自内心情感的率真流露。他只是以其朴素无华的语言，把他的所经所感、所见所闻，形之于文字娓娓道来，看似平淡无奇，实却亲切感人。读这样的散文，就像面对面地听他对你促膝谈心拉家常，感到十分亲切愉快。不像有的散文，或者居高临下装腔作势，或者绣拳花腿卖弄"时髦"，这些都不是真诚地平等地对待读者，因此他也就永远不能走近读者。

辉祥是性情中人，多情重义。尤其是对于那片生他育他的浦东沃土，更是充满了无比深沉的热爱迷恋之情。在他的这本散文集中（以前的几本散文集也无不如此）有很多的一些篇章，是描叙他的浦东的风物、抒发他对故乡的热爱之忱的。在他的笔下，浦东的一草一木、一石一水、一人一物，全都是那么亲切、可爱。他写他的最敬重最亲爱的母亲，写他的街坊邻居亲戚朋友、儿时的玩伴，写春笋、菜绿，写农田里的南瓜、珍珠米，河浜里的鱼虾、螺蛳……这一切都带着浓浓的生活气息和淳朴而深沉的乡情呈现在我们的面前，形成一幅优美迷人而又亲切感人的江南水乡风景画、民俗画。虽然我是北方人，胶东农村的风物、民习，与江南水乡有不尽相同之处，然而，我却依然感到十分亲切，乃至有同感、共鸣，激发起我的怀乡之思。这，正是辉祥散文中那种发自内心的真情实感与激动人心的艺术、浓浓的乡情与爱恋的魅力之所在。

辉祥又是一个讲信义重友情的人。在与人交往中，他没有城府，不会虚伪，总是以诚待人；甚至在商业往来中，他也是以诚取信，这也就是他之所以能获得如许众多的知交挚友和商务成功的原因吧。

这本集子中，叙述这方面的文章，同样是朴素自然、蕴含着真挚深情的。从这些文章中，我们看到了一颗淳厚诚实多情重义的心，看到了施人勿念受惠莫忘、涓滴之恩当涌泉以报的传统美德，看到了对师长、对同事、对朋友，甚至对陌生的人和孩子的尊重感激、热心帮助、真挚的情、深沉的爱，也看到了对于此种真挚的情与爱的动人回报。这，正是我们当前社会生活中最为需要和最应当倡导的。

辉祥也写了一些议论性的文章，在人生的旅途上，和许多老三届一样，他有着自己的坎坷遭际、自己的深切感受。对于社会生活中的种种现象，他也有着自己的好恶爱憎、自己的思索见解。他这方面的议论文章，同样是朴素平实的，既无虚张声势的哗众取宠，也无居高临下的空洞说教，但却大多不乏深刻和哲思，理性的思维蕴含于生动的事例之中，具有发人深思耐人寻味的魅力。

散文重在真情实意，有感而发。不论是杂文随笔、小品特写，不论是写景抒情叙事议论，只要有意味、有见解、有真实情感，就会受到读者的认同和欢迎。尽管我并不认为辉祥的作品每篇都能达到这个境界，但我却可以说他的大多数作品是有感而发，而且大多是真情实意、言之有物、言之有情的。

辉祥并非专业作家，而是业余作者。他毕业于上海师范大学中文系，在大学一年级时，他就开始创作投稿并在报刊上发表，至今数十年如一日，对文学有着深深的迷恋之情的他，一直未间断过业余写作。早在七年以前，他即已弃教从商，下海搞企业，当上了一个工厂的负责人。我们完全可以想见，一个拓荒创业的一厂之主，其工作的繁忙、负担的沉重程度会是何等样子。然而他却仍锲而不舍地坚持业余写作，只近几年来，就出版了一本小说集和四本散文集，字数一百多万，其勤奋刻苦之情可见一斑，其对文学的热爱执着之情尤为感人。但是值得一提的，他既不是玩文学的票友，更不是把文学作为获取名利的工具手段，而是把文学作为抒发自己内心真情实感倾吐肺腑之音的密友，当作自勉自勤、自慰自励，或与亲朋至友谈心论文畅叙友情纵论世事共话人生的殿堂。由此，我们看到的此类作品，就不是无病呻吟的空泛之作，而是有感而发、言之有物、言之有情、言之有理的醒世警世之作，这些作品，大都以自己的经历或所见所闻阐述他对人生世事的深切感受、领悟和议论。展读之余发人深省，耐人回味，给人以启迪，给人以警策，其中如《拒绝诱惑》《豁达之益》等篇章，尤足令人三思，堪称知人论世的佳构。

（此文系峻青为学林出版社2000年出版的倪辉祥散文集《知秋的红叶》的序言）

内心感情的率真流露

叶 辛

这是倪辉祥的第七本书了。在这本书之前,他已出版了小说集《花开歧路》《盗宝的情人》和散文集《菜花雨》《漂浮者的梦》《苦涩的喜悦》《知秋的红叶》。

一个人,已是人到中年,整日里为经商做生意忙忙碌碌,为什么还要不断地一本一本出书呢?这就要讲到倪辉祥的经历了。

倪辉祥出生于贫苦的农家,父母均是目不识丁的文盲。他从小在小书摊上看一分钱一本的小人书看出了文学兴趣,喜欢上了文学。他于1966年高中毕业于上海市建平中学,便回到了自己的家乡洋泾乡(现为钦洋镇)朱湾大队插队。在插队务农期间加入了中国共产党,迄今已有三十年党龄。1977年恢复高考后考入上海师范大学中文系。毕业后,被分配到上海市第二幼儿师范学校任教,进校不久被提拔当了党总支副书记兼副校长。在校期间,曾荣获过首届上海市优秀园丁称号、川沙县人民政府记大功奖励、上海市教育系统优秀班主任等荣誉。1993年辞职下海经商,现为属于私营企业的上海安保电气实业有限公司总经理。自从1978年7月在《上海文学》发表了第一篇习作《大治河畔》后笔耕不辍,至今已经发表了200多万字的小说、散文作品。由于出生于农家并长期生活在上海的浦东乡下,所以无论是小说或散文,基本上是以农村题材为主的,写的大多数是他熟悉的人和事。近几年来写的一些散文作品,也都写了浦东农村的风土人情、农家人的喜怒哀乐,以及自己的亲身经历和一些切身感受。

高尔基在他的私人通信中说:"写作,像苦役犯一样。"一语道破了创作的艰辛。职业作家是这样,坚持业余时间写作更是需要有毅力的。下海经商后,倪辉祥要管理好一个拥有百来号员工的公司,要承接维持公司生计的业务,工作是相当繁忙的,如果稍微怠慢一下,那就不可能再去写东西了。但是,他对文学创作情有独钟的信念,时时支撑着他的毅力。当了老板之后,是没有节假日可言的,整天有着应付不完的烦琐事务,经常有着却之不尽的应酬。正是这种"对文学情有独钟"的信念支撑,他在无法抽出比较完整的时间写作的情况下,海绵挤水一般地硬挤时间,常常是清晨四五点起床,写上一两个小时后再去上班。他的文友季振邦说:"他写童年的回忆、友情的珍惜、故土的眷恋、创业的风险、拼搏的艰辛,其实,他所写的这一切,都是他的梦想以及梦想如何实现。"他的同乡挚友宗廷沼则盛赞倪辉祥:"诚实、踏实、厚道,赢得了众多朋友的信赖和支持。"

在倪辉祥看来,散文是一种最为灵活的文学样式,以表现作者自我的性情为主兼及其他,形式上是相当自由的。这对于像他整天忙忙碌碌而经历又较为丰富的人来说,写些短小的散文是比较合适的,一来可以记录一些前进道路上的足迹和生活中的经历,二来可以抒发心中的喜怒哀乐。尤其是他在下海经商后,尝尽了商海中的酸甜苦辣,生活的阅历变得丰富了,生活的道路也曲折多了,所以他觉得将自己感受到的体验记录下来是很有意思的。散文的形式自由,写法多样,他经过仔细掂量,觉得这一种没有虚拟和刻意修饰的写法比较适合自己,因为这样的散文体现出来的往往是源自生活的真实,抒发出来的是一种洒脱浪漫的气质。他非常喜欢写这种"实录式"的散文,而且多年来一直执着地坚持着。他以为,如果离开了作者自我经历的反映和自我感情的抒发,那是很难写出好的散文作品来的。散文的品位更是不能弄虚作假的,所以在他写的东西中,很少有瞎编的"无病呻吟"式的东西。正如老作家峻青评价的:"辉祥的散文,确如其为人一样,朴素自然,不事雕琢,不假揉饰,是其发自内心感情的率真流露……"

收在这本书中有一篇小小的题名《吃辣》的散文,我初次读它时,感到长年生活在浦东的倪辉祥,会对辣椒说出些什么新道道呢?但是当读到他善吃辣、能吃辣并追索到他何以这么会吃辣的原因时,我深深地为他求学时期因节俭而以辣椒下饭的生动细节所感动。只有我们这些同时代过来的人,才能体会到个中的辛酸和苦涩。

　　古人道:非流俗之人,才能写出非流俗之文。刘禹锡更在《秋词》中道:"晴空一鹤排云上,便引诗情到碧霄。"确确实实,文学创作是需要灵感的。倪辉祥在烦琐忙碌的生涯中,仍执着于文思才情、执着于文学创作,想必他内心深处想象的熔岩,一定会喷吐出更加耀眼夺目的火焰。

　　(此文系叶辛为上海文艺出版社2001年出版的倪辉祥散文集《坎坎坷坷》的序言)

梦想·现实及两种素质

季振邦

　　一个人做梦,往往不太现实。这样,就连累到了一些不太现实的追求,都被称之为梦想。于是,梦想与现实好像成了对立着的两个营垒。其实,仔细考究起来,两者之间的关系要复杂得多。毫无疑问,梦想出自于现实的孕育,直言之,也就是产生于对现实的不满足。但梦想的实现又必须冲破现实的重重羁绊。所以,一个梦想成真者,起码必须具备两种素质:一,不安于现状的心态;二,不畏于艰险的行动。要做到这一点很难,但唯其难,才值得人们为之仰视。

　　倪辉祥就是带着这两种素质走进我们眼帘的,或者说是以梦想成真者的姿态来证实上述那个命题的。他的不安于现状显而易见。作为老三届知青,他十年务农,做过大学梦。大学毕业,他进入第二幼儿师范当了老师,担任过行政领导和校办厂厂长,圆了教师梦。嗣后,他毅然决然辞去了一切职务,下海办公司,又做起了老板梦。

　　而在这些梦想的背后,他的那种虽九死而无悔的执着精神也是显而易见的。他在一篇题为《漂泊者的梦》的文章中告诉我们,他曾夜出为校办厂联系业务,不小心摔昏在了一条沟里,差点丢掉了性命。而他的辞职之后的创业之路,更"艰难得让人无法理解","脸晒得像黑炭团,手臂上皮晒脱了一层又一层"。常常是中午面包充饥,晚上开水淘饭,人瘦了一大圈。怎么能不瘦呢?他是借了五十万元起家的,是把全家老少的身家性命放在了风口浪尖的,万一血本无归,他只能去跳黄浦江!那一家人还有生路吗?

　　然而,他成功了,凭着他的两种素质!

自然，倪辉祥还有文学上的成功。多少年来，他七点上班，而起床时间往往是四五点，中间这段时间他用来写作。除非生病，天天如此，终于在1978年7月号的《上海文学》上发表了处女作。以后，一发不可收。迄今，陆续出版了四本书，累计百万余字。

我们手头的这本书，是他近年来写的散文与随笔的续集。在多种的文学样式中，散文与随笔更接近于生活经历的直接流露。而他生活经历的曲折与丰富，也确实不需要过多的虚构与渲染，连语言的平实也不再是一种缺点。技术的因素是必要的，却是次要的。感动我们的，唯有那一股迫人的生活气息和执着的思想感情。

我们不妨可以这样认为，他写童年的回忆、友情的珍惜、故土的眷恋、创业的风险、拼搏的艰辛，其实，他所写的这一切，都是他的梦想以及梦想如何实现。所以，他的这本书，在其经历的直接描述之余，又给了我们关于梦想、现实以及两种素质的种种启迪。

我是在五年前认识倪辉祥并与之建立文字之交的。不过，那时他首先打动我的，不是他的人生历程，也不是他的文学成就，而是他的一双眼睛。他的一双眼睛大而微凸，眼神明智而又执着。我知道，有这种眼睛的人，决不会甘于承受生活的平庸，如若认准了什么，是八头牛也拉不回来的。事实也证明了这一点。当然，我同样作为曾经的老三届知青，本身就有与他沟通的特殊的基础。倪辉祥说过，老三届的梦特别多，说得极是。我也有很多梦想，有的还在努力实现之中，更多的却丢失了。这是非常遗憾、非常无奈的。他多方面的梦想成真，在很大程度上弥补了我们这一代人的遗憾与无奈。为此，我感到欣慰，也为此，我写下以上的文字，为他的这本新著作序。

（本文系季振邦为群众出版社1999年出版的倪辉祥散文集《苦涩的喜悦》的序言）

感悟倪辉祥

姚克明

我认识的上海作家不算太少,却少见这样一种类型:既在上海农村土生土长,又心不旁骛,长期执着于抒写乡土乡情,倾诉独特的生活感受。倪辉祥算是比较突出的个例。20余年来,他出版了7本散文集、3本小说集。无论是从前担任幼儿师范学校副校长,还是后来下海经商,总是以一种平静、淡泊的心态写作,无功利之求,有真情之抒,倒是有点像文学"票友"。本来用"另类"这个词形容他颇为合适,又担心"另类"在目前容易产生歧义。

翻阅了倪辉祥刚刚出版的一本散文精选集《感悟是金》,我感叹这本书名取得精准、得体。全书82篇作品,的确可以用"感悟"二字概括。现在感悟很流行,但有真感悟、伪感悟,还有矫情感悟、错位感悟。纯真的感悟,是珍贵的,自然像金子般闪光。倪辉祥土生土长于浦东洋泾乡的农民家庭,如今那儿已经成为一片巨变的热土。只要看看他笔下的那些篇目:《浦东恋》《梦萦乡情》《故土情结》《最忆是故居》《我陪奶奶游大桥》……就能清晰地触摸到他的情感寄托。他搬进了新居的高楼,马上思念起这儿原来有一条童年时代捉鱼摸蟹的小水沟;他在老宅动迁前,竟会噙满泪水捧上一掬故土,难分难舍地喝上一口"老宅酒";他踏上新区美丽的景观桥,一想到原来就是十年前的小石桥,情不自禁手舞足蹈……特别令我动情的是,他在两篇作品中写到了他的老奶奶。其一,当杨浦大桥落成开放时,他特意陪着96岁的小脚老寿星上桥观光。这位目睹百年沧桑的老人扶着桥栏,凝望江口川流的船只、两岸的连绵高楼,激动得浑身颤抖,噙满泪花,久久才缓过神来说:"这世道真变模样了……真的……"其二,当这位老奶奶后来去世了,倪辉祥思前想后,也是百感交集,终于想到了浦东父老乡亲最喜爱的、具有象征长青之意的植物万年青,将它敬献于老奶奶的坟前。这两篇作品连在一起读,不仅内涵丰富,真情的流露更感人至深。写作回到了本真状态,就不止是感悟生活,还在美化生活、享受生活。

倪辉祥生性沉静、仁和,虽然经商成功、生活安逸,却不喜好跳舞、打牌之类的娱乐,他的雅兴就是黎明即起,伏案挥笔。知之者知之,不知者疑惑之、傻笑之。我以为,他的写作过程,就是感悟的过程。人是理智的动物。人能真纯地感悟、动情地感悟,是一种美德。当然,感悟源于丰富的人生阅历。半个多世纪以来,倪辉祥种过田、做过工、教过书、当过干部、当过老板,历经挫折磨难。他对于生活的思考,确实可以用一针见血、发自肺腑来形容。也不妨再来看看他的几篇作品:《无价的身价》,他感悟出什么?知识才是身价!《信誉无价》,他认为老板的信誉是一笔取之不尽的财富!《体会素质》,人人都在体会,他体会出的老板素质就是政治嗅觉、道德意识、经营能力、文化水准、辨别能力。至于《迷人的诱惑》,则是他从真实的生活中感悟到,当了老板以后,特别要清醒地抵抗女色、赌博、吸毒的诱惑。倪辉祥的感悟,不是人人都能感悟到的,我却感悟到了他的情感和素质。像他这样一个文盲家庭出身的农家子弟,凭着自身的奋发努力,终于圆了大学梦、作家梦、老板梦。他回首内中甘苦,百感交集,我却要喟叹苍天不负有心人了。倪辉祥下笔,去伪饰、去矫情,真心面对世界,让我体味到了一种"独上高楼,望尽天涯路"的意味。

当今的文坛五彩缤纷,扑朔迷离,多元化的创作题材、创作风格已经成为格局。但倪辉祥并不左顾右盼,心神不定。他对自己的作品定位看得很准:就是一道朴实无华、风味独特的"农家菜"。我认为这种感悟也是金。创作最可贵的是个性化,个性化越强,特色就越鲜明。"农家菜"清新可口,不是在大饭店也很吃香吗?有多多少少市中心居民还要特意到乡下踏青去吃"农家菜"呢!如果说,倪辉祥的创作再要往前跨大步的话,我觉得应该在乡土气息、乡土风味上继续开拓;题材上可以纵深挖掘,更加丰富。洋泾也好,浦东也好,这一片热土,远的不说,即使近150年来的沧桑就难以穷尽。倪辉祥就近可向长辈乡邻采风,埋头可梳理历史资料,这一口浦东的深井挖下去,不知还有多多少少精彩纷呈的人文历史故事!作家要有地方特色,善于吸收、溶化地域文化是一个极为重要的手段。倪辉祥是有着先天优势的。从他目前的作品中,这方面还是大有潜力可挖。既质朴无华,又机智闪烁,满纸可闻耳熟能详的上海浦东乡音——如果倪辉祥的文字达到这样一种境界,那就更美了。

(本文系姚克明为上海三联书店 2005 年出版的倪辉祥散文精选集《感悟是金》写的专文,刊于《文学报》文学社团 1624 期)

后 记

恐怕大多数人都会有恋乡情结。因为无论是谁,孕育着他成长的故土,总会给他留下根深蒂固的影响与记忆,甚至于让人一生一世难以忘怀。故乡情结,无疑是每个人诸多情结中始终弥结在心头的一种特殊情感。这种浓之又浓的情感积聚到一定程度,自然而然就会源源不断地喷薄而出。我就是有着这种深切体会的人,或许这就是一种人之固有的痴情吧?

有道是:一方水土养育一方人。对于我这个出生在浦东、成长在浦东、一辈子打拼在浦东的人来说,家乡这方充满了勃勃生机又地域特点鲜明的风水宝地,给予我的恩泽实在是太多了:她磨炼出了我吃苦耐劳的进取精神,致使我在学校工作时就获得了上海市首届优秀园丁奖、川沙县政府记大功等荣誉称号;她在我辞职下海后,为我提供了建设新浦东添砖加瓦的机会;而她五彩缤纷的火热生活,又哺育我成了浦东第一位土生土长的中国作协会员。家乡恩赐于我的难以数清的无私馈赠,怎么会不使我产生感激涕零的情愫?怎么会不使我涌动起报答的心愿?作为一位土生土长的浦东作家,赞美颂唱自己家乡应该是义不容辞的责任。将近40年来,我坚持着浦东题材的创作,除创作了多部属于浦东背景的中长篇小说外,还情有独钟地采用了具有"随性而又灵动"的散文样式作为抒发对家乡情感的载体,并一直乐此不疲着。这么多年尤其是浦东开发开放以来,我已有数百篇之多的散文随笔作品发表在各种报刊上,并陆续将之汇编进了8部散文集中。

萌发出从发表的散文中精选出百篇"抒情家乡"的散文来出版一本专集的想法,完全是得益于几位相交甚笃的作家朋友的提示与关爱。文友相聚,三句话不离本行,交谈甚欢的总是围绕着写作与出书之类的话题。曾经是浦东新区文化艺术指导中心创作研究室主任、又有着作家与剧作家双重头衔的胡永其给我出了个好点子:"这么多年来时见你有颂唱家乡的散文见报,累积起来已有不少了吧?那你何不精选百篇抒写浦东的散文出版一本专著呢?"同我有着40年文学交往的挚友、担任着浦东作家协会副主席的宗廷沼马上附和着:"据我所知,迄今为止还没有谁出过抒怀浦东的散文作品专集,我觉得这是一件很有意义的事情呀!"《解放日报》"朝花"原主编、因约请我写过好多篇浦东风情散文而成了文友的徐甡民也连声鼓励我:"你的笔端从没离开过抒写浦东,所写的作品乡土气息很是浓郁,出本'家乡专集',是会深受家乡父老欢迎的。"在几位文友异口同声地鼓劲下,不知不觉中激起了我的热情,马上一拍即合恭敬不如从命了。

重新翻阅这些年来所写的家乡类散文,在经过去粗存精的选择之后,我挑选出了其中的106篇,并将之归纳成了三辑:家乡的一草一木、家乡的风土人情,对我浸润熏陶甚深,一直让我留恋难忘,于是就筛选出35篇作为第一辑,名之为"桑梓恋情";家乡淳朴厚道的父老乡亲留予我的印象深刻,许多平凡人身上不平凡的闪光点,常会令我敬仰不已,于是便从中撷取了34篇作为第二辑,命之为"故里深情";家乡翻天覆地日新月异的变化,时常会激发我情不自禁地为之讴歌,于是从众多的篇目中细选了37篇作为第三辑,赞之为"热土豪情"。总之,在这次反复筛选中自己始终遵循一个宗旨:每篇都应是对家乡充盈着爱恋之情的,意欲这本《悠悠浦东情》成为一本充满了正能量的专集。

在我将近40年的创作生涯中,曾得到过不少作协领导、文学前辈、散文名家的指教,或为之写序,或为之评点。所以我特在"附录"中选取了4位名家的大作,以表深切感谢。同时,由衷感谢《解放日报》"朝花"原主编徐甡民先生与浦东作家协会副主席宗廷沼先生分别为本书作序,由衷感谢文汇出版社社长桂国强先生对本书出版的大力支持。

但愿这本融进了一个浦东作家对家乡怀有浓浓情结的专集,可以起到抛砖引玉的作用,以期引来金玉满堂,让浦东文学园地里绽放出更多的"艳蕊之花",使之更加春意盎然,美不胜收。

倪辉祥
于 2018 年 1 月

图书在版编目(CIP)数据

悠悠浦东情 / 倪辉祥著.—上海：文汇出版社，2018.4
ISBN 978-7-5496-2524-6

Ⅰ.①悠… Ⅱ.①倪… Ⅲ.①散文集-中国-当代 Ⅳ.①I267

中国版本图书馆 CIP 数据核字(2018)第 062655 号

悠悠浦东情
——抒怀浦东散文百篇

作　　者 / 倪辉祥

责任编辑 / 熊　勇
特约编辑 / 胡永其
封面装帧 / 张　晋

出版发行 / 文汇出版社
　　　　　上海市威海路 755 号
　　　　　(邮政编码 200041)
经　　销 / 全国新华书店
排　　版 / 南京展望文化发展有限公司
印刷装订 / 上海新文印刷厂
版　　次 / 2018 年 4 月第 1 版
印　　次 / 2018 年 4 月第 1 次印刷
开　　本 / 720×1000　1/16
字　　数 / 270 千字
印　　张 / 19.25

ISBN 978-7-5496-2524-6
定　　价 / 39.00 元